Das Leben mit einer Krankheit ein Abenteuer? Die Beschreibung einer Behinderung sogar ein Abenteuerroman? Ist das nicht alles ein bisschen frech?
Ja. Das ist frech. Und genau so will Susan es haben. Seit Jahren sitzt sie im Rollstuhl und kämpft gegen MS an. Sie sagt, was ist. Sie schwurbelt nicht herum. Susan weiß was sie will und kann ihren Kampf gegen die Krankheit nur mit Ehrlichkeit bestehen.
Darum ist sie nervig, blöd, witzig und gewitzt. Sie ist das, was sie ist – einzigartig. Eine junge Frau, die Träume hat, Lust und Ärger, Wut und Verzweiflung. Sie hat genau das, was es braucht, um bereit zu sein, für das Abenteuer.

Kajo Lang lebt in Baden-Baden. Er schrieb Romane, Kurzgeschichten, Gedichte und vieles mehr.

Kajo Lang

Alles was geht

Abenteuerroman

© Alle Rechte by Kajo Lang

Verlach

Copyright 2022

Lektorat: Stephan Fahry
Satz: Tom Epple
Coverfoto: Achim

www.kajolang.de

www.verlach.de

Buchbestellungen unter www.amazon.de

Wer nach den Sternen greift,
sollte schwindelfrei sein –
muss es aber nicht.

Wer das Leben als Abenteuer begreift, den verlässt niemals der Mut zur Neugierde. Zumal ich mir selbst mein größtes Abenteuer bin. Das Auf und Ab, die Höhen und Tiefen, Freuden und Tragödien sind die Spannungskurven, auf denen ich mein Leben tanze.

Was bringt der morgige Tag? Wer steht vor meiner Tür? Wie viele Freudentränen werde ich lachen? Wie viel Wut kann ich ertragen? Können meine Tränen den Schmerz besänftigen? Was auch immer ich erlebe, was auch immer ich erleide – ich will es ehrlich, ich will es ganz. Ich schiebe die Schatten meiner Krankheit nicht beiseite. Doch weiß ich, dass nur das Licht mir Liebe und Schönheit bringt.

Darum habe ich beschlossen, zu leben. Ich beschloss das bisschen zu leben, was mir als Rest des Tages bleibt. Mit diesem Rest werde ich morgen weitermachen. Ich werde als Abenteurerin mit dem geheimen Wissen beginnen, als sei jeder Tag mein letzter Tag – mit dieser einzigartigen Chance auf Chaos, Glück und Liebe.

Eure Susan

Kapitel I

1

Ärsche. Überall Ärsche. Ich weiß gar nicht, wohin ich schauen soll. Um mich herum, überall Ärsche.
Dabei meine ich damit nicht Idioten. Ich meine richtige Ärsche. Die meisten in Jeans. Da gibt es lockere mit halb herunter gelassener Hose. Da gibt es Knackärsche. Große, kleine, alte. Eben alles. Bei Männern sind die Unterschiede sowieso nicht besonders groß.
Bei Frauen ist das anders. Die zeigen, was sie haben. Meistens hemmungslos. Müssen die auch! Egal, ob Birne, Apfel oder Riesenkürbis. Ob's da wabbelt oder straff ist wie ein Sportarsch. Oder ob man den halben Hintern sieht, weil die Shorts so eng sind. Oder Arsch frisst Hose. Frauen wissen, der Arsch einer Frau ist ihr wichtigster Körperteil. Hier beginnt die Kontaktaufnahme.
Denn Männer glotzen einer Frau immer zuerst auf den Arsch. Ist der okay, geht's weiter zu den Titten. Und weil die Richtung von unten nach oben gerade mal eingeschlagen ist, gucken sie der Frau zuletzt ins Gesicht. Später. Vielleicht.
Ich tu das auch. Ich glotz Männern immer auf den Arsch. Zwangsläufig. Ja, das ist richtig. Es ist ein Zwang. Ein Scheißzwang, das gebe ich zu. Aber was soll ich machen? Ich muss den Männern immer auf den Arsch glotzen. Ob ich will oder nicht. Wer sitzt, ist praktisch auf Augenhöhe mit den Ärschen dieser Welt.
Da sehe ich einen, der mir bekannt vorkommt. Dabei müsst ihr wissen, wenn ihr euch den ganzen Tag mit Ärschen beschäftigt, werdet ihr schnell Experte. Ich bin eine total super geile Expertin! Ich brauche nur an jemanden zu denken, schon fällt mir sein Arsch ein. Sehe ich also umgekehrt zuerst einen Arsch, dann weiß ich: Aha, das ist Joe. Oder Felix.
Oder … na, wie heißt der Typ noch?
Egal, ich bin also Expertin in Sachen Fucking-Identity-Arschgesicht. Ich kenne jeden. Und wie ich da diesen Arsch

mit der labbrigen Jeans sehe, ich weiß sofort, scheiße, das ist Holger.

Im ersten Moment erschrecke ich! Ach, du Schande! Ausgerechnet Holger. Was macht der denn hier? Ich zucke zusammen, merke, wie ich nervös werde. Meine Hände werden feucht. Ich glaub sogar, ich werde rot. Und meine linke Hand krampft seltsam. Klares Zeichen, ich bin verlegen und denke: Scheiße, ausgerechnet Holger. Aber das muss ich erklären.

Also zuerst einmal will ich Holger beschreiben. Natürlich vollkommen wertfrei, objektiv sagt man auch dazu. Also total objektiv. Holger sieht mega umwerfend aus. Er passt gerade noch durch Türen. Ist ein Schrank von einem Kerl. Hat blonde Haare, die er ständig zur Seite schaufelt. Holger ist Schwimmer mit Supermuskeln. Breites Kreuz, schmale Hüften, kleiner Arsch – aber das wisst ihr ja schon.

Eins noch. Wenn Holger lächelt, haut's dich um. Wie gut, sag ich mir, dass ich schon sitze.

Das also ist Holger. Als Arschexpertin gleich erkannt. Dann aber frag ich mich, wieso der hier ist? Der hat nichts davon gesagt. Holger ein heimlicher Fan der *Toten Hosen*?

Wieso hat der mir nichts davon gesagt? Seltsam. Hat der vielleicht Geheimnisse vor mir? Ich habe den nie von den *Toten Hosen* reden hören. Auch dass er hier ins Konzert wollte, davon weiß ich nichts. Wieso weiß ich davon nichts?

Ich spüre Ärger in mir hochkommen. Mein Traummann hier, ohne mir davon etwas zu sagen? Ich bin geschockt! Denn Holger weiß, dass ich totaler Tote-Hosen-Fan bin. Und noch letzte Woche, da hab ich ihm erzählt, dass ich heute ins Konzert von denen will. Ist schon komisch, wenn man nicht weiß, was der Traummann so macht. Schlimmer noch, wenn der Traummann macht, was er will.

Gut, zugegeben, er ist zwar mein Traummann. Aber irgendwie sind wir nicht ganz so zusammen. Eigentlich schon. Also gefühlt, naja, zumindest mal von meiner Seite. Wir verstehen uns gut. Da kann man doch davon träumen, dass man … auch wenn's nicht so ganz stimmt. Aber spielt das eine Rolle? Der Holger, der weiß doch, was ich empfinde! Gesagt hab ich

nie was. Aber muss eine Frau das? Spürt nicht der Mann die Gefühle einer Frau, selbst wenn er ein Mann ist?
Egal, ich will's wissen. Ich nähere mich ihm und kneife ihn mit Schmackes in den Hintern. Wollen doch mal sehen, wer hier was spürt!

2

Und dann klatschte die auch noch in die Hände! Das Klatschgeräusch hallte durch das ganze verdammte Hallenbad. Jetzt wusste wirklich jeder Bescheid. Jeder sah zu uns rüber – zur fucking leibhaftigen Zombietruppe.
Wie ich das hasse!
Und an diesem Tag ganz besonders. Irgendein Medikament war wohl schräg durch meine Speiseröhre gerutscht. Da kam mir diese Idiotengesellschaft gerade recht!
Frau Mannsdorf, unsere Betreuerin, gab sich Mühe. Das tat sie immer. Vielleicht ein bisschen zu viel. Denn zum Klatschen schrie sie noch: „Wir wollen jetzt alle zum Lastenaufzug!" Dann kam das, was mir den Rest gab: „Und wir brauchen keine Angst zu haben!"
Der einlullende Tonfall. Dazu die Wir-Form, als wären wir Kinder, Alte oder Idioten. Wenn ich die Wir-Form höre, möchte ich am liebsten zuschlagen. So richtig einen Schlag in die Fresse! Na, haben wir denn auch den Kartoffelbrei brav aufgegessen? Jetzt sind wir alle mal ganz lieb und halten die Klappe. Das ist die Enteignung von einem selbst! Du bist nichts. Du bist Teil einer Truppe. Und die Truppe, das sind die Bekloppten. Und weil du zu denen gehörst, musst du nicht einzeln befragt werden. Weil, du bist ja bekloppt, sonst wärst du nicht in der Truppe.
So oder ähnlich rasten die Gedanken in meinem Kopf herum. Ich war etwas abseits und hasste mich dafür, dass ich überhaupt mitgekommen war. Klar, alle meinten es gut. Auch die Mannsdorf, die meint immer alles gut. Aber verdammt! Es ist nicht gut …
Ich weiß, dass ich in solchen Stimmungen ungerecht sein kann. Geb ich ja zu. Ich neige zu Ungerechtigkeit. Wenn ich mal stinkig bin, also dann kann ich auch mal richtig scheiße sein. Aber mich kotzt dieses Kinderbrei-Gelaber einfach an. Wer so redet, der nimmt Menschen wie mich nicht für voll.
Außerdem sah ich Holger. Der glotzte allen jungen Frauen nach. Natürlich zuerst auf die Ärsche. Er machte das so of-

fensichtlich, dass die Girls sich in Pose warfen. Dann im Catwalk an ihm vorbei. Brust raus, Nase hoch. Halbnackt vor Holgers geilem Blick. Und dabei so tun, als würden sie nichts davon mitbekommen, diese Schlampen!
Und Holger? Das musste ein Fest für ihn sein. Denn der glotzte jeder hinterher. Nur einer nicht – mir. Er interessierte sich einen Scheißdreck für mich. Nicht einmal gegrüßt hatte er mich.
Das aber ließ sich ändern.
Also nahm ich Anlauf, gab ordentlich Gummi. Ich weiß noch, wie mich ein blitzender Sonnenstrahl traf. Der fiel durch die riesighohen Fenstergläser des Schwimmbads direkt auf mich. Als hätte der Sonnenstrahl mich ausgewählt. Für eine Sekunde war ich geblendet. Doch das machte nichts. Ich wusste ja meinen Weg. Immer geradeaus. So schnell es geht. Also beschleunigte ich weiter.
Ein kurzes Hoppeln, eine leichte Erhöhung am Beckenrand. Schon flog ich darüber. Zweiundzwanzig hundertstel Sekunden später klatschte ich auf das Wasser. Ich riss meine Arme hoch. Ich platschte ins Wasser. Und sofort tauchte ich unter. Ich sah die zackigen Bewegungen des Wassers über mir. Die schaukelten und wankten hin und her. Ich hörte ein paar Schreie von weit her. Funkelndes Licht begleitete mich in die Tiefe. Ich fühlte mich schwerelos.
Ich schloss die Augen. Sah mich über grüne Blumenwiesen hüpfen und springen. Alberte mit anderen Mädchen herum. Überall gab es Blumen. An einer Stelle hockten wir uns nieder. Wir flochten uns gegenseitig zarte Kränze aus Gänseblümchen. Verbrachten Stunden damit, sie uns ins Haar zu stecken. Dabei lachten und quietschten wir vor Freude. Die Wärme des Tages wehte Blütendüfte herbei. Sonnenstrahlen piekten mir ins Gesicht. Ich fühlte mich glücklich. War schwerelos und irgendwie wünschte ich, dies soll mein Ende sein.
War es aber nicht.
Denn plötzlich packte mich eine riesige Krake. Zumindest kam es mir so vor. Als ich die Augen öffnete, erkannte ich

eine dunkle Gestalt über mir, die mich gepackt hatte. Und die hielt mich fest. Die riss mich hoch und schleppte mich zurück zur Wasseroberfläche. Ich schnappte mit weit aufgerissenem Mund nach Luft. Der Retter, der mich herauszog, behandelte mich, als wäre ich eine gelbe Gummiente, die vom Rand der Badewanne versehentlich ins Wasser gerutscht war.

Er zog mich hinter sich her, was ich schön fand. Denn ich spürte die Kraft meines Retters. Was auch immer meine Aktion gesollt hatte, ich wusste es selbst nicht. Aber sie hatte sich gelohnt, allein schon durch das Fühlen dieser unbändigen Kraft.

So hatten wir uns kennengelernt, Holger und ich. Er, der Bademeister, hob mich aus dem Wasser ... nein, nicht wie eine gelbe Plastikente. Eher wie eine verlorengegangene Pekingente. Deren Schwimmtechnik lässt bekanntermaßen zu wünschen übrig. Während Frau Mannsdorf noch aufgeregt umherflatterte, trug mich mein Retter in den Sanitätsraum. Er schloss die Tür, reichte mir ein Handtuch. Wir waren allein.

„Wer hat dir denn ins Hirn geschissen?", lauteten seine ersten Worte. Er sah mich böse an.

Ich warf das Handtuch über meinen Kopf und tat fürchterlich beschäftigt. Was hätte ich ihm sagen sollen? Dass ich das alles hasse? Dass ich es leid bin? Dass ich am liebsten sagen würde, hey Schicksal, mach mal Pause! Verpiss dich. Ich brauche eine Auszeit!

Vielleicht war meine Aktion bekloppt. Aber als bekloppt wurde ich ja schon behandelt. Was also ist daran so schräg, wenn eine Bekloppte sich bekloppt verhält? Aber das konnte ich ihm alles nicht sagen. Dazu sah Holger viel zu gut aus.

Als die Tür geöffnet wurde, war das Frau Mannsdorf. Sie schob meinen Untersatz vor sich her.

„So, dann wollen wir doch mal wieder Platz nehmen, nicht wahr?"

Holger setzte mich in den Rollstuhl. Nichts habe ich in diesem Moment mehr gehasst, als dieses verdammt verfickte Scheißteil! Trotzdem, seit diesem Tag bin ich total in Holger verschossen.

3

Solche Erlebnisse verbinden. Dachte ich zumindest. Aber irgendwie habe ich mich verschätzt. Denn als ich ihm kräftig in den Hintern gekniffen habe, dreht sich Holger nicht um. Kein Wunder, denn es ist nicht Holger. Irgend so ein anderer Kerl kreischt auf, hält sich die Stelle am Arsch. Er sieht sich um. Als er in seiner Blickhöhe keinen Verdächtigen findet, fällt sein Blick auf mich. Scheiße.
Nichts da mit Expertin in Sachen Fucking-Identity-Arschgesicht! Ich hab den Falschen gekniffen. Was muss der auch Holgers Arsch haben, rechtfertige ich mich vor mir selbst? Wie aber die Situation einigermaßen retten? Also, ich meine möglichst beulenfrei? Mit zerknittertem Gesicht versuche ich es mit der Ich-bin-ein-Mädchen-du-darfst-mich-nicht-schlagen-Nummer. Klappt fast immer.
Aber der baumlange Kerl positioniert sich wie ein Wrestler. Er stemmt die Hände in die Seiten. Er glotzt mich an. Scheint zu überlegen, in wie viele Stücke er mich gleich hauen wird.
Währenddessen lasse ich meine Zähne blitzen. Ich bin die Unschuld in Person. Verdammt, das muss doch Wirkung haben! Tatsächlich beugt er sich langsam, ganz langsam zu mir herab. Ich kann sein maskulines Aftershave riechen.
„Behinderte Mädchen schlage ich nicht", flüstert er locker. Er kommt mir vor wie ein Stier, der seine Eier zwischen den Beinen schaukeln lässt. Als er sich wieder aufrichtet, saugt er Luft ein. So, als ob er meinen Geruch mitnehmen will. Ähnlich wie eine Fährte. Oder eine Drohung: Mädchen, noch einmal und …
Doch nicht mit mir. Ich rolle eine Vierteldrehung die Räder meines Rollstuhls zurück. Dann schieße ich mit geballter Kraft in seine Richtung. Mit den Fußstützen knalle ich gegen seine Fußgelenke. Die Reaktion folgt sofort.
Der Riese jault auf. Nichts da mit Eierschaukeln! Er jault auf wie ein Kleinkind. Er springt vor Schmerzen von einem Bein auf das andere. Hat er sich verdient, sage ich mir und wende. Da höre ich, wie er sich entschuldigt. Machen alle. Ich remple

jemanden an und das Opfer entschuldigt sich. Nennt sich wohl Rücksichtnahme auf Behinderte oder so. Mir egal. Ich wende mich ab, will fort von hier.

Doch mit einem Mal spüre ich, wie mein Rolli von jemandem geschoben wird. Und zwar ziemlich schnell. Die Menschen springen zur Seite, schimpfen. Aber sobald sie sehen, dass es sich um einen Rolli handelt, halten sie die Klappe und machen Platz. Ich drehe meinen Kopf nach hinten. Will wissen, wer mich da schiebt.

Mir fällt vor Schreck fast mein Herz in die Radspeichen. Der Riese schiebt mich wütend aus dem Saal. Im Foyer hält er an. Er dreht den Rolli so, dass ich ihn ansehen muss. Sein Blick lässt nichts Gutes ahnen.

„Ist das deine Nummer, fremde Männer anzumachen?", fragt er und stiert mich an: „Du stehst wohl auf Unfallopfer?"

Anders als ich vermutet hatte, scheint er aber nicht sauer. Im Gegenteil, er beginnt zu lachen. Er lacht wie ein Pferd. Er amüsiert sich. Ich bin ziemlich durcheinander, denn ich hatte mir schon einiges vorgestellt. Der Film *Massaker in Manhattan im 532. Teil* mit Motorsägen, Äxten, Buschmessern und hektoliterweise Blut wäre nichts gegen meine Fantasie.

Doch jetzt steht der Verrückte vor mir und lacht. Er lacht einfach. Und hört nicht auf. Plötzlich wird er ernst, reicht mir die Hand, sagt: „Ich bin Fabian. Freunde dürfen mich Fabi nennen. Deshalb bleibt's für dich bei Fabian."

Kurz darauf holt er uns zwei Flaschen Bier. Aufgrund der vielen Aufregung habe ich Schwierigkeiten mit der Koordination. Es fällt mir schwer, die Flasche zu halten. Sie schaukelt hin und her. Ich kann nichts trinken. Fabian sieht das und geht fort. Er kommt mit zwei Strohhalmen zurück und bietet sie mir stumm an. Als ich etwas verlegen bejahe, steckt er beide Röhrchen in die Flasche.

„Besser", sage ich und mustere Fabian. Okay, er hat in etwa die Figur von Holger. Doch an den kommt er nicht heran. Vielleicht ist es sein Gesicht, ich weiß nicht. Er wirkt lieb. Vielleicht zu lieb. Oder seine Haare. Bürstenschnitt. Darauf stand ich noch nie. Ich stell mir vor, wenn ich da durch strei-

cheln würde. Käme mir vor, als würde ich einen Hund kraulen.
Andererseits ist Fabian viel aufmerksamer als Holger. Holger ist Macho, durch und durch. Er läuft durch die Welt, als wäre die Welt ein einziger Catwalk. Er weiß, wie gut er aussieht. Also posiert er von morgens bis abends. Das hat seinen Reiz. Kein Zweifel. Aber praktisch ist das nicht. Neben so einem Typen kannst du als Frau verhungern und der prüft noch vor dem Spiegel mit Zahnseide, ob alle Zahnlücken glänzen.
Anders Fabian. Wie sich herausstellt, überschaut er, ob es irgendwo Gefahren gibt. Er hilft, ohne aufdringlich zu sein. Er ist uneitel, er ist da, wenn man ihn braucht. Er ist der ideale Begleiter.
Aber will Frau so was? Das ist das Elend mit den gut aussehenden Männern. Sie taugen zu nichts. Kennen nur sich selbst. Aber gerade das macht uns an. Nein, entscheide ich, Fabian wird nie eine Chance bei mir haben.

4

Wusstet ihr, dass Krankenkassen krank machen? Unvorstellbar, oder? Aber ich habe den Beweis. Ich hatte um die Genehmigung eines Handbikes angefragt. Das sind diese Dinger, die nach vorn den Rollstuhl verlängern. Sie haben vorn ein zusätzliches Rad und ein Antriebsteil. Sieht aus, als hätte man einen Unfall mit einem Fahrrad gehabt, wobei der Rollifahrer gewonnen hat. Denn die Pedale liegen oben und sind mit der Hand zu bedienen.

Genau so ein Teil wollte ich haben. Die Krankenkasse schrieb zurück: Abgelehnt. Aber jetzt kommt's. Stattdessen boten sie mir einen Elektrorollstuhl an. Geiles Teil, zugegeben. Wird mit einem Joystick bewegt. Das Ding ist zwar lahm, aber es kraxelt (fast) jeden Berg hoch. Der Elektrorollstuhl kostet etwa das Dreifache im Vergleich zu einem Handbike.

Schon seltsam. Man bittet die Kasse um das günstige Zusatzstück und die bieten einem das teure Teil an. Vor allem das finde ich verdächtig. Denn dahinter steckt eine Kalkulation. Die wollen das Handbike deshalb nicht finanzieren, weil sie davon ausgehen, dass man früher oder später sowieso den Elektroroller braucht. Das hängt mit dem Krankheitsverlauf von MS zusammen. Aber!

Mit ihrer Entscheidung machen die MS-Patienten krank. Wie ihr wisst, leiden MS-Patienten an permanentem Muskelabbau. Wer also nicht trainiert, stirbt früher. Und genauso verhält es sich mit dem Elektroroller. Wer zu früh in das Gerät einsteigt, stirbt früher. Das ist knallharte Kalkulation.

Also ist das Angebot, mir statt des Handbikes lieber den Elektroroller zu überlassen, ein giftiges Angebot. Denn mit dem Handbike muss man sich anstrengen. Das ist ständiges Training. Das beansprucht den gesamten Körper. Du baust sogar Muskeln auf. Aber offensichtlich ist genau das nicht gewollt.

Mit diesem Schreiben kam ich heute Morgen zu meinem Physiotherapeuten. Ich übergab ihm den Brief mit den Worten: „Die wollen, dass ich früher sterbe."

„Nun mal sachte, Schätzchen", säuselte Jochen, mein Physio. Jochen ist nicht groß, er ist dick. Er hat eine Glatze, und er ist schwul. Sein affektiertes Verhalten finde ich niedlich. Wenn er dann so geziert spricht, bekomme ich sofort gute Laune.
„Was soll dann dieser Brief?", fragte ich gereizt.
„Die gehen davon aus, dass es dir schlecht geht."
„Wie wollen die meinen Zustand kennen?"
„Statistik, Häschen. Statistik", kam ruhig von Jochen zurück. „Du bist jetzt wie lange im Rollstuhl? Drei Jahre?"
„Fünf."
„Na, siehst du. Die meisten MS-ler sind froh über so ein Angebot."
„Aber ich will den E-Roller so spät wie möglich!" rief ich aufgeregt.
„Dann beweis Ihnen wie fit du bist." Jochen setzte sich mir gegenüber auf einen Stuhl und zog meinen ersten Schuh aus. „Zeig denen, was du drauf hast."
„Wie denn?"
„Nimm dir ein Ziel vor."
Dazu muss ich erklären, dass mich Jochen einmal die Woche auf einem Laufband laufen lässt. Während ich mich seitlich festhalte, achtet Jochen darauf, dass ich nicht falle. Das Laufen ist extrem anstrengend. Dennoch bin stolz darauf, vierzig Schritte zu schaffen.
„Schreib denen, dass du hundert Schritte schaffst …"
„Bist du des Wahnsinns!" schrie ich ihn an. „Hundert Schritte! Das ist ja so als würde ich die beiden höchsten Berge der Welt, den K2 und den Mount Everest, direkt hintereinander besteigen.
„Ich denke auch, dass du das nicht schaffst", kam von Jochen leichthin. Er machte eine gleichgültige Handbewegung: „Dafür bist du viel zu faul. Du bist eben ein typischer Couch-Potato. Dein Gerede – alles Angeberei."
Damit hatte er mich. Nichts ist schlimmer, als wenn mich jemand als faul bezeichnet. Ich war schon immer sehr ehrgeizig. Jochen weiß das. Und deshalb provozierte er mich.

Nachdem ich ihn tausendfach beleidigt und mich dadurch ein wenig abgeregt hatte, dachte ich nach. Hundert Schritte, das ist mal eine Ansage. Aber schaffbar.
Warum? Weil ich es will!
Wir begannen sofort zu üben. Nach zweiundvierzig Schritten war ich tot.
Aber es gab noch einen weiteren Schritt zu tun. Jochen erklärte, ich müsste zu einem Psychologen. Dem sollte ich klarmachen, dass ich aus psychologischen Gründen mehr Bewegung bräuchte. Mehr Bewegung hieße bei mir, ich wäre ausgeglichener.
Der Psychologe soll das mit einem Brief bestätigen. Außerdem wird Jochen als mein Physiotherapeut das Gleiche tun. Dann beide Briefe ab zur Krankenkasse. Genialer Plan!

5

Den Psychologen kannte ich nicht. Vor allem – der kannte mich nicht. Er fragte dies und das, wie alt ich bin, wo ich wohne, seit wann MS. Das Übliche. Ich erzählte ihm die Sache mit dem Handbike und alles. Er hörte zu, griff sich immer wieder in sein volles Haar. Dann sah er aus wie Stan Laurel aus alten Kinntop-Filmen. Als ich mit meinem Anliegen fertig war, sagte er nichts.
Dann sagte er: „Viel Bewegung ist grundsätzlich gut. Außerdem kompensiert Sport die Libido." Er machte eine kleine Pause, sah mich dabei kurz an: „Na, in Ihrem Fall wird da ohnehin nicht mehr viel sein."
Ich dachte, der haut mir eine runter. Woher will der das wissen? Aber offensichtlich wird einem Rollstuhlfahrer wenig oder kaum Lust auf Sex zugesprochen. Dazu noch als Frau! Ich dachte, ich verschluck mich.
Das ist die Gelegenheit euch von meinen Dildos zu erzählen. Ich habe eine ganze Kollektion. Erst einmal diese alten Dinger, fleischfarben, biegsam, lang und robust. Dann die mit eingebautem Motor. An denen sich der obere Teil hin und her bewegt. Sieht dann aus wie ein Wurm, der Bauchschmerzen hat und kurz davor ist, sich zu übergeben. Dazu Vibratoren, mit denen dir bei Gebrauch alles vibriert. Ist bei Verstopfungen gar nicht so schlecht. Denn das regt den Darm günstig an, sag ich euch.
Ich habe viele Farben, wobei das ja Unsinn ist. Wer guckt da schon innen rein. Mein Problem ist meine rechte Hand. Jeder hat ja so seine Gewohnheiten. Ich mache es mir am liebsten mit der rechten Hand. Die aber hat immer mal wieder Ausfälle. Spastiken. Kennt ihr nicht? Das sind Verkrampfungen. Auf einmal verkrampft dir die Hand. Da geht nichts mehr, außer dass die Hand dann auch noch anfängt zu zittern. Ist voll scheiße!
Wenn ich also mit einem meiner Dildos bei der Arbeit war und ich langsam in Fahrt kam, konnte genau das passieren. Verkrampfung, weil zu viel Anstrengung für meine Hand. Da

geht dann nichts mehr. Das ist nicht nur unpraktisch, es ist der totale Abtörner. Da warst du gerade noch scharf, wolltest dir einen runterholen. Dann streikt die Hand und unten rum herrscht Stau. Ich könnte kotzen!

Dann hörte ich von etwas Neuem. Ein spezielles elektrisches Teil. Ist zwar ein Vibrator, aber ohne Schwanzform. Das Teil erinnert eher an einen Schwan. Das zumindest sagt der Hersteller. Mich erinnert das Teil an ein Seepferdchen. Müsst ihr mal ausprobieren. Ist es einmal am richtigen Platz, arbeitet das von allein. Ist voll praktisch. Da kann die Hand so viel krampfen wie sie will. Ich krieg mein Glück von einem Seepferdchen.

Eigentlich muss ich gestehen: Ich mag es schon etwas härter. Nicht umsonst habe ich eine Lustpeitsche. Ihr wisst, was Spanking ist? Klar wisst ihr das. Spanking heißt soviel wie *Arsch versohlen*. Jemand schlägt mit einem Gegenstand auf deinen Arsch. Das können leichte Schläge sein. Bei Profis wird auch schon mal heftiger zugeschlagen.

Spanking darf nie verletzen. Außer roten Arschbacken. Ihr kennt das bestimmt aus den Pornos, die ihr euch heimlich reinzieht. Er fickt sie von hinten, dabei gibt er ihr von Zeit zu Zeit einen Klaps auf den Allerwertesten.

Mich törnt das kräftig an. Darum habe ich mir auch eine kleine Kollektion zugelegt. Lederpeitsche, Birkenrute, sogar einen Ochsenziemer. Oder man nimmt, was der Haushalt so hergibt – Teppichklopfer, Bürste, langes Lineal, Fliegenklatsche, Tischtennisschläger. Die flache Hand tut's zur Not auch.

Spanking gefällt mir einfach. Es ist eine Bestrafungsform, bei der ich jederzeit stopp sagen kann. Es geht auch um Geschlechtsverkehr. Das erhöht sogar die Lust. Aber hauptsächlich geht es bei Spanking um das kontrollierte Zufügen von Gewalt, genauer gesagt Schmerz. Erst durch den Schmerz wird Sex richtig spannend.

Das bedeutet, dass ich einen Mann will, der mich führt. Der mir zeigt, wo es langgeht. Der nicht lange fackelt. Der es mir ordentlich besorgt. Ich will den Schmerz der gespielten Erniedrigung.

Übrigens: Als Einstieg will ich küssen. Ohne küssen geht mal gar nichts. Es gibt so viele schlechte Küsser auf der Welt. Die meisten sabbern oder öffnen nicht die Lippen. Oder sie lecken drauflos wie ein dankbarer Hund. Sie verstehen nicht das Spiel der Zungenspitzen. Dabei handelt es sich weder um Nahrungsaufnahme noch um Nahrungsauswurf.
Erst wenn das Küssen klappt, kann geschlagen werden. Ich bin da unerbittlich. Wenn der Mann das Küssen nicht draufhat, war's das. Bei diesem Gedanken sah ich den Psychologen an. Ich stellte mir vor … Nee, lieber nicht, denn augenblicklich hatte ich das Gefühl, eine Kartoffel sitzt in meinem Mund fest.
Ich hielt die Klappe und nahm die Bescheinigung für die Krankenkasse entgegen. Ich lächelte ihn lieb an.

6

Tags darauf sehe ich Holger. Er posiert am Beckenrand des Schwimmbads wie eine Werbefigur. Als würde er Werbung machen für ich weiß nicht was. Vielleicht die neueste Körperlotion – nicht fettend, aber glänzend. Oder er würde Reklame machen für Unterwäsche. Das Gemächt dafür hat er ja. Oder für ein Shampoo? Die einzigen Sätze, den er sprechen müsste, würden lauten: *Wahre Männer zeigen's dir! Mit dem neuen Shampoo Men for the fittest!* Dabei würde er wie üblich seine Haare zur Seite schaufeln.

Er sieht aber auch scharf aus. Ein echter Hingucker. Die breiten Schultern mit den kräftigen Muskeln. Die Oberarme. Absolut durchtrainiert. Die schmale Taille, der kleine kompakte Arsch ... Ich könnte ihn stundenlang anglotzen.

„Sind wir zum Träumen oder zum Arbeiten hier?", zerbricht eine schnepfige Stimme die Stimmung.

Ich brauche einen Moment, bis ich mich von Holgers Anblick losreißen kann. Mein Blick fällt auf Tammy. Eigentlich heißt sie Tamara Pa-Ua-Katanga. Also ganz eigentlich Tamara Mösenlechzer. Aber wer will schon so heißen? Außerdem machte Tamara vor zwei Jahren ein Aufweck- oder Erweckungsseminar in irgendeiner Freikirche mit. Oder war es eine Sekte? Egal, seitdem nennt sie sich Tamara Pa-Ua-Katanga.

Was der Name bedeutet, weiß niemand. Ich hatte damals den Verdacht, das könnte auch eine Parole sein. Eine Art geheimer Schwur zum Aufruhr. Man weiß nie, Terroristen kennen miese Tricks. Sobald Tammys neuer Name irgendwo auftauchte und die Terrorbande davon hörte, würden die zu meucheln und zu morden beginnen. Andererseits war es durchaus denkbar, dass Pa-Ua-Katanga einfach nur eine Übersetzung darstellte.

„Wovon?", fragte Tammy. Ich konnte an ihren Augenbrauen erkennen, dass sie da einen Verdacht gegen mich hegte.

Unschuldig sah ich sie an: „Na, Mösenlecker."

Rums, fing ich mir eine Ohrfeige ein.

Tammy ist meine beste Freundin und immer für mich da. Dabei ist sie genau das Gegenteil von mir. Während ich sehr auf mich achte, vor allem auf meine Fitness und mein Aussehen, ist Tammy das völlig schnurz. Sie ist kräftig gebaut, trägt ihr Übergewicht mit Fassung und bunten Wollresten. Die scheinen aus Altkleidercontainern zu sein. Zielsicher arbeitet sie gegen jede Mode. Besonders liebt sie Querstreifen und große Punkte.
„Was ist jetzt? Willst du nun gegen die Krankenkasse trainieren, Susan?"
Sofort bewege ich meinen Rollstuhl zum Hebekran. Tammy bedient das Teil. Sekunden später bin ich im Wasser. Tammy folgt mir.
Als sie ins Wasser gleitet, habe ich das Gefühl, der Wasserspiegel ist um fünfzehn Zentimeter angestiegen. Tammys Wasserverdrängung ist spektakulär. Aber ob sie nun fett ist oder nicht, ist mir voll egal. Tammy hat ein Herz aus Gold. Sie ist mir der liebste Mensch.
Meistens. Wenn sie nicht gerade nervt. Oder unter Wasser furzt.
Heute ist sie ernst. Sie ermahnt mich, meine Schwimmübungen ordentlich zu machen. Manchmal neige ich dazu, etwas schludrig zu sein. Außer Holger ist in der Nähe. Dann bin ich die Musterschülerin in Person. Ich hasse mich selbst dafür. Aber da ist dieser total bescheuerte Drang, ihm gefallen zu wollen. Meistens stolziert er am Beckenrand vorbei, ohne mich überhaupt zu registrieren.
Soll er doch, sage ich mir und wende meinen Kopf genervt ab. Ich schaue zu Tammy, die sich redlich Mühe gibt. „Beine strecken, weiter, noch ein bisschen, ja, das ist gut", singt sie lobend. Bei der nächsten Übung staucht sie mich zusammen: „Du sollst das Bein anziehen, Susan. An-zie-hen. Weiter!"
Ich lasse mich fünfzehn oder zwanzig Minuten von ihr so antreiben, bis ich merke, dass meine Kräfte schwinden.
„Was ist los?", fragt Tammy.
„Ich kann nicht mehr …", japse ich.
„Du schwächelst ja wie ein Mädchen!"

„Wie denn sonst?"
Tammy hält mich fest und zieht mich langsam zum Beckenrand. Mit ernstem Gesicht sagt sie: „Wir brauchen einen Plan."
„Guter Plan", bestätige ich.
„Nein! Wir brauchen zwei Pläne!"
„Noch besser", sage ich und pfeife aus dem letzten Loch: „Ich kann nämlich schon jetzt nicht mehr. Zwei Pläne helfen da auf jeden Fall."
Tammy lässt sich nicht aus der Ruhe bringen: „Wir brauchen einen Trainingsplan, sozusagen einen inneren Plan."
„Gut", sage ich, „wenn das hilft."
„Und dann brauchen wir einen zweiten Plan …"
„Meine Rede! Wir brauchen einen Chill-Plan."
„Wie?"
„Wann ich ausruhen kann und so."
„Unsinn!" faucht mich Tammy an. „Du hast Großes vor, und die Welt muss das wissen …"

7

Zum nächsten Termin beim Physiotherapeuten drängt sich Tammy regelrecht auf. Kommt mir sofort verdächtig vor. Doch auf Nachfragen reagiert sie nicht. Sie bugsiert mich persönlich ins Taxi mit den Worten: „Damit du uns nicht verloren gehst."

Jochen hat kaum gegrüßt, als Tammy auch schon loslegt. Aufgeregt ruft sie: „Die wollen, dass sie früher stirbt!"

Jochen sagt erst gar nichts, weil er nicht weiß, wer Tammy ist. Ich klär das dann mal auf, komme aber kaum zu Wort. Tammy ist in Rage: „Das dürfen wir uns nicht gefallen lassen! Wir müssen etwas dagegen tun!"

„Tammy!" versuche ich sie zu beruhigen.

„Nichts da!" fährt sie mich an: „Wir brauchen einen Plan …"

„Das sagtest du schon", sage ich und bin langsam genervt.

„Wir brauchen einen Sportplan!"

Alle drei sehen sich an. Schließlich wischt sich Jochen über seine blitzblanke Glatze und geht zum Laufband. Er sagt nichts.

„Ich tu und mach doch schon wie eine Wilde!" rufe ich aus und rudere mit den Händen umher. Ich weiß nicht, was Tammy von mir will.

„Das bisschen?", ätzt Tammy und macht ein abfälliges Geräusch. „Im Schwimmbad hübschen Jungen auf den Hintern schauen …"

„Tammy! Jetzt reicht's!"

„Absolut nicht!" keift Tammy zurück.

Ich will gerade zurückstänkern, als ich sehe, dass Jochen seine Hände beschwichtigend hoch hält.

„Meine Damen! Contenance!" Sofort sind Tammy und ich still und starren ihn an. Zumal keiner weiß, was Contenance heißt. Vielleicht ein neues Abführmittel? Egal. Jochen macht wieder einen seiner besonders weichen Zwischenschritte. Dann baut er sich vor mir auf: „Deine Freundin hat Recht."

„Wie bitte!" rufe ich wütend: „Ich kündige! In dieser Stadt gibt es bestimmt zwanzig andere Physios, die genauso schwul sind …"
„Du gibst mir also Recht, Schätzchen?", feixt er mich kokett an.
„Natürlich nicht!" Vor Ärger ziehe ich eine Schnute.
„Wenn du die Challenge wirklich annehmen willst, dann …", beginnt er seinen Satz und sieht mich dabei an.
„Dann? Was dann?"
„Dann brauchst du einen Sportplan! Das predige ich doch die ganze Zeit", quatscht Tammy dazwischen.
„Wer hat dich gefragt!" sage ich patzig und wende mich ab.
„Niemand, darum klappt ja nichts."
„Pah!" mache ich nur.
„Ist schon richtig, was deine Freundin sagt, du brauchst einen Trainingsplan. Dein Ziel ist sehr gewagt. Wenn du dann später abschiffst, ist das ziemlich peinlich …"
„Wer sagt das? Ich schiff nicht ab!"
„Na, dann ist ja alles in Butter! Bestens! Die kleine Zickenlady hat nur einen Spaß gemacht. Alle haben gelacht, und jetzt können wir nach Hause gehen. Susan, wunderbar!"
„Du kannst mich mal …", lautet mein Beitrag.
„Ohne Trainingsplan hast du keine Chance", erklärt Jochen. „Lass uns den gemeinsam erstellen. Los, Schätzchen, roll dich zum Schreibtisch. Wir überlegen, wie wir das machen."
„Endlich mal jemand, der klar denken kann wie ich", sagt Tammy. Sie bemerkt, dass ich mich nicht von der Stelle bewege. Also packt sie kurz entschlossen meinen Rollstuhl und schiebt mich zum Schreibtisch.
„Heh! Das grenzt an Entmündigung", protestiere ich.
Mit heftigem Schwung dreht mich Tammy zu sich. Sie beugt sich auf meine Sitzhöhe herab, starrt mich an und zischt dabei: „Deine Idee, sich gegen die Krankenkasse zu wehren, war gut. Jetzt aber musst du zeigen, dass du wirklich einen Arsch in der Hose hast. Hast du einen Arsch in der Hose?"
Das musst du meine letzten Männer fragen, will ich eigentlich sagen. Aber es geht nicht. Plötzlich fühle ich mich angreifbar,

sogar ein wenig hilflos. Kleinlaut streichel ich über Tammys Wange. Mir kullern ein paar Tränen die Wangen hinab. Ich kann nichts dagegen tun.

„Ich … ich dachte, wenn ich nur cool bleibe … dann …"

„Dafür hast du Freunde", sagt sie mitfühlend und umarmt mich. Doch damit ist plötzlich Schluss. Sie baut sich feierlich vor mir auf, während Jochen am Schreibtisch die ersten Eintragungen vornimmt.

Mit ernstem Gesicht sieht mich Tammy an: „So, genug geflennt. Jetzt geht es an den Schlachtplan. Und so frage dich, Susan, willst du den noch nicht so ganz entwickelten Trainingsplan zu deinem Plan nehmen? Willst du ihn ehren und beachten in guten wie in schlechten Zeiten? Willst du rackern und ackern, bis du vor Schweiß stinkst? Willst du ihn über dich ergehen lassen, selbst wenn du keinen Bock hast? Willst du ihn strikt befolgen, damit du auf die Krankenkasse scheißen kannst? Wenn du das alles willst und noch viel mehr, dann soll eure Verbindung bis zum Tag der Challenge gelten und dich zur Siegerin über Krankenkassengeschäftspraktiken erheben. Und so frage ich dich, Susan Hundert-Schritte, willst du den Bund mit dem Trainingsplan eingehen, so antworte mit: Ja, ich will."

Ich muss schon die ganze Zeit lachen, weshalb ich kaum einen Ton herausbringe. Tammy fährt mich an: „Ich höre nichts."

„Ja, ich will."

„Ich kann noch immer nichts hören – lauter!"

„JA, ICH WILL."

8

Nichts mehr mit täglichen Flirtshows, Klamottendates vor dem TV, willenlosem Hineinstopfen von Weingummis, Keksen und Zwischendurch-Smoothies. So fett Tammy ist, so konsequent kann sie plötzlich sein. Also zumindest, was mich anbetrifft. Denn wir haben nicht nur einen Trainingsplan, sondern auch einen Plan für die Ernährung aufgestellt. Das heißt, Jochen ist eigentlich dafür zuständig. Doch Tammy überwacht mich. Sie entpuppt sich als die geborene Gefängnisaufseherin. Und scheiße, sie ist gut – ihr entgeht nichts.
„Wo kommen die Drops her?", fragt sie mit dem Ton einer Ehefrau, die einen Beweis für die Untreue ihres Mannes gefunden hat. Sie hält die Drops hoch, als würde sie das Höschen einer Unbekannten halten.
„Die hat mein letzter Lover hier liegen gelassen", flunkere ich gelangweilt.
„Du lässt dich mit Drops bezahlen?"
„Quatsch, natürlich nicht. Die müssen vom Taxifahrer sein, der mich nachts in die Wohnung bringt."
„Und dann treibst du es mit ihm ... für Drops?"
„Tammy! Fick dich. Lass mich in Ruhe. Ich bin müde."
Tatsächlich ist die ganze Sache ziemlich anstrengend. Täglich muss ich ein bestimmtes Programm machen, damit ich Muskeln aufbaue. Hundert Schritte sind kein Pappenstiel!
Heute ist Hanteltraining angesagt. Tammy kennt keine Gnade.
Jeweils eine Hand. Ist zwar nur ein Kilogramm, die Hantel, aber auf Dauer ganz schön happig. Warum? Habt ihr mal versucht, ein Kilo zu stemmen? Das entspricht einem Kilo Zucker oder einer Ein-Liter-Cola-Flasche. Okay, soweit. Das kennen alle. Und ist auch nicht wirklich schwer. Jetzt aber weiter. Stellt euch vor, ihr habt euch vor ein paar Tagen kräftig am Unterarm gestoßen. Ihr habt fürchterlichen Muskelkater. Egal, ihr müsst das Gewicht stemmen. Zehn Mal, zwanzig Mal, dreißig Mal. Und mehr! Eure Hand verkrampft vor

Schmerz, dass sie sich nach innen zusammenzieht. Sieht aus wie eine Pfötchenhaltung und nennt man auch so.

Und dann wirbelt eine leicht übergewichtige Sklaventreiberin vor euch herum. Die schreit und treibt euch an. Mal lieb: „Du schaffst das, Süße!" Oder nicht ganz so lieb: „Reiß dich zusammen, du Schlampe!" Und ihr fangt ebenfalls an zu brüllen. Aber vor Schmerzen. Ihr kriegt den Arm mit dem Gewicht praktisch nicht mehr hoch. Aber ihr wisst, ihr müsst! Ihr müsst!

Alles tut weh. Aus der Verkrampfung ist eine Spastik geworden. Ihr könnt eure Finger nicht mehr bewegen, so starr sind die. Aber ihr müsst weiter! Ihr wisst, ihr müsst gegen euren Körper, gegen den Schmerz arbeiten. Ihr wisst, ihr müsst den Wunsch überwinden, aufzugeben. Nein, aufgeben heißt Schwäche. Aufgeben heißt verlieren. Verlierer mag niemand. Darum weiter, immer weiter, auch wenn jede Bewegung nur noch ein Zittern ist.

Nach fünfzehn Minuten bin ich tot. Mir fällt dieses Scheißgewicht aus der Hand. Tammy hebt es auf, dreht sich weg und trällert vor Freude: „Ich bin so stolz auf mich, dass ich dich bis 43 angetrieben habe."

Meine Reaktion erzähle ich jetzt mal lieber nicht. Immerhin sollt ihr ein positives Bild von mir haben. Aber wenn sogar Tammy rot anläuft, dann war mein Adrenalinspiegel nicht von schlechten Eltern. Als ich mit meinen Beschimpfungen fertig bin, lächelt mich Tammy zuckersüß an: „Wer noch so viel Energie hat, der schafft morgen locker 50." Sie klappert mit den Augen.

Als MS-ler bist du immer der Arsch. Egal, was du machst, die scheiß Krankheit erfordert ständig Kraft. Überall gibt es Grenzen. Einfach mal so irgendwo hingehen, läuft nicht. Im wahrsten Sinne des Wortes. Alles muss vorher organisiert werden. Du musst vielleicht ein Taxi bestellen. Aber das kommt erst in zwei Stunden, weil zu viel andere Kundschaft. Du musst wissen, ob es an deinem Ziel Treppen gibt. Vielleicht hast du Glück, und dein Ziel ist barrierefrei. Vielleicht.

Aber selbst wenn du damit Glück hast, ist die entscheidende Frage aller Fragen – na, welche?
Richtig. Es ist die Pieselfrage. Jeder muss mal pieseln. Das ist normal. Doch für Rollstuhlfahrer nicht unbedingt. Das fängt schon damit an, dass man sich genau überlegt, was man so trinkt. Bier, Kaffee und Tee treiben besonders schnell. Wer eine schwache Blase hat, muss ständig aufs Klo.
Dazu kommen tägliche Formschwächen – mal musst du häufiger, mal kannst du es länger halten. Oder du hast pieseltreibende Medikamente eingenommen. Die brauchst du, weil dich die Schmerzen umhauen. Wie auch immer, über allem schwebt die bange Frage: wo pissen? Als Gehsteher denkst du kaum darüber nach. Toiletten gibt es schließlich überall. Auch Treppen, Stufen, enge Türen, alles kein Problem. Für Rollifahrer ist das umgekehrt. Treppen, Stufen, enge Türen sind ein ständiges Problem.
Außerdem gibt es längst nicht so oft so viel Toiletten für Behinderte. In manchen deutschen Innenstädten gibt es gerade einmal ein oder zwei. Und dann stellt sich die Frage, wie weit die entfernt sind. Längst nicht jede Kneipe hat eine behindertengerechte Toilette. Wenn du dann müssen musst, sieht's teilweise ganz schön scheiße aus. Oder hättet ihr Lust zwei, drei Kilometer mitten in der Nacht, bei Regen, noch dazu allein und das als Frau, zum nächsten Klo zu rollen?
Die alles entscheidende Frage ist also das Klo. Denn wer isst und trinkt, der muss mal. Und ja, die Leute sind meistens sehr höflich und freundlich. Die meisten helfen einem bei einigen Stufen. Aber wenn der Türrahmen zu eng ist und der Rolli nicht durchpasst? Und selbst wenn man dich zum Klo trägt, es aber keine Haltegriffe gibt, dann musst du vor fremden Leuten einen Striptease hinlegen. Genauer gesagt, du musst deinen Hintern blank ziehen. Ist ziemlich sexy, das kann ich euch sagen!
Dann sitzt du im Rollstuhl vor dem Klo, deine Blase platzt gleich. Zwei Leute müssen dich heben und zum Klo tragen. Aber bevor du dich setzen kannst, muss dir jemand die Hosen runterziehen. Sehr geschmackvoll. Für alle Beteiligten.

Und dann sitzt du endlich auf dem Klo. Und dann kannst du dich entleeren. Und wenn du fertig bist, brauchst du wieder Hilfe, um in deinen Rollstuhl zurück zu kommen. Ich kann euch sagen: Das hebt die Laune!
Also überlegst du dir genau, ob du dir und anderen das antust. Und zwar vorher! Im Zweifelsfall verzichte ich lieber.
Eine Lösung für das Pieselproblem hat man vor Jahren herzustellen versucht. Es gibt europaweit den gleichen Schlüssel für Behindertentoiletten. Den Schlüssel bekommt man von irgendeiner Organisation. Mit dem lassen sich fast alle öffentlichen Toiletten aufschließen. Sofern es ein Behindertenklo gibt. Denn das Problem dabei – es gibt viel zu wenig. Und wenn es sowieso nur ein oder zwei in einer Stadt gibt und du feierst gerade am anderen Ende der Stadt? Pech gehabt.

9

Obwohl mich mein Trainingsprogramm gut auf Trab hält, langweile ich mich. Irgendetwas, so sag ich mir, muss passieren. Nur was? Ich würde gern mal wieder in ein Konzert gehen. Als hätte ich den richtigen Riecher gehabt, finde ich im Netz heraus, dass die *Toten Hosen* ein Spezialprogramm geben. Das soll in Baden-Baden stattfinden. Wo liegt das denn?
Und gibt's das überhaupt? Baden-Baden steht auf derselben Liste wie Bielefeld, und das gibt's ja bekanntlich nicht. Baden-Baden ist nur was für reiche und alte Leute, die von gestern sind. Vorsichtshalber überprüf ich die Ortsangabe ein paar Mal. Tatsächlich soll dort ein Konzert stattfinden. Außer der Reihe. In besonders kleinem Rahmen. Geht doch! sag ich mir. Also buche ich das. Als Schwerbehinderte steht mir eine Aufsichtsperson zu. Aber, ach du Scheiße! Alles schon dicht. Ich bin zu spät. So ein Ärger. Ich will aber, sag ich mir. Ich will die *Hosen* sehen!
Jetzt mal kühlen Kopf bewahren. Wie machen wir das? Ganz einfach – ich fahr hin. Tammy darf als Begleitperson mit mir mit. Kostet nur für eine Person. Ist bei der Bahn auch so, sie muss nichts bezahlen. Das hält die Kosten überschaubar. Aber einfach beim Konzert auftauchen? Und wenn die uns nicht reinlassen?
Und Tammy? Soll ich ihr erzählen, dass ich keine Karten habe? Oder soll ich volles Risiko eingehen? Denn wenn ich es ihr erzähle, weiß ich ihre Reaktion nicht genau. Vielleicht kommt sie mit, vielleicht nicht. Grundsätzlich steht Tammy zu Risiken wie zu Diäten – sie meidet sie.
Erst einmal abwarten. Einfach organisieren. Also bestelle ich eine Zugfahrkarte mit Reisebegleitung. In zwei Tagen geht's los. Alles Weitere wird sich finden. Bleibt nur noch Tammy. Ich überlege die ganze Zeit, wie ich das am besten anstelle. Schließlich fällt mir da was ein.
Pünktlich und bestens gelaunt kommt sie zu unserem Tagestraining. Heute ist wieder hanteln angesagt. Sie gibt sich große Mühe. Als ich tatsächlich die 50 irgendwie geschafft habe,

könnte ich kotzen vor Anstrengung. Aber ich schlucke alle Schimpfwörter herunter. Ich bin total außer Atem und stoße hechelnd hervor: „Du, Tammy, da ist eine Sache. Die wollte ich dir noch erzählen."
„Du bist schwanger?", schreckt sie auf und sieht mich nervös an.
„Von meinem neuen Vibrator etwa?", lache ich laut auf.
„Naja, wenn der Vibrator aus den Staaten kommt, ganz bestimmt nicht", erwidert Tammy, die inzwischen wieder entspannt ist. „Anders bei den Chinesen. Da weiß man nie."
„Nein, nicht schwanger."
„Was ist es dann?"
„Ach, ich weiß nicht, wie ich es sagen soll", druckse ich herum.
„Haus raus, Maus", ermutigt mich Tammy.
„Du kümmerst dich so sehr um mich, dass ich dich zum Dank zu einem Ausflug einladen möchte …"
„Wirklich? Das ist ja süß!" jubiliert Tammy, kommt zu mir und zerdrückt mich fast mit ihrer Umarmung. Als sie mich endlich loslässt und mich anschaut, sehe ich, dass sie einige Tränchen vor Glück verdrückt.
„Ja, und wenn wir schon mal dort sind …", versuche ich ihr den Rest zu verklickern.
„Aha! Ich dachte mir schon, da kommt noch was." Lautstark schneuzt sie in ein Taschentuch.
„Die *Hosen* geben ein Konzert, ganz klein, ganz privat."
„Zufällig, verstehe", sagt Tammy. Ihr Gesicht wird ernster. „Wo soll das zufällige Konzert denn stattfinden?"
„In Baden-Baden. Übermorgen …"
„Was? Das geht auf gar keinen Fall! Ich muss arbeiten. Aber selbst wenn ich nicht arbeiten müsste, mal angenommen. Glaubst du, ich kriege das nicht mit? Die Wahrheit ist, dass du eine Begleitperson brauchst. Pah! Schöner Ausflug als Dankeschön!"
Wenn Tammy in dieser Stimmung ist, ist es besonders wichtig, kein Wort zu sagen. Sie regt sich auf, tierisch sogar, wird

laut und alles das. Und nach fünf Minuten habe ich sie genau dort, wo ich sie haben möchte.

„Wie ich dich kenne, hast du die Karten längst bestellt", sagt Tammy im Ton eines geordneten Rückzugs. Als ich nicke, fragt sie nur noch genervt: „Wann geht's los?"

Die Sache mit den fehlenden Eintrittskarten verfolgt mich. Soll ich es Tammy sagen? Es wäre fair, das auf jeden Fall. Also beschließe ich, es ihr zu sagen. Zum richtigen Zeitpunkt. Heute, so stelle ich fest, ist es nicht wirklich günstig.

Ich freue mich riesig auf den Ausflug. Endlich passiert mal was. Gut, auf das Konzert auch. Aber vor allem liebe ich es, unterwegs zu sein. Ich will etwas erleben. Das tun wir dann auch.

Das erste, was mich amüsiert, ist, dass das Konzert in einer Kirche stattfindet. „Sind wir hier falsch?", frage ich den Taxifahrer.

„Nix falsch du", brummt er vor sich hin. „Kirche tott."

„Ah!" mischt sich Tammy ein. „Der nette Fahrer meint, die Kirche sei inzwischen keine Kirche mehr."

So ist es dann auch. Schade, denke ich. Wäre bestimmt eine hübsche Schlagzeile gewesen: Die *Toten Hosen* spielen zum Gottesdienst! Tun sie aber nicht. Die ehemalige Kirche ist jetzt ein Kulturzentrum oder so.

Dann wird's munter. Die Einlassboys wollen uns nicht reinlassen. „Nur mit Karte!"

„Kein Problem", trällert Tammy gut gelaunt und flirtet mit dem Kräftigsten der Securityjungs. „Susan, zeig ihm unsere Karten."

„Tja, da muss ich passen", sag ich verlegen und spüre, dass ich dabei rot werde.

„Wie?" Tammy sieht mich entgeistert an. „Wir haben keine Karten? Wir sind den langen Weg ... Wann wolltest du mir das sagen?"

„Hab ich doch gerade", drucks ich herum und will mich lieber mit dem Einlasser einlassen. Doch Tammy wird wütend und giftet mich an.

„Du kleine niederträchtige Schlampe! Das hast du alles so geplant. Gib es zu!"
„Also so genau nun nicht …"
„Das genügt!"
Im ersten Moment befürchte ich, dass Tammy mir eine runterhaut. Tut sie aber nicht. Stattdessen dreht sie mir den Rücken zu und spricht mit dem Einlasser.
„Du siehst ja selbst, das Mädel ist schwachsinnig", spricht sie ziemlich laut. Andere Leute, die wie wir in der Reihe stehen, werden aufmerksam. Man hört gespannt mit. „Nicht nur, dass sie wegen MS im Rollstuhl sitzt. Sie ist geistig nicht mehr auf der Höhe. Das liegt am schleichenden Krebs. Der frisst täglich an ihrem Gehirn. Dazu ist sie Vollwaise, Alkoholikerin und leidet an einer seltenen Geschlechtskrankheit. Nein, nein, keine Sorge! Ich habe immer Sprays dabei. Da kann nichts passieren. Aber stell dir vor, wir kommen 700 Kilometer hierher. Ich wusste nicht, dass wir keine Karten haben. Das alles hat sie verbockt. Weil der Krebs ihr Gehirn frisst. Nicht nur, dass sie im scheiß Rollstuhl sitzt. Sie verblödet! Sie verblödet mehr und mehr. Und dazu sieht sie auch noch scheiße aus. Ist das zu fassen?"
Tammys Rede ist die Ohrfeige, die ich verdient habe. Aber sie wirkt. Der arme Einlasser fühlt sich total überrollt. Er lässt uns anstandslos hinein und ist froh, dass er uns endlich los ist. Kaum sind wir aus seinem Sichtfeld, flüstere ich Tammy zu: „Geht doch."
„Noch ein Wort", droht Tammy, „und ich such die nächste Kellertreppe für dich. Besonders hoch, besonders steil."
Ich kann ja schweigen. Also, wenn's ernst wird. Ich meine, so richtig ernst.
Die *Hosen* sind mal wieder spektakulär. Okay, viel Neues kommt da nicht mehr. Wirkt manchmal ein bisschen seltsam, weil die inzwischen auch schon aussehen wie vom Bestatter frisch geliefert. Ähnlich wie die Stones. Wen interessiert's? Mal richtig abrocken, rumgrölen bis zur Heiserkeit. Kommen noch immer gut, die alten Sauflieder.

10

Wieder ins Schwimmbad, wieder Training, wieder Holgers Arsch. Das Einerlei nimmt kein Ende. Immerhin zehre ich noch von dem Ausflug zum Konzert. Tammy muss es wohl auch gefallen haben, denn sie ätzt nicht weiter rum. Stattdessen schickt sie sich Nachrichten mit dem kräftigen Securityboy.
Meine sportlichen Leistungen werden langsam besser. Es ist zwar alles fürchterlich anstrengend. Aber so lange ich gewillt bin, mein Pensum zu schaffen, schaffe ich das auch. Also, sofern der Körper mitmacht. Weil der aber zur Zeit wenig Zicken macht, geht es sportlich gesehen bergauf. Das ist für Tammy der Startschuss zu Phase zwei.
„Phase zwei?", frage ich. „Das heißt, du startest mit deiner Diät?"
Tammy verzieht die Nase und sagt streng: „Na, wir wollen doch nicht unnötig albern werden, oder?"
Während ich mir ein Lächeln nicht verkneifen kann, baut sich Tammy vor mir auf. Sie läuft nervös auf und ab und redet wie eine Lehrerin.
„Womit haben wir es zu tun? Es ist der Kampf zwischen David und Goliath. Du, Susan, du bist wie der kleine David, der sich im Kampf mit dem übergroßen Goliath messen muss. Das wird der Kampf des Jahres!"
„Übertreibst du nicht ein bisschen?", frage ich vorsichtig.
„Ganz und gar nicht! Wann legt sich eine Behinderte schon mal mit der Krankenkasse an? Und genau das müssen wir öffentlich machen." Sie reibt ihre Hände ineinander. „Was du brauchst ist eine Managerin", erklärt sie feierlich: „Und diese Managerin … Überraschung!" trällert sie, bis sie zum Höhepunkt kommt: „Bin ich!"
Sie starrt mich wie ein Honigkuchenpferd an, als wenn sie auf Applaus wartet. Doch ich bin nicht wirklich überzeugt. Das liegt vor allem daran, dass immer dann, wenn Tammy eine Sache zu ihrer Chefsache erklärt, es Probleme gibt. Auf der anderen Seite ist das meistens lustig. Darum ändere ich meine

erste Meinung und sage: „Wunderbar, Tammy! Niemand könnte diesen Job besser als du."

„Nicht wahr?", kommt von ihr zufrieden. „Als erstes", so erklärt Tammy die Situation, „brauchst du ein Image. Jeder braucht ein Image. Ohne Image bist du nichts. Und bei dir machen wir das so ..." Sie nimmt wieder ihre Schritte auf und denkt angestrengt nach. „Du bist die kleine, arme MS-lerin, die ihr Leben im Rollstuhl vegetieren muss. Du hast ein hartes Schicksal. Aber du hast es schweigend angenommen. Du warst nie aufsässig, nie hast du über die Stränge geschlagen. Du hast immer alles so hingenommen wie es kam – still, dankbar, brav ..."

„Von wem redest du?", frage ich irritiert.

„Von deinem Image, du Dummerchen."

„Ach dann. Ich dachte schon, du redest von mir."

„Weißt du, Susan, mit diesem Image kann ich arbeiten ..."

„Oh, Gott!" kommt von mir, denn ich befürchte Schlimmeres.

Wieder läuft sie hin und her. Wenn Tammy denkt, also ich meine, sehr ... tja, dann entweicht ihr schon auch mal so der eine oder andere Furz. So auch jetzt. Ich verziehe die Nase, öffne das Fenster. Dabei flüstere ich: „Tammy, was hast du nur gegessen ...!"

„Stör nicht meine Kreise", kommt von ihr. Dann hat sie es. Sie bleibt stehen, hebt den Zeigefinger ihrer rechten Hand empor. Sie redet wie ein Radio.

„Wenn Krankenkassen nicht helfen, sondern krankmachen, dann kommen die Schwächsten schnell unter die Räder. So geschehen bei einer jungen, hübschen Frau, die seit Jahren an Multipler Sklerose leidet. Allein, einsam, dazu schwer krank, werden dieser armen Frau wichtige Behandlungen vorenthalten. Als sei ihr beklagenswertes Schicksal nicht dramatisch genug, verwehrt ihr die Krankenkasse ein technisches Gerät. Das aber braucht die mutige Frau so dringend! Denn nur dadurch kann sie den Kampf gegen diese heimtückische Krankheit aufnehmen. Auch wenn sie weiß, dass sie den Kampf nicht gewinnen kann, so geht es ihr um einen Rest an

Würde. Doch wie reagiert die Krankenkasse? Die zeigt sich herzlos und brutal. Sie verweigert ihr das letzte bisschen Würde. Schlimmer noch, sie demütigt die bemerkenswerte Frau …"

„Tammy, da stimmt doch kein Wort!" rufe ich dazwischen.

„Nach dem Image kommt die Message", sagt sie kühl und zuckt die Schultern. „Und die Message muss sitzen."

„Das kann ja sein", erwidere ich, „aber doch nicht so! Da ist ja praktisch alles falsch."

„Lass mich das mal machen. Schließlich geht es nicht um Fakten. In einer Message geht es immer um Gefühle. Nur über die Gefühle kriegt man Aufmerksamkeit."

Mir schwant Schlimmstes. Andererseits denke ich, dass ein bisschen Aufmerksamkeit nicht schaden kann. Wenn das tatsächlich Druck auf die Krankenkasse machen würde … Aber da kenne ich mich nicht aus. Darum lasse ich Tammy gewähren. Hoffentlich ist das kein Fehler.

Stattdessen plane ich meinen nächsten Coup. Das Wort habe ich letztens irgendwo aufgeschnappt. Es gefällt mir, und heißt so viel wie frecher Plan. Ob das, was ich vorhabe, frech ist, wird sich zeigen. Ich überprüfe nochmal die Telefonnummer.

„Hi! Hier ist Susan. Ist dort die Ortsgruppe für Spanking?"

„Kommt darauf an", antwortet eine tiefe Männerstimme. Danach nichts. Schweigen.

„Und wie oft trefft ihr euch?"

„Kommt darauf an."

„Okay, also nicht regelmäßig, oder?"

„Kommt darauf an."

Ich bin etwas irritiert. Sehr auskunftsfreudig scheint der Mann nicht zu sein. Also probiere ich es anders. „Wann ist denn das nächste Treffen?", frage ich und tue so, als wär ich bestens gelaunt. „Weil, ich meine, ich interessiere mich sehr."

„Muss ich nachfragen."

„Okay", sage ich zögernd und warte. Nichts passiert. Ich höre den Atem des Mannes. Weiter geschieht nichts. Schließlich frage ich: „Bist du noch dran?"

„Kommt darauf an."

11

Das Industriegebiet liegt im Dunkeln. Keine Straßenbeleuchtung. Hier fahren nur wenige Autos. Hinter einem hohen Drahtzaun sehe ich weit entfernt Lastwagen rangieren. Sie bohren schwache Lichtstreifen in die Nacht. Es regnet. Der Taxifahrer hält in der Nähe einer Brücke.
„Sind Sie sicher, dass Sie hier aussteigen wollen?"
Zur Bestätigung nicke ich. Er steigt aus, holt von hinten den Rollstuhl. Er hilft mir beim Umsteigen. Ich rolle vom Taxi weg. Der Fahrer steigt ein, fährt grußlos. Offensichtlich traut er dieser Ecke nicht.
Regen fällt auf mich. Ich orientiere mich und sehe, drei Meter weiter links bin ich geschützt unter der Brücke. Ich rolle dorthin, als ich mich total erschrecke. Über mir donnert ein Zug. Das Donnern ist so laut, dass ich meinen eigenen Atem nicht mehr spüre. Nervös sehe ich mich um. Mir ist kalt. Ich beginne zu zittern.
Auf was für einen Scheiß habe ich mich da nur wieder eingelassen, frage ich mich selbst? Ich werfe mir Dummheit vor. Denn hier ist weit und breit niemand, der mir zur Not helfen könnte. Obwohl ich es mir nicht eingestehen will, spüre ich Angst. Angst vor der Dunkelheit. Angst vor dem nächsten Zug. Angst vor dem, was mich erwartet.
Ich bin so in Gedanken, dass ich den Mann nicht erkenne. Plötzlich ist er aus der Dunkelheit aufgetaucht. Wie ein riesiger Schatten bleibt er einige Meter von mir entfernt stehen. Ist er das? Oder ist das ein Triebtäter? Scheiße, sage ich mir, manchmal bin ich wirklich total bescheuert.
„Susan?"
Oh, Jesus, Justin und Madonna! Er kennt meinen Namen. Also kann es kein spontaner Meuchelmörder sein. Vielleicht überlebe ich das hier doch, irgendwie.
Der Typ ist so verschwiegen wie die Nacht. Er dreht sich um, geht. Ich trotte hinterher, habe aber Schwierigkeiten. Er ist zu schnell. „Heh!" rufe ich: „Geht's auch einen Tacken langsamer? Außerdem kannst du mich mal schieben, hey!"

Tatsächlich dreht er sich um, wartet, bis ich auf seiner Höhe bin. Danach schiebt er mich. Geht doch.
An einer verdunkelten Halle rollt der Typ mich in einen Seitenweg. Ganz am Ende ist eine Tür, die er umständlich öffnet. Ich rolle ins Dunkle. Der Typ schaltet Neonröhren an. Das Licht ist extrem grell. Ich bin total geblendet. Ich sehe gerade noch, wie der Typ durch eine andere Tür geht.
Dort empfängt mich abgedämpftes Licht. Außerdem ist es warm. Mir kommen halbnackte Menschen entgegen. Ich weiß sofort – hier bin ich richtig.
Die Oberspankinglady ist eine dralle Dame um die fünfzig. Sie überzeugt mit kräftigen Hüften, üppigen Oberschenkeln und einer Oberweite, die kaum in den Fischnetz-Bodystrumpf passt. Sie kommt auf mich zu, lächelt und reicht mir die Hand: „Ich bin Elvira. Wir haben hier alle Künstlernamen. Das schützt unser Privatleben. Wie heißt du?"
„Susan."
„Okay, Susan. Ab jetzt heißt du Chantal, klar?"
„Klar."
Elvira schiebt mich in einen anderen Raum, in dem es noch dunkler ist. Im Hintergrund läuft Musik, irgendwas Ruhiges. So wie ich erkennen kann, müssten sechs Leute hier sein. Zwei davon verteilen Peitschen, Besen, Rohrstöcke und Paddel. Man nimmt mich freundlich in die Runde auf und widmet sich wieder den Schlaginstrumenten. Es wird sich ausgetauscht über Qualität, Nutzbarkeit und Preise.
Wie sich herausstellt, hatte ich wohl falsche Erwartungen. Während ich an wilde Sexnächte gedacht hatte, ist das hier so eine Art Verkaufsschau. Die beiden, die mit den Produkten von Mann zu Frau und umgekehrt gehen, sind Verkäufer. Geschockt stelle ich fest, ich bin auf eine Tupperparty geraten. Nur, dass es keine Tupperware, sondern Peitschen gibt.
Tatsächlich bringt Elvira jetzt Schnittchen und Bier. Während sich die ersten bedienen, stellen sich die Verkäufer als Dirty Horse und Hungry Pussy vor. Hungry Pussy geht auf allen Vieren und nimmt die Doggystellung ein. Dirty Horse knallt ihr vorsichtig auf den Hintern. Dabei erzählt er von Vorzügen

des Quälprodukts, während Hungry Pussy stöhnende Geräusche von sich gibt.
Insgesamt stellt sich die Truppe als ziemlich lasch heraus. Das hier ist alles andere als eine wilde Orgie. Selbst die Schläge erinnern mich mehr an braves Streicheln als Schläge zur Befriedigung. Neben mir sitzt ein Bulle von Kerl. Er starrt immerzu auf den Hintern von Hungry Pussy. Ich wende das Wort an ihn, ich will herausbekommen, ob hier im Zweifelsfall mehr abgeht.
„Wie viele Leute seid ihr in eurer Ortsgruppe?", frage ich möglichst unauffällig.
„Kommt darauf an."
Ich erschrecke. Ist dieser Typ das maulfaule Wesen, das ich am Telefon hatte? Wenn ja, denke ich, kann das ja heiter werden.
„Und dann sucht sich jeder einen …"
„Kommt darauf an", sagt er, weil ihn meine Fragen offensichtlich null interessieren. Rettung kommt von der anderen Seite. Sie will schon vorbei gehen, aber Mister Maulfaul hält sie an. „Dat Schantall hat Fragen."
Auf der Stelle hockt sich Elvira zu uns. Ebenfalls auf allen vieren. Dabei macht sie das so, dass ihr Kopf in meiner Höhe ist. Oder, um es genauer zu sagen, dass ihr Hinterteil sich direkt vor meinem Nachbarn befindet. Oder, noch genauer, sie hockt genau vor Hungry Pussy. Strategisch hat Elvira nun die beste Poolposition – für meinen Nachbarn.
„Das ist Manfred", sagt sie und wirft einen kurzen Blick auf ihn. „Er ist mein Mann. Eigentlich nennt er sich der Graf. Aber das passt irgendwie nicht. Alle nennen ihn Manfred."
Manfred scheint tatsächlich sprungbereit wie ein Bulle zu sein. Indem sich Elvira direkt unter seinen Blick geschoben hat, erfährt nun sie alle seine Aufmerksamkeit. Manfred starrt die ganze Zeit auf Elviras Hintern. Er fängt an, sie vorsichtig und langsam dort zu streicheln.
„Wie oft trefft ihr euch?", frage ich.
„Das ist unterschiedlich. Meistens an den Wochenenden", kommt von Elvira. Sie schaukelt ihr Hinterteil hin und her.

„Kann man bei euch Mitglied werden?"
„Kommt darauf an."

12

Ganz in der Nähe meiner Wohnung gibt es eine Fußgängerbrücke. Die führt über eine sechsspurige Straße. Das heißt, die Brücke ist ziemlich lang. Um darüber fahren zu können, muss man zuerst einmal ein ganzes Stück bergauf rollen. Ich sehe das als Training an, zumal es heute regnet. Es bestehen also erschwerte Bedingungen.
Der außen am Rand angebrachte Metallreifen nennt sich Greifreifen. Wenn es also regnet und die Wege nass sind, rutscht man leicht mit den Händen ab. Vor allem, wenn man wie ich mit einer Hand oder beiden Händen zittert. Dann kann es auch schon mal sein, dass ich an einer Seite ins Leere greife. Das bewirkt, dass der Rollstuhl in die andere Richtung lenkt. Außerdem verliert man seinen Schwung. Mitten auf der Anhöhe muss man dann den Rollstuhl wieder ins Fahren bringen.
Bei Regen ist der Greifreifen nicht nur glitschig, er ist vor allem kalt. Also ziehe ich Lederhandschuhe an, an denen die Finger rausgucken. Damit kann ich besser zupacken.
Okay, die Anstrengung macht nicht so viel aus. Ruck-zuck habe ich die Brückenhöhe erreicht. Dann die Straße in luftiger Höhe erreichen, durch Gestank und Lärm. Schon kommt die Belohnung. Denn nun geht es ab. Genauer gesagt bergab. Es ist zwar nicht ganz ungefährlich, aber ihr wisst ja – ich liebe Risiko.
Also gebe ich Schwung und ab geht's. Der Rollstuhl beschleunigt und schießt die andere Seite der Brücke hinab. Das Gefälle ist nicht von schlechten Eltern. Außerdem ist die Strecke gerade. Läufer und Fahrradfahrer sind nicht in Sicht.
Die Reifen surren über den glatten Asphalt. Die Geschwindigkeit nimmt zu. Regen prasselt mir ins Gesicht. Meine Finger liegen an den Bremsen. Damit kann ich den Rollstuhl ein wenig lenken. Ziehe ich die Bremse links an, geht der Rollstuhl nach links und umgekehrt. Man darf nur nicht zu heftig die Bremsen ziehen. Fahrtwind flattert mir um die Ohren.

Ich rase den abschüssigen Weg herunter, als mich plötzlich etwas irritiert. Ohne Vorwarnung und viel zu spät erkenne ich, dass der Weg quer aufgerissen wurde. Bauarbeiter haben die aufgebrochene Stelle mit groben Kieselsteinen zugeflickt. Das heißt, dass die Asphaltdecke unterbrochen ist. Ich weiß sofort, wenn ich darüber rausche ... Himmel, nein!
Ich rase direkt darauf zu. Ich ziehe sofort die Bremsen so heftig ich kann, denn ich weiß, was das bedeutet.
Schon habe ich die Stelle erreicht. Der Rollstuhl verliert die Balance. Die kleinen Vorderräder wackeln und schaukeln. Die großen Reifen schwanken hin und her. Ich kann die Bremsen nicht mehr halten. Dadurch verliere ich die Kontrolle.
Mit einem Satz springt der Rolli hoch, fliegt sozusagen über die Kieselsteine, landet wieder auf Asphalt. Aber durch den Schwung dreht sich der Rolli um die eigene Achse. Meine Arme fliegen hinterher wie willenloses Totholz im Wind. Der Rolli stellt sich quer. Jede Sekunde wird er mich auf die Seite werfen, als in diesem Moment zwei starke Hände in das Geschehen eingreifen. Und mich bremsen und festhalten, sodass ich mit dem Hinterkopf gegen den Bauch meines Retters schlage.
Ich bin noch völlig durcheinander, brauche einen Moment. Es ist vorbei. Ich habe Glück gehabt, ich hätte tot sein können. Mir wird bewusst, was für einen Bock ich mal wieder geschossen habe.
„Spaß gehabt?", höre ich die männliche Stimme meines Retters. Er fragt das freundlich, ohne jeden Vorwurf.
„Das Ende war nicht ganz so geplant", sage ich und bin froh, mich nicht einem unbekannten Strafgericht stellen zu müssen. Weil ich die Kontrolle wieder über meinen Rolli habe, drehe ich mich um. Ich will meinem Retter in die Augen sehen.
Jetzt bin ich zum zweiten Mal baff. Es ist Fabian, der mich freundlich anlächelt.
„Du?", frage ich verwirrt. „Was machst du denn hier?"
„Früher war ich Torwart", sagt er lässig. „Fußball, du verstehst? Aber das wurde mir zu langweilig. Da dachte ich mir, hey, dann fängst du zur Abwechslung mal ein paar Rollis."

Dabei grinst er über das ganze Gesicht. Keine Spur von Vorwurf oder Ermahnung. Sehr angenehm.

„Ist schon gut, dass du die Sportart gewechselt hast", lächle ich zurück. „Das muss belohnt werden. Komm, ich lade dich ein."

Ich will schon losrollen, als ich bemerke, dass Fabian stehen geblieben ist. „Was ist? Komm!"

„Keine Zeit", sagt er und zuckt die Schultern.

„Wie, keine Zeit?" Ich bin komplett durcheinander. Da lade ich einen Kerl ein und der lehnt ab? In was für einer Welt leben wir?

„Sorry, ein anderes Mal vielleicht."

Das wird ja immer doller! Ein anderes Mal, sagt der, dazu noch: vielleicht. Was denkt der sich, wer er ist? Hier kann doch nicht jeder machen, was er will! Vor allem nicht, wenn ich einlade.

„Weg da", blaffe ich ihn verärgert an und setze meinen Weg fort.

Als ich ein paar Reifendrehungen entfernt bin, ruft er mir hinterher: „Morgen um die gleiche Zeit wieder hier? Ich verspreche, ich setze mein Training fort."

Störrisch wie ich nun mal bin, zische ich zurück: „Vergiss es." So ein unverschämter Kerl, fluche ich innerlich. Was nützt der Frau der Feminismus, wenn der Mann nicht spurt?

13

"Ich meine, du bist ja echt behindert. Also, so richtig, meine ich. Erst dachte ich, du ziehst ne Show ab oder so. Wär ja mal wat anderet. Aber dann. Dann bist du ja echt behindert. Also, ich meine, so richtig. Dat musste verstehen, Schantall! Bei uns ist keiner auf so wat ausgebildet, wenn de verstehst, wat ich dir sagen will? Keiner. Der letzte, der seinen Schein beim Roten Kreuz, also für den Führerschein gemacht hat, dat ist dat Elvira. Und dat is ja auch schon wieder ein Weilchen her. Bestimmt zwanzig Jahre oder so. Also, im Grunde zählt dat nich mehr. Wat machen wir mit dir, wenn du kollabieren tust? Siehste, dat kannste selber auch nicht beantworten. Iss ne große Verantwortung. Also, ich meine für uns. Nich dat wir dich nich verstehn würden! Nee, dat glaub mal nich. Und du biss ja auch ne lecker Mädschen … Naja, vielleicht ein bisschen schmal um de Hüften, weil dat haste ja selbst gesehen, also, ich meine, für mich. Dat Elvira iss da schon wat fülliger um die Hüften gebaut. Aber gut, sag ich immer, lebe und lebe lasse. Dem einen so wie dem anderen es gefallen tut. Darum versteh dat richtig. Schantall, du biss ne prima Frauschen, wenn auch wat zart um de Hüften. Wat aber nix machen tut, wär da nur die Sache mit der Verantwortung weg vom Tisch. Isse aber nich. Da liegt sie nun, und wir müssen damit umgehen, also ich meine, wenn du da so rumliegen tätest. Dat Elvira, die kann wat ab. Dat sag ich dir. Deren Kiste ist so breit wie der Arsch vom Brauereipferd. Aber du, du bist so zart, so zerbrechlich. Eben behindert. Und nimm dat ja nich persönlich, du, dat sag ich dir. Ich will nur ehrlich mit dir sein, weil, stell dir vor, da macht einer wat kaputt! Ja, plötzlich stehste du da und et geht wat kaputt. Einfach so. Niemand will dat. Am wenigsten ich. Aber wenn et dann passiert? Wat dann? Dann werden Fragen gestellt. Und man wird fragen: Haben Sie dat nich vorher gewusst? Und ich frage dann zurück: Ja, wat denn? Und dann sagen die von der Kripo, dat dat Frausche ne Behinderte iss. Dann ist dat zappenduster, also, für mich. Und vielleicht gibt es ein Gesetz, dass Sex mit Behin-

derten verbietet? Du lachst, Schantall, aber mal im Ernst. Es gibt so viele Gesetze, wer kennt sich da aus? Sex mit Tieren ist ja auch verboten. Oder mit Kindern. Alles verboten. Warum dann nich auch mit Behinderten? Darum tut mir dat leid, Schantall, da sind so viele Gründe, warum wir dat besser finden, wenn du uns nicht mehr besuchen tust. Kannste dat verstehen? Also, ich meine, zumindest so ein bisschen?"
Ich zögere meine Antwort hinaus, bis ich sage: „Kommt darauf an."

14

Der Anruf war im Grunde eine Frechheit. Andererseits zeigte er mir wie so oft, dass viele Menschen Angst im Umgang mit Behinderten haben. Oder zumindest nicht wissen, wie mit ihnen umgehen. Insofern bin ich froh, dass Manfred, der Bulle, mir das sehr genau erklärte. Jetzt weiß ich, woran ich bin.
Zum Schluss hatte er noch davon geschwafelt, man könnte ja in Verbindung bleiben. Blablabla. Vergiss es! Dafür bin ich viel zu stolz. Ich legte auf und war sauer. Andererseits, was soll's, sagte ich mir. Ich gehöre halt zum Ausschuss. In Deutschland gibt es 1,6 Millionen Rollifahrer. Und der Rest der Gesellschaft weiß nicht mit ihnen umzugehen. Na, wunderbar!
Irgendetwas grummelt in mir seitdem. Ich weiß nicht, was es ist. Die Ablehnung? Die Offenheit? Die Dreistigkeit? Aber ist es dreist, ehrlich zu sein? Das muss ich Manfred zugestehen – er ist zwar ein Idiot, aber ein ehrlicher Idiot. Also, was ist es, was da in mir grummelt?
Ich finde keine Antwort. Stattdessen sehe ich die Uhrzeit und schrecke auf. Ich muss mich beeilen, wenn ich rechtzeitig dort sein will. Ob ich ein Date habe? Pah, da muss ich lachen. Bestimmt nicht! Nicht mit Fabian. Aber es interessiert mich, ob er tatsächlich kommt. Also, ob er glaubt, ich würde kommen.
Also ab auf meinem AOK-Chopper. Bevor es losgeht, kurz noch checken: Hab ich die richtigen Klamotten an? Muss ich den Lidschatten nachziehen? Was ist mit Lippenstift? Parfüm? Fingernägel sauber? Schuhe korrekt? Blödsinn, sag ich mir. Ich fahr doch nicht zu einem Date!
Wie sich zeigt, wartet er schon. Aha, denke ich. Als ich die Höhe der Brücke erreiche, kann ich ihn gut sehen. Ich könnte mit gleichem Schwung die Brücke hinabfahren wie gestern. Würde auch Spaß machen. Außerdem würde mich Fabian auffangen. Aber so nicht. Ich lass den erst einmal zappeln.

Wenn der glaubt, ich springe, weil der sich das so wünscht? Vergiss es.
Die Autos, die unter mir fahren, sind viel interessanter. Das sag ich euch. Da gibt es blaue, rote, gelbe, viele schwarze Wagen. Wenig weiße, und auch nur wenige Motorräder. Dafür eine Menge Busse. Wer hätte das gedacht?
Ich linse mal kurz die Brücke hinüber. Er steht noch immer wie ein braver Wachposten. Soll er doch. Seit wenigen Sekunden interessiere ich mich für Vögel. Ja, richtig. Die fliegen nämlich von hier nach da und zurück. Also meistens. So genau kann ich das nicht erkennen. Und hören schon mal gar nicht, weil der Krach unter mir jedes andere Geräusch regelrecht auffrisst.
Ach ja, die Vögel! Wie gesagt, ich interessiere mich für Vögel total. Bestimmt schon seit einer halben Minute. Wenn nicht länger. Ich kann gar nicht mehr ohne … Ob er immer noch auf mich wartet?
Egal, sag ich mir. Tschüss, ihr fernen Vögel. Ich muss dann mal weiter, gebe mir einen kräftigen Ruck und sause auch schon den Abhang hinab. Mein Gefährt nimmt ordentlich Fahrt auf. Heute regnet es nicht. Das macht alles schneller. Ich lege meine Hände an die Bremsen, um notfalls lenken zu können. Bremsen muss ich nicht. Ich weiß ja, dass Fabian unten wartet.
Ich rase den Brückenabhang hinab. Meine Beschleunigung ist phänomenal. Ich schlage sogar auf die Reifen, damit ich noch schneller werde. Als ich zufällig mal nach vorne schaue, um die Richtung abzuchecken, glaub ich, mich tritt ein Pferd. Wo ist Fabian? Wo ist dieser Idiot? Gerade war er doch noch da! Jetzt aber kann ich ihn nirgends sehen …
Ach, du Scheiße! Wenn er nicht da ist, muss ich so schnell wie möglich bremsen. Denn wenn ich mit dieser Geschwindigkeit über die Kiesel heize, kippe ich bestimmt sofort um. So ein Idiot! fluche ich. Warum hat er nichts gesagt, dass er weggeht? Kann man sich denn nicht einmal für zwei Minuten auf diesen Kerl verlassen?

Die Baustelle kommt immer schneller. In wenigen Sekunden werde ich sie erreichen. Ich kann nur hoffen, dass meine Verletzungen nicht allzu …
Da packt mich etwas. Mit einem Mal werde ich aus der Geschwindigkeit gestoppt. Ich werde fast aus dem Sitz geschleudert. Aber da ist eine starke Hand, die mich hält. Im Nu steht der Rollstuhl, und ich sitze noch darin. Unverletzt. Nichts gebrochen, nichts zerbrochen. Einen halben Meter vor dem Kies steht alles still.
„Jetzt hätte ich Zeit auf einen Kaffee", höre ich Fabians Stimme. Er sieht mich entspannt an. Kein Vorwurf, kein Theater. Weiß der Himmel, woher der jetzt gekommen ist. Aber ich bin froh, dass er mich gerettet hat. Nur zugeben oder bedanken? Nicht in Teufels Namen!
„Jap", sage ich lässig, „passt bei mir auch." Nur keine Schwäche zeigen, keine Dankbarkeit oder sonstigen Gefühlskram. Ich bin eine starke Frau, und die darf auch ruhig mal gerettet werden.
Während ich mich langsam das letzte Brückenstück herabrollen lasse, geht Fabian neben mir her. Irgendwie funktioniert unser Gespräch nicht so richtig. Dafür aber redet er zumindest mal keinen Unsinn.
Im Café bestelle ich einen Gingerale, er einen Kaffee. Er fragt mich, wie es mir zwischenzeitlich ergangen ist. Ich erzähle vom Trip nach Baden-Baden, vom Konzert mit den *Hosen*. Er lächelt dazu. Ich will mehr erzählen, über die Band, die Musik, die Liveatmosphäre. Noch immer lächelt er, bis er sagt: „Du, lass mal. So sehr interessiert mich die Band nicht."
Rums! Da ist es wieder! Ich weiß nicht, wie ich das beschreiben soll? Ist es Arroganz? Oder Überheblichkeit? Vielleicht beides und noch viel mehr. Denn ich weiß aus eigener Erfahrung – wer so einen Satz sagt, der muss ganz schön eingebildet sein.
„Aha", sage ich so, als hätte ich das zur Kenntnis genommen. Was soll ich sonst auch sagen? Wenn der meine Themen nicht mag. Also herrscht erst einmal Pause, bis er sich vertraulich zu mir beugt.

„Bist doch nicht sauer, deswegen, oder?", fragt er mich.
„Nein", antworte ich langgezogen und lächle mich durch die Situation. Kaffee und meine Flasche Gingerale werden gebracht. Die Bedienung geht, Fabian folgt ihr. Er kommt mit einem Strohhalm zurück, steckt ihn wortlos in die Flasche.
Nur zur Info, du Idiot! Natürlich bin ich sauer. Stinksauer sogar! Da erzähle ich von meinen intimsten Erlebnissen! Und was macht dieser Idiot? Der sagt mir, dass ihn das nicht interessiert. Wie kann man nur! Feingefühl und Charme gegenüber einer Frau geht anders, mein lieber Freund.
Ich weiß auch nicht, warum das so ist. Aber bei Fabian gehe ich sofort an die Decke. Er braucht gar nicht viel machen oder sagen – rums! bin ich auf hundertachtzig. Es ist wie ein Magnetismus. Nein, anders herum, also wenn man sich abstößt. Das ist so stark, das tut schon weh.

„Hier!" ruft sie aufgeregt und wedelt mit einem Blatt Papier. „Du wirst staunen, Susan."
Tammy ist total aus dem Häuschen. Bevor sie mit schnellen Schritten auf mich zuläuft, nehme ich die ihr vorauseilende Wolke von Schweiß, Blut und Tränen wahr. Sie muss sich förmlich verausgabt haben für ihren Text.
„Das war eine schwere Geburt", hechelt sie atemlos, knallt sich neben mir aufs Sofa. Die süßlich-saure Duftwolke schwappt um sie herum wie eine Gewitterwolke. „Also. Willst du mal hören?"
Sie fragt das nicht wirklich. Keine Chance, sie will vorlesen.
„Die schmächtige Frau ist vom Schicksal gebeutelt. Schweigend fällt ihr einsamer Blick aus dem Fenster. Sie will nicht viel. Selbstlos wie sie ist, fordert sie auch nichts, was sich nicht erfüllen ließe. Sie seufzt tapfer, denn sie weiß, viel Kraft wird sie nicht mehr haben. Erst war das Leben nicht gerecht zu ihr, jetzt ist es die Krankenkasse. Dabei wünscht sie sich nur ein wenig Würde. Sie hätte so gern ein Handbike. Doch die Krankenkasse lehnt brutal ab.
Susan S. ist kein Einzelfall. So wie ihr, ergeht es vielen hunderten, wenn nicht tausenden von verzweifelten kranken Menschen. Die Ärmsten der Armen sitzen in verzweifelter Gefangenschaft …"
„Meinst du nicht, das ist ein bisschen …?", unterbreche ich.
„Nein, nein", widerspricht Tammy. „Absolut nicht! Man muss schon ordentlich auf die Kacke hauen, damit man gehört wird."
„Schon", sage ich beruhigend. „Aber es sollte auch stimmen."
„Ich hasse Bedenkenträger", wimmelt mich Tammy ab, die weiterlesen will. Doch ich verweise darauf, dass wir unser Training beginnen müssen. Schließlich, so sage ich, hätte ich nachher noch einiges vor.
Das stimmt zwar so nicht ganz, aber irgendwie doch. Zumindest kann ich für mein Vorhaben Tammy nicht gebrauchen. Als wir mit den Übungen fertig sind und sie endlich gegangen

ist, gehe ich ins Internet. Zuerst gebe ich mir in einem Social-Media-Portal eine neue Identität. Ab jetzt heiße ich Chantal.
Als Chantal werbe ich indirekt für Sexseiten, weil ich Spanking praktizieren möchte. Es ist ganz einfach. Ich schreibe, dass jeder sich seine Identität erschaffen kann. Fantasie ist gefragt. Darum, so schreibe ich weiter, würde ich im Rollenspiel der Fantasien die Behinderte sein. Ich weise extra darauf hin, dass sich Leute melden sollen, die auf meine Behinderung Rücksicht nehmen. Zum Schluss unterschreibe ich mit *Chantal Handicap*.
Na, wollen doch mal sehen, was passiert. Ob es tatsächlich Leute gibt, die darauf abfahren. Und es wird sich zeigen müssen, ob die Leute mir das abnehmen. Vielleicht, denke ich, hätte ich mit einem zusätzlichen Foto mehr Erfolg. Nein, nicht was ihr jetzt denkt! Ich bin doch nicht bescheuert.
Es müsste ein künstlerisches Foto sein. Einerseits würde es meine Persönlichkeit zeigen, andererseits wüsste jeder, worum es geht. Das Gesicht müsste natürlich unkenntlich gemacht werden. Es ginge mir mehr um den Ausdruck.
Dabei fällt mir Fabian ein. Der ist doch Fotograf! Ob ich mit ihm solche intimen Dinge …? Wie ich ihn einschätze, und ich schätze ihn als ziemlich gelassen, wenn nicht cool ein, müsste das klappen. Die Hauptfrage ist nur, hätte er dazu Lust? Und außerdem müsste ich sehen, ob das mit ihm geht.
Manchmal ist er mir einfach zu lässig, was auf der anderen Seite mächtig Vorteile hat. Vielleicht ist das aber auch so seine Art, nämlich die, dass er provoziert. Mag sein, er weiß das gar nicht selbst. Ah! das könnte sein. Möglicherweise müsste ihm das mal jemand sagen.
Wieso ich? Ich bin nicht auf die Welt gekommen, um verkorkste Kerle gerade zu biegen.

Kapitel II

Als erstes stachen ihre Augen hervor. Wie eine Kohlezeichnung waren sie mit Kajalstift schwarz umrandet. Doch im Grunde waren es nicht die Augen. Es war ihr Blick.
Messerscharf und hart blickte sie in ein Nirgendwo. Vielleicht zu einem Horizont, den nur sie sah. Vielleicht zu einem Traum oder einem Schmerz, den nur sie empfand. Sie war nicht nur eine heißblütige Flamencotänzerin. Señora Consuela war *die* Tänzerin schlechthin.
Nie zuvor hatte ich so eine stolze Frau gesehen. Sie war eine Erweckung für mich. Ihre zackigen Bewegungen, die sie abwechselte mit der Geschmeidigkeit eines Panthers, zogen mich magisch an. Die Rhythmen der Kastagnetten, das Stampfen ihrer Schuhe. Dazu die Hüftschwünge, mit denen sie das rote Kleid flattern ließ. Ich war sieben Jahre und ich wusste: Genau so wollte ich auch tanzen, eines Tages.
Ich malte mir aus, wie es sein würde, so zu tanzen. Indem man eine Haltung annimmt, den Rücken durchbiegt, das Kinn hochreckt. Vor dem Spiegel übte ich die Posen. Doch dann fiel mir etwas auf. Etwas war noch zu klären. Würde das Äußere, die Kleidung, die Bewegungen, der Tanz das Innere formen? Oder war es umgekehrt, dass man zuerst eine innere Haltung besitzen musste? Dass man nur durch die innere Haltung zu dieser Schärfe des äußeren Ausdrucks in der Lage wäre?
Wie auch immer die Antwort sein würde – ich war mir von Anfang an darüber im Klaren, dass ich den Tanz nur durch Härte und Disziplin beherrschen würde. Doch das machte mir nichts. Während ich in der Schule mehr gedanklich schlief als ernsthaft etwas lernte, ging ich im Tanz voll und ganz auf. Hier wurde ich wach, hier lebte ich auf!
Und ich entwickelte Ehrgeiz. Immer wollte ich die Beste sein. Nicht an Nummer eins zu stehen fühlte sich an wie eine Erniedrigung. Entweder die Nummer eins oder nichts.
Señora Consuela sah ich nie wieder. Vielleicht war sie gar nicht so gut wie ich das damals als Kind geglaubt hatte.

Vielleicht wäre sie eine Enttäuschung gewesen? Das machte nichts. In meiner Fantasie lebte und tanzte sie weiter, bis ich bald vor einer wirklichen Tänzerin stand – Walburga Kortenschlenk. Nun, der Name erschien mir eine ernsthafte Belastung. Etwa in der Art, als hätte sie einen Klumpfuss oder Pestbeulen um die Nase. Da aber sollte ich mich gewaltig täuschen!

Obwohl die Frauenbewegung erste sprachliche Exekutionen selbst in unserer Region vorgenommen hatte, bestand Walburga Kortenschlenk auf die Anrede *Fräulein* Kortenschlenk. Wer sie mit Frau oder Señora ansprach, den verbesserte sie augenblicklich. Dann schossen die Pfeile ihrer Blicke wie eine Stalinorgel auf einen. Dann verzog sie das gesamte Gesicht zu einer harten Grimasse. Ihr Körper wurde steif. Mit ihrem stets weit abstehenden rechten Arm, mit dem sie einen riesigen Taktstock hielt, pochte sie dreimal kräftig auf den Parkettboden. "Es ist genug!" zischte sie noch, ehe sie sich abwandte. Das Gespräch war beendet.

Fräulein Kortenschlenk musste grob geschätzt hundert Jahre alt sein. Sie war so klein wie wir Mädchen. Sie war dünn, hager, faltig. Doch ihre Sinne waren hellwach. Mit ihrer Stimme hätte sie problemlos jeden Stadionsprecher übertönt, allerdings ohne Mikrofonanlage.

Ich habe Fräulein Kortenschlenk nie lächeln sehen. Sie war immer ernst, streng und gerecht. Sie sah alles, die noch so geringste Kleinigkeit. Und sie verlangte alles. Sie spornte an, sie verlangte. In all ihrer äußerlichen Zerbrechlichkeit, war ihre Willenskraft die eines Vulkans. Ich liebte Fräulein Kortenschlenk.

Sie war es, die mich entdeckte. Sie war es, die mir den Weg zur Professionalität zeigte. Die mich ertrug und sogar noch provozierte, wenn ich heulend am Boden hockte. Die mich mit ihrer Strenge zur Weißglut brachte, wenn ich bei einer perfekten Drehung die Stellung des kleinen Fingers einen halben Zentimeter zu weit nach oben gehalten hatte.

Wir hatten wilde Kämpfe. Sie sah mein Potenzial. Das verlangte sie zu sehen. Nicht mehr und nicht weniger. "Wenn du zerbrichst, Kleine", so sagte sie mehrmals, "dann nicht an meiner Härte, sondern an deiner eigenen Schwäche." Ich weiß nicht, wie viele Nächte ich sie verfluchte.

Aber sie zeigte mir, was es wirklich heißt, eine Flamencotänzerin zu sein. Erst durch Fräulein Kortenschlenk bekam ich eine Ahnung. Ich spürte die Besonderheit dieses Tanzes, seine Anspannung, seine Darbietung als Frau, diesen unendlichen Stolz.

Ich wollte tanzen wie Carmen Amaya, was natürlich Unsinn ist. Als ich sie bei einer Filmvorführung das erste Mal sah, erschien sie mir wie eine Göttin. Nie gab es eine Flamencotänzerin mit derartigem Ausdruck. Sie war eine außerirdische Erscheinung wie sie es nie wieder geben wird.

Die Philosophie dieses Tanzes färbte auf mein gesamtes Leben ab. Während andere Mädchen schüchtern zusammenglucksten und sich die Mäuler über den oder den Jungen zerrissen, interessierte mich das Thema lange nicht. Hinzu kam, dass ich ab und an mit richtigen Tänzern üben durfte. Das waren Männer! Richtige Kerle, mit Schneid und Arroganz. So etwas wollte ich und nicht diese labbrigen Jungs, die nicht einmal ihre Zahnspangen richtig sauber halten konnten.

Obwohl ich mich mehrfach in einige Flamencotänzer – natürlich nur die Besten – verliebte, sahen die Männer umgekehrt mich eher als zu klein geratene Göre an. Dazu noch jung und verlegen. Ich hatte keine Chance.

Als ich spürte, jetzt muss da mal was passieren, entschied ich mich für einen Sportler. Mit Tanz hatte der nichts zu tun. Aber von der Figur her entsprach er in etwa meinen Vorstellungen. Er war groß, hatte breite Schultern, ein schmales Becken, einen knackigen Po. Kurzerhand zog ich ihn bei einer Party in einen Nebenraum, wo ich ihm im Stehen die Hosen herabstreifte. Er stand sofort bereit. Wir konnten die Sache in die Hand nehmen.

Mehr war es denn auch nicht. Ich war enttäuscht, sodass ich das Procedere noch mehrmals in die Wege leiten musste, ehe ich auch mal was davon hatte. Von da an war es leicht, einen

Jungen, meistens einen der Älteren, abzuschleppen. Mir ging es nicht um Liebe. Ich sagte mir, ficken ist ein normales Bedürfnis. Ähnlich wie Hunger und Durst. Das musste von Zeit zu Zeit gestillt werden.

Gelegenheiten ergaben sich viele. Zumal mich Fräulein Kortenschlenk zu Veranstaltungen schickte. Das waren Wettkämpfe, wo es beinhart zur Sache ging. Zu Anfang gewann ich fast immer, sodass ich von Wettkampf zu Wettkampf in die nächst höhere Liga aufstieg. Fräulein Kortenschlenk empfing mich nach dem Wochenende mit starrem Gesichtsausdruck. Sie erwartete, dass ich ihr meinen Sieg verkündete. Sie lobte nie. Sie gratulierte nicht.

Nur wenn ich einen Wettkampf mal nicht gewonnen hatte, erkannte ich ein Blitzen in ihren Augen. Ihr Lob bestand also darin, mich nicht anzublitzen, wenn ich gewonnen hatte. Mir reichte das.

Inzwischen hatte ich mir einen Namen gemacht. Ich erkannte, dass Flamenco auch ein Geschäft ist. Also ließ ich mich buchen und kassierte Gagen. Parallel dazu bewarb ich mich nach dem Schulabschluss beim Finanzamt, wo mir die gelernte Disziplin erheblich half. Ich wurde genommen, bestand mit Bravour die Prüfungen und hatte bald mein eigenes Geld. Ich zog von zu Hause aus.

Ich machte einen Führerschein für Motorräder. Kaum hatte ich den in der Tasche, kaufte ich mir eine sündhaft teure Maschine. Eine Ducati, 900 Kubikmeter, über 200 Stundenkilometer schnell. Damit konnte ich ordentlich angeben, vor allem, wenn ich bei Discotheken vorfuhr.

Sobald ich die Maschine aufgebockt hatte, zog ich die schweren Lederschuhe aus und verstaute sie in den Koffern an der Maschine. Während ich mich lasziv aus der Lederkombi pellte, äugte ich vorsichtig, wie viele Männer mich beobachteten. Da musste ich mir keine Sorgen machen. Die Männer starrten mich wie ein Weltwunder an. Denn aus der schwarzen Lederkombi hatte sich eine knackige junge Frau mit langen blonden Haaren, rotem Top und sündhaft kurzem

Lederrock geschält. Der besondere Höhepunkt kam, wenn ich in die knallroten Pumps stieg. Da pfiff und grölte alles.

In allen Discotheken, wo ich auftauchte, war ich nach kurzer Zeit ein Star. Manche Besitzer buchten mich von der Tanzfläche weg. Das war die Zeit, als mir die Männer zu Füßen lagen. Ich konnte auswählen, mit wem ich mal kurz verschwand. Und das nahm ich tatkräftig wahr.

Bei einer Veranstaltung, die außerhalb der offiziellen Wettkämpfe stattfand, bemerkte ich eine Unregelmäßigkeit. Es lässt sich schlecht beschreiben. Im Grunde war es auch nur sehr kurz. Mein rechtes Bein setzte für eine Sekunde aus. Ich konnte die Tanzschritte nicht machen. Doch längst war ich professionell genug, um solche Kleinigkeiten zu überspielen.

Danach achtete ich nicht weiter darauf. Als das wieder geschah und kurz darauf sogar für einige Sekunden, sagte ich mir, du musst dich zusammenreißen. Ich reagierte wie Carmen Amaya, die mit fünfzig Jahren zusammengebrochen war. Man stellte fest, dass etwas mit den Nieren nicht stimmte. Statt sich weiter untersuchen zu lassen, entschied sie sich für noch mehr Training, noch mehr Härte, noch mehr Entbehrung. Monate später starb sie.

Da ich Fräulein Kortenschlenk von meinen kommerziellen Auftritten nichts erzählt hatte, traute ich mich nicht, von meinen kleinen Ausfällen zu erzählen. Außerdem war das auch der falsche Zeitpunkt. Denn das fast hundertjährige Fräulein litt selbst unter körperlichen Beschwerden. Sie brach im Unterricht zusammen. Wir ließen sie ins Krankenhaus bringen. Am nächsten Tag stand sie wieder in der Übungshalle. Sie sah aus wie ein verwittertes Denkmal mit diesem harten und strengem Gesicht.

Bei meinem nächsten Auftritt versagten plötzlich beide Beine. Ich kam mir vor wie auf Stelzen, wobei ich kurz hin und her wackelte. Den Auftritt brachte ich mit Mühe zu Ende, doch ging ich vorsichtshalber am nächsten Tag zu einem Arzt. Der untersuchte mich lang, verschrieb mir Tranquilizer, also Beruhigungstabletten, mit den Worten: "Sie sind 21 Jahre jung, machen einen unruhigen Eindruck, vielleicht sind Sie einfach nur überdreht."

Von da an war ich ständig zugedröhnt und benommen. Nach etwa sechs Monaten stellte ich die Einnahme ein. Ich fühlte nichts mehr. Tatsächlich ging es mir langsam besser. Sogar die Beine spürte ich wieder. Es gab also keinen Grund, die Sache weiter zu verfolgen.

Aber nach weiteren eineinhalb Jahre bekam ich Probleme mit den Augen. Zuerst dachte ich, es ist eine Bindehautentzündung. Weil es war April, es war kalt und mit meinem damaligen Freund waren wir ständig surfen. Vorsichtshalber ging ich zum Augenarzt.

Der Augenarzt schickte mich ins Krankenhaus. Ich sah ihn nervös an, wusste nicht, was das sollte. Später kam mir der Gedanke, ich hätte einen Gehirntumor und der Arzt sei nur zu feige gewesen, mir das zu sagen. Im Krankenhaus untersuchte mich ein Neurologe. Es wurde eine Lumbalpunktion gemacht, also mit einer Spritze Nervenwasser aus dem Rückenmark herausgezogen. Anhand der weiteren Analysen kann festgestellt werden, ob und wo ein Krebs besteht oder nicht.

Der Krankenhausaufenthalt zog sich hin. Ich hatte den Eindruck, nichts zu haben. Ich fühlte mich nicht krank. Es war doch alles wunderbar. Aber ständig wuselten Krankenschwestern und Ärzte um mich herum, die mich bedauerten. Ach, es tue ihnen so leid, dass ich hier sein müsste. Ich hatte das Gefühl, als trügen sie ein Geheimnis mit sich. Alle wussten von dem Geheimnis, nur ich nicht. Niemand wollte mir etwas sagen. Man packte mich in Watte mit Freundlichkeit, Verschwiegenheit und tröstenden Worten. Tatsächlich lief ich auf und ab, zog meine Pumps an und ging sogar zum nächsten Bäcker. Dort besorgte ich für die Krankenschwestern frische Brötchen.

Nach zwei Wochen reichte es mir. Ich wollte wissen, warum war ich hier? Was war mit mir los? Ich bestellte meine Eltern ein und sagte dem behandelnden Arzt, dass wir jetzt endlich wissen wollten, was eigentlich los ist. Zuerst schwieg er, dann sah er mich, danach meine Eltern an. Tonlos sage er: "Ihre Tochter hat MS."

Mein Vater reagierte nicht. Im Gesicht meiner Mutter meinte ich ein Erschrecken zu lesen, doch sagte sie nichts. Der Arzt stand auf, ging. Eine Schwester kam, brachte die Entlassungspapiere. Wir gingen, ohne dass ich wusste, was MS eigentlich ist.

Du hast MS, sagte ich mir und war froh darüber, denn so hatte ich zumindest keinen Gehirnkrebs. Ich machte mit allem weiter wie bisher. Ich sagte zu niemandem etwas. Auch meiner Flamencolehrerin sagte ich nichts. Die brach in aller Regelmäßigkeit zusammen und wurde mit dem Rettungswagen abtransportiert. Am nächsten Tag stand sie wieder auf ihrem Posten und schlug energisch mit dem Ballettstab auf den Parkettfußboden.

Erst nach Wochen ging ich zu meinem Hausarzt, weil sich meine Beine oft so schwer anfühlten. Ich befragte ihn, was MS denn nun sei? Der sah mich betroffen an. Er sagte, man wisse nie, wie der Krankheitsverlauf wäre. Möglicherweise käme ich eines Tages in den Rollstuhl. Aber das wisse niemand. Er verschrieb mir keine Medikamente. Begriffen hatte ich noch immer nicht, was eigentlich mit mir los war.

Sechs Jahre ging das so weiter. Ich wechselte die Männer wie andere Leute Kleingeld. Vom letzten Transport kehrte Fräulein Kortenschlenk nicht zurück. Ihre Beerdigung kam mir vor wie eine Verwechselung. Denn der Sarg war riesig. Ich dachte, man hätte sich viel Holz sparen können. Ein Kindersarg hätte genügt.

Als ich am nächsten Tag unsere Trainingshalle betrat, glaubte ich das übliche dreimalige Klopfen ihres Taktstabes zu hören. Der Verlust der strengen Frau tat mir weh und beschäftigte mich lange. Im Nachhinein möchte ich sagen, dass sie mir neben dem Tanz und seinen Geheimnissen, vor allem zwei Dinge beigebracht hatte: Härte und Disziplin. Nur durch Fräulein Kortenschlenk lernte ich, mein Schicksal wie eine Herausforderung zu begreifen. Erst durch sie war ich in der

Lage, das auszuhalten, was noch alles auf mich zukommen sollte.

Immer wieder gab es körperlich gesehen kleinere oder größere Ausfälle. Je mehr Stress, desto mehr Schübe. Aber ich realisierte das alles nicht als Krankheit. Es schien irgendwie dazuzugehören, wenn ich im Tanz mal einknickte oder ein Bein seinen Dienst verweigerte. Statt sich mit dem Kommenden aufzuhalten, wollte ich leben. Ich stürzte mich in Beziehungen. Mein Vater, der mir immer wohlgesonnen war, kam mit den Namen der ständig wechselnden Männer durcheinander.

So hatte ich etwas mit Jürgen, dessen Mutter mich allerdings nicht mochte. Lange wusste ich nicht, was das war. Aber es war mir schließlich auch egal, weil ich Jürgens Cousin viel süßer fand. Ich machte also Schluß mit Jürgen, seine Mutter war glücklich. Da kam heraus, dass sie sich für ihren Jungen keine Kranke gewünscht hatte. Mir war das egal, ich fing was mit Kevin, dem Cousin an.

Kevin und ich hatten ein wirklich gutes halbes Jahr. Danach begannen die Schwierigkeiten. Wir waren eifersüchtig, schrien uns an, stritten. Die Versöhnungen hatten es in sich.

Bei einer Untersuchung in einer speziellen Klinik für MS-Patienten sah ich die verschiedenen Stationen der Krankheit. Mir wurde angst und bange, als ich Frauen, so jung wie ich, sich mit einem Rollator abschleppen sah. Oder die im Rollstuhl saßen und sich abmühten, die Wege bergauf zu rollen. Ich drückte sehr fest Kevins Hand, der an meiner Seite war. Von Anfang an hatte er von meiner Krankheit gewusst. Mir war es ein Trost, ihn jetzt hier an der Seite zu haben.

Ich folgte der Frau im Rollator mit meinem Blick und fragte gedankenverloren Kevin: "Kevin, wie wäre das für dich, wenn ich eines Tages auch mit so einem Ding laufen muss?"

Seine Antwort kam spontan: "Nicht gut."

Ich stutzte und sah ihn an: "Warum nicht?"

Er zierte sich ein bisschen mit der Antwort, ehe er sagte: "Noch kannst du ja normal laufen. Aber dann wüssten es alle, ich meine, wenn du einen Rollator zum Gehen bräuchtest."

"Was?", brachte ich hervor und verstand nicht, was er mir sagen wollte.
"Na, dann würden es alle sehen, dass du eine behinderte Frau bist."
Ich war wie vor den Kopf geschlagen. Mit so einer Antwort hatte ich nicht gerechnet. Behindert durfte ich sein, irgendwie, aber niemand durfte etwas davon wissen? Was ihn genau davon abschreckte, weiß ich bis heute nicht. Ich fragte auch nicht nach. Viel zu tief saß mir der Schock über das, was er gesagt hatte.
Ein Jahr später klappte es nicht mehr so gut mit meinem rechten Bein. Ich zog es ständig hinter mir her. Also bekam ich Gehhilfen, auch Krücken genannt. Ich gab mein Bestes, kam aber nicht wirklich damit zurecht. Daraufhin bot man mir einen Rollator an. Den lehnte ich wild entschlossen ab. Für mich stand der Rollator für uralte Frauen.
Die Alternative war ein Rollstuhl. An meinem 30. Geburtstag war es dann soweit. Seltsamerweise hatte ich damit weniger Probleme als mit dem Rollator. Ich dachte, niemand wird wissen, an was ich leide, wenn ich im Rollstuhl sitze. Außerdem könnte es ja sein, dass die Leute denken, hey, die hat sich den Fuß verstaucht und in zwei Wochen läuft die wieder putzmunter herum. Also Rollstuhl. Der ist nicht ganz so verräterisch.
Sicher fragt ihr euch, was damit gemeint ist? Das ist schwer zu erklären. Einerseits will ich nicht, dass die Leute um mich herum wissen, warum ich im Rollstuhl sitze. Das geht niemanden etwas an. Andererseits habe ich ständig das Gefühl, ich müsste mich rechtfertigen für diese Scheiß-Krankheit. Ich sag mir zwar dann, Mensch, Susan, dafür kannst du doch nichts. Aber vielleicht ist es genau das – bis heute akzeptiere ich meine Krankheit nicht.
Es ist mir peinlich, dass ich MS habe. In manchen Stunden sag ich mir dann, du bist zu blöd gewesen, gesund zu bleiben. Selbst wenn andere mir sagen, dafür kannst du doch nichts. Wen interessiert das? Fakt ist – ich muss den Scheiß erleben!

Ich akzeptiere meine Krankheit nicht. Auf gar keinen Fall! Ich kämpfe dagegen an. Ich finde meinen Körper scheiße, dass der so etwas mit mir macht. In manchen Situationen, wenn ich vor lauter Spastiken kaum noch etwas richtig bewegen kann oder ich auf dem Boden liege und weiß, verdammte Scheiße, hier kommst du nur noch raus, wenn ein anderer dir hilft, dann fluche ich. Ich verfluche mich selbst und fluche in den wildesten Wörtern. Ich beschimpfe mich selbst: "Du dämliche Drecksfotze!" schreie ich wie eine wild gewordene Katze.
Normalerweise sagen die Leute, hey, es geht dir besser, wenn du die Krankheit akzeptierst. Lerne damit umzugehen, akzeptiere deine Behinderung.
Den Teufel werde ich tun! Ich bin so wütend auf mein Scheiß-Schicksal, dass es gerade mich getroffen hat. Ich will diesen ganzen Scheiß nicht. Wenn ich zum Beispiel unter der Dusche auf dem kleinen Schemel sitze und ich das Wasser heißer oder kälter stellen will. Und nichts funktioniert, weil ich wieder einmal einen Krampf in meiner Hand habe. Und ich diesen scheiß Drehknopf nicht zu fassen kriege. Und ständig meine Hand abrutscht. Bis ich nicht aufpasse und vom Schemel rutsche und auf den Boden klatsche. Splitternackt, während das Duschwasser auf mich prasselt. Dann kann ich nur noch schreien und heulen, was ich für ein scheiß Leben habe. Von wegen – akzeptiere deine Krankheit.
Als ich noch ganz frisch im Rollstuhl saß, hatte ich zur Unterstützung immer die Krücken dabei. Da ich ein paar Schritte laufen konnte, stieg ich manchmal aus dem Rollstuhl und wechselte auf die Krücken.
Eines Tages war ich shoppen. In einem Geschäft sah ich einen grünen Schal. Unfassbar hübsch! Den musste ich anprobieren. Also stand ich aus dem Rollstuhl auf, nahm die Krücken und ging die letzten Meter zum Schal. Der hielt, was er optisch versprach. Er war unglaublich weich, ein Traum. Also nahm ich ihn, ging zur Kasse und zahlte. Voller Stolz verließ ich mit dem Schal das Geschäft. Erst nach einem

längeren Stück stellte ich fest, dass ich den Rollstuhl vergessen hatte.
Solche Dinge passierten zu Anfang immer mal wieder. Noch war ich in der Lage einige Meter mit den Krücken zu laufen. Das aber sollte sich bald ändern.

Kapitel III

1

Lieb ist er ja. Und umsichtig. Er sieht, dass ich zu frieren beginne. Weil so ganz nackt, da kommt man schon ins Frieren. Auch vorher hatte er mir beim Ausziehen geholfen. Vorsichtig legt er mir jetzt eine Decke um. Bei ihm empfinde ich wenig Scham. Ist ja nur Fabian, sage ich mir.
Übrigens, zum Thema Scham kann ich nur sagen: Je größer dein Behinderungsgrad ist, desto weniger Scham lohnt sich. Hört sich merkwürdig an, finde ich, weil man Scham ja nicht stärker oder schwächer einsetzen kann. Das ist ein Vorgang aus dem Innern. Entweder du empfindest Scham oder nicht. Die meisten Menschen haben Scham, wenn sie sich vor anderen ausziehen müssen.
Als Behinderter kannst du das voll vergessen. Scham behindert noch mehr, als du schon behindert bist. Das liegt daran, dass du Hilfe brauchst. Wer Hilfe braucht, muss die Scham überwinden. Ansonsten kann man dir nicht helfen.
Ich habe oft in meinem Behindertenleben das Gefühl gehabt, dass Gesunde kein wirkliches Problem darin sehen. Sie sehen dich in deiner Lage, wollen helfen. Alles schön und gut. Meistens aber wirst du behandelt wie ein Kleinkind, das aufs Töpfchen muss. Du wirst abgewickelt wie ein Kleinkind oder wie die sterbenskranke Oma, der man im Bett die Pisspfanne unter den Hintern schiebt. Wie ich schon sagte, du wirst abgewickelt.
Nie hat einer meiner Helfer in einer solchen Situation gefragt, ob mir das unangenehm ist. Ich hatte eher das Gefühl, ich muss dankbar für die Hilfe sein. Wenn überhaupt müsste ich fragen, ob es dem Helfer unangenehm ist, mir zu helfen. Aber vielleicht bin ich einfach zu empfindlich.
Jedenfalls sind solche Dinge mit Fabian gar kein Problem. Ich sage, wo es klemmt und frage, ob er mir bitte helfen könnte. Schon ist er da und hilft. Keine komische Situation, keine Verlegenheit. Mit ihm ist alles selbstverständlich.

Gerade fummelt er an der Kamera und stellt einige Strahler ein. Fabian ist ein professioneller Fotograf mit eigenem Studio. Er hat mich im Rollstuhl vor einer blauen Fläche postiert. Auf meinen besonderen Wunsch hat er geholfen, mir die Pumps anzuziehen. Er nimmt die Decke fort.
So wird das Foto aussehen: Ich sitze mit dem Blick einer stolzen Flamencotänzerin im Rollstuhl. Brust raus, Kinn hoch. Die linke Hand in die Seite gestemmt. Meine Füße stecken in knallroten Tanzschuhen. Ansonsten bin ich nackt. Nur eine riesengroße Kette, die etwas von einer Ankerkette eines Schiffs hat, liegt locker um meinen Körper. Sie ist aus Plastik, aber das sieht man später nicht. Ich halte mit der rechten Hand ein Ende der Kette, als würde ich sie sprengen. Ich schaue herausfordernd und direkt in die Kamera.
Die Idee zu dem Bild hatte ich selbst. Wie oft schon habe ich den bedauernden Satz gehört: Sie armes Kind, wie schade, dass Sie an den Rollstuhl gefesselt sind! Diese Fesselung nehme ich wörtlich. Ich halte die riesengroße Kette, die mich fesselt. Und ich zerreiße sie. Ich sprenge die Fesselung. Und ich will zeigen, dass ich eine Frau bin. Obendrein eine schöne, begehrenswerte.
Darum mein Make-up, das meinen Mund mit einem kraftvollen Rot überzeichnet. Schon stark geschminkt, aber nicht nuttig. Darauf lege ich großen Wert. Das Bild muss den Eindruck vermitteln – hier ist eine starke, schöne Frau, die die Fesseln ihrer Behinderung sprengt.
Die Blitze krachen und zischen. Fabian löst die Kamera vom Stativ. Er kommt näher, macht ständig Fotos. Er geht hin und her. Er lauert wie ein Panther. Ich habe ihn noch nie so konzentriert gesehen. Anders als die Actionfotografen, die man so aus dem Fernsehen kennt, ist Fabian still. Im Hintergrund läuft *Stairways to Heaven* von *Led Zeppelin*. Das beruhigt mich.
Ich fühle mich wohl. Nein, nicht wohl. Ich fühle mich glücklich. Okay, es ist nur ein Foto. Aber ich sprenge ein System, ein falsches Verständnis. Ich habe diesen Begriff des gefesselten Behinderten schon immer gehasst. Jetzt, das spüre

ich ganz deutlich, vermittle ich eine Botschaft. Ich zeige Kraft und damit genau das, was man Behinderten abspricht. Ich zeige einen eigenen Willen und damit genau das, was man Behinderten abspricht. Ich zeige Stolz, ich zeige Weiblichkeit. Und ich zeige noch etwas: Ich zeige Kampfbereitschaft!
Die ist mir besonders wichtig. Weil ich es dieser scheiß Krankheit zeigen will. Ich will mich nicht dominieren lassen. Im Gegenteil – ich will die Krankheit dominieren.
"Darf man deine Brüste sehen?", fragt Fabian unvermittelt, während er mich durch die Kamera beobachtet.
"Keine Nippel", antworte ich spontan. Denn schließlich geht es hier nicht um einen Porno, sondern um eine Message.
"Keine Nippel, alles klar." Noch weitere fünf Minuten, dann ist Fabian fertig. Danach kommt er, legt wieder die Decke um mich. Er beachtet mich nicht weiter. Er geht zu einem Laptop.
Während er mit seinen Fotos beschäftigt ist, lege ich die Plastikkette ab. Ich rolle mich zu einem Stuhl, auf dem meine Kleider sind. Ich streife meine Bluse über. Bei der Hose werde ich Hilfe brauchen. Also lege ich die Decke über meine Beine und den Schoß. Langsam rolle ich auf Fabian zu. Er ist so konzentriert, dass er mich erst gar nicht bemerkt.
Mit den Ellbogen stützt er sich auf das Stehpult. Von hier unten kann ich nicht sehen, was er oben sieht. Es ärgert mich, dass ich nicht in der Lage bin, aufzustehen. Und das zu sehen, was er sieht.
"Sei nicht so ungeduldig", sagt er auf einmal. Ich bin baff, denn er scheint meine Gedanken gelesen zu haben.
Ich will gerade ein Stück von ihm fortrollen, als es im Studio komplett dunkel wird. Zwei Sekunden später erscheint auf dem Hintergrund, vor dem ich gerade noch gesessen hatte, ein Bild von mir auf – riesengroß.
Das Bild ist bestimmt zwei Meter hoch. Erschrocken über meinen eigenen Anblick zucke ich im ersten Moment zusammen. Doch dann gefällt mir was ich da sehe. Es ist so geworden wie ich es wollte, eine selbstbewusste Frau, die den Betrachter stolz anblickt.

Die Nacktheit wirkt wie angedeutet. Hier ist nichts pornografisch. Meine Haut wechselt in warmen Tönen, von Nippeln keine Spur. Ich weiß nicht, ob meine Aussage rüberkommt. Aber das ist mir egal. Ob ich verstanden werde oder nicht – die Fotos, eins nach dem anderen, sind besonders gelungen.
Ich bedanke mich artig bei Fabian. Er strahlt mich an. Daraufhin bitte ich ihn, eines der Fotos noch zu bearbeiten. Ich möchte, dass er auf diesem Foto mein Gesicht unkenntlich macht.
"Warum?", fragt er irritiert.

2

Später sitzen wir gemütlich auf einer Couch. Er fläzt sich neben mich, unsere Beine berühren sich. Ich schwärme von den Fotos, sage, wie glücklich ich bin. Und dass das schon lange mein größter Wunsch war. Versonnen trinke ich einen Schluck Wein.
Fabian prostet mir zu. Danach senkt sich sein Kopf zu meinem. Er schließt die Augen, will mich offensichtlich küssen. Ich werde panisch. Ich will ihn nicht küssen. Fabian ist ein guter Freund. Freunde küsst man nicht. Schließlich knutsche ich ja auch nicht mit Tamara!
Weil meine Hand gerade in diesem Moment zickt, schaffe ich es nicht, genau zu zielen. Ich boxe einfach drauflos, was mir sofort leid tut. Ich will ihn ja nicht verletzen, nur wegstoßen. Aber ich will ihn auch nicht küssen. Mich ärgert meine Hand, in der ich Krämpfe habe. Vielleicht, wenn ich es erklären würde? Aber mir ist nicht nach Erklärung. Das muss auch so gehen. Fabian muss das auch so verstehen.
Und wie er das versteht! Die Stelle, an der ich ihn geboxt habe, hält er nun fest. Als hätte ich fest zugeschlagen! So ein Unsinn. Er macht ein Schauspiel daraus, sodass ich richtig sauer werde. Was kann ich dafür, wenn diese Scheißhand nicht das macht, was ich will? Und jetzt hier den sterbenden Schwan zu spielen – ich hasse Fabian.
Mit Mühe richte ich mich auf. Ich taste mit zitternder Hand nach meinem Smartphone, wähle Tamaras Nummer. Als sie dran ist, bitte ich sie, mich sofort abzuholen. Fabian ist durch das Gespräch nervös geworden.
"Das kann ich doch machen! Ich bring dich, wohin du willst."
"Nee, du", sage ich zickig. "Keine Abhängigkeiten. Geht schon."
Damit ist er aus dem Spiel. Und er weiß es. Er richtet sich auf, stellt das Weinglas ab und geht zu seinem Laptop. Auf einmal ist er fürchterlich beschäftigt und hat keine Zeit mehr für mich. Er tut so, als wäre ich Luft.

Mir doch egal. Der kann machen, was er will. Ich übrigens auch. Ich bin eine erwachsene, selbständige Frau. Ich brauche niemanden. Blöd nur ist die Sache mit der Hose. Die kriege ich nur angezogen, wenn ich mich auf den Boden lege. Das aber will ich nicht. Ich will nicht vor Fabian auf dem Boden kriechen. Also mühe ich mich im Rollstuhl sitzend ab, diese verdammte Hose anzuziehen. Ich weiß von Anfang an – das wird nichts.
Das kann nichts werden, weil die Jeans viel zu eng ist. Trotzdem versuche ich es, immer wieder. Ich bekomme schon Schweißperlen auf der Stirn. Ich muss meinen linken Fuß festhalten und versuchen, ihn in das Hosenbein zu stopfen. Aber mach' das mal mit zitternden Händen. Immer rutscht das Bein weg, bis auch das noch anfängt zu zicken.
Ich merke wie ich mich überanstrenge. Meine Augen schmerzen, ich schwitze, die Krämpfe weiten sich auf das zweite Bein aus. Verstohlen sehe ich zu Fabian, der sich aber verschlossen gibt wie eine Burg. Von ihm ist keine Hilfe zu erwarten. Schließlich wird es mir zu bunt, ich schreie.
Mit spitzem Schrei lasse ich Dampf ab. Ich könnte Fabian umbringen! Denn nach wie vor hockt er ungerührt vor seinem Laptop und würdigt mich keines Blicks. Hat der denn kein Mitleid? Hat der keinen Anstand? Sieht er nicht, dass ich Hilfe brauche? Ich hätte nie gedacht, dass Fabian so ein Schwein ...
In diesem Moment klingelt es.
Fabian lässt sich Zeit. Bis es ein zweites Mal klingelt, tut er so, als gehe ihn das alles nichts an. Dann geht er an mir vorbei. Es dauert einen Moment, ehe ich Tamaras schwere Schritte höre.
Wie ein donnerndes Schlachtschiff eilt sie auf mich zu. Fehlt nur noch der schwarze Rauch, der aus einem Schornsteig steigt. Mit ernstem Kampfgesicht schießt sie auf mich zu, überblickt sofort die Lage und meine beschissene Situation.
"Das haben wir gleich", brummt sie energiegeladen und schiebt meinen linken Fuß in das richtige Hosenbein. "Schließlich bin ich gekommen, um dich zu retten."

Mit wenigen Handgriffen hat sie mir die Hose bis zu den Oberschenkeln gezogen. Danach beugt sie sich über mich. Da wir das schon öfter gemacht haben, schlinge ich meine Arme um ihre Schultern. Ich halte meine Hände zusammen. So kann mich Tamara ohne großen Aufwand anheben. Gleichzeitig zieht sie mir die Hose über den Hintern, ruckelt und geht wieder herunter. Mit einem kräftigen Ruck zieht sie die Hose in die richtige Position und schließt sie.
Fabian steht neben uns. Er beobachtet uns. Er sagt kein Wort.
"Was seid ihr doch für ein asoziales Pack", flucht Tamara. Sie sagt das nicht laut, aber laut genug, dass Fabian und ich es hören können.
"Wen meinst du?", frage ich.
Tamara richtet sich geräuschvoll auf, drückt mit den Händen gegen ihren Rücken und verzieht das Gesicht zu einem abstoßenden Ausdruck. "Männer", sagt sie abfällig und tut so, als spucke sie in Fabians Richtung auf den Boden. Der dreht sich schweigend um und geht zurück in seine Festung vor dem Laptop.
Mit einer kräftigen Drehung, durch die ich fast aus meinem Rollstuhl geschleudert werde, bugsiert mich Tamara zur Wohnungstür. Sie schiebt den Rollstuhl mit derartiger Energie, als gelte es, eine Sondershow hinzulegen.
Als wir draußen auf der Straße sind, bedanke ich mich bei Tamara. Auch, dass sie so schnell gekommen ist.
"Was war denn? Ist er über dich hergefallen? Wollte er dich vergewaltigen?", fragt sie aufgeregt.
"So ähnlich", murmel ich. Doch Tamara hat da etwas mitbekommen. Sie stoppt den Rollstuhl, schießt nach vorn, beugt sich herunter und sieht mich mit blitzenden Augen an.
"Was genau ist passiert?", zischt sie. Ganz offensichtlich ist sie bereit, den Dritten Weltkrieg anzufangen. Alle ihre Signale zeigen mir, dass sie bereit ist, für mich in den Krieg zu ziehen.
"Rück die Wahrheit raus!"
"Er ...", beginne ich zu stammeln, "er ... er hat versucht ..."
"Dieses Schwein!"

"Er hat versucht ..., mich zu ..."
"Ficken?" Tamaras Bedrohlichkeit steigert sich zu etwas Monströsem.
"Küssen", flüstere ich zerknirscht und schaue auf meine Hände, die sich inzwischen wieder beruhigt haben.
"Küssen?" Tamara ist verwirrt. War sie noch eben davon ausgegangen, mit Säbeln und Messern, Gewehren und Streitäxten für mich zu morden ... "Das ist nicht dein Ernst?"
"Doch, doch", wimmere ich kleinlaut. "Stell dir nur vor."
"Susan", stellt Tamara fest, "so langsam wird mir klar, dass du nicht nur körperlich behindert bist." Damit stellt sie sich wieder aufrecht. Sie geht nach hinten zu den Griffen meines Rollstuhls. Mit einem Kavalierstart schiebt sie mich entschlossen weiter.

3

Besser nicht über alles nachdenken. Wer das tut, läuft Gefahr, nicht immer super davonzukommen. Da ist es von Vorteil, manche Situationen auszusparen und zu vergessen. Besser nicht dran denken.
Das fällt mir leicht. Wider Erwarten hat mir Fabian brav alle Fotos geschickt. Mit Müh und Not drehe und wende ich meinen Kopf vor dem Bildschirm meines Computers. Es ist schwer, mit beidseitig fünf Prozent Sehkraft die Bilder zu erkennen. Ich gehe alle durch, bis ich das Bild erkenne, nach dem ich gesucht habe.
Eine weitere Bearbeitung des Fotos ist nicht notwendig. Außerdem könnte ich es sowieso nicht. Dafür zittern meine Hände wieder viel zu sehr. Aber ich weiß jetzt, was zu tun ist. Ich gehe zu der Internetplattform, wo ich meine Annonce aufgegeben habe. Da ich bisher nur Text veröffentlicht habe, hat sich niemand gemeldet. Mit einem Foto, so spekuliere ich, wird das anders. Also lade ich das Foto mit meinem unkenntlich gemachten Gesicht hoch. Darunter steht: *Chantal Handicap sucht dich für Spanking. Wenn auch du an fantasievollen Spielen Spaß hast, dann melde dich.*
Zack, noch einmal Enter gedrückt und die Sache kann starten. Mit Vorfreude frage ich mich, wer sich wohl darauf melden wird? Und ob es vielleicht ein paar mehr werden als bisher? Vielleicht könnte sich eine Gruppe herausbilden, gemäß dem Motto – sie küssten und sie schlugen sich. Wäre ideal für Spanker. Ich muss bei diesem Gedanken lachen, als auch schon mein Telefon klingelt.
So schnell? Mit solch einem Erfolg hatte ich gar nicht gerechnet. Aber man sollte das Internet nicht unterschätzen. Vor Aufregung fällt mir das Handy auf den Boden und ich muss ziemlich kämpfen, bis ich es endlich in der Hand habe.
"Chantal Handicap."
"Äh, wie bitte? Wer ist da?"

Ich werde misstrauisch. Vorsichtshalber wiederhole ich meinen neuen Künstlernamen nicht. Stattdessen frage ich nach, wer denn da anruft.
"Hier ist der Kreisbote, Ihre regionale Tageszeitung. Mein Name ist Baldur Heissert-Fröhlich", sagt Herr Heissert fröhlich. "Spreche ich mit Susan Deppert?"
"Ja, ja. Ach so", erwidere ich und weiß nicht, was ich sagen soll. "Was kann ich für Sie tun?"
"Es geht um Ihren Kampf gegen die Unterdrückung seitens der Krankenkasse. Wir haben da eine Pressemeldung erhalten von einer gewissen Tamara Pa-ah-tu-meng oder so", erklärt sich Herr Heissert-Fröhlich.
Mir schwant Schlimmes. Tammy hat die Presse über meinen Wettkampf informiert. Und ich muss es ausbaden. "Ja, da sind Sie richtig. Was kann ich für Sie tun?"
"Der Kreisbote, Ihre regionale Tageszeitung", setzt Herr Heissert-Fröhlich mit tiefem Atemzug an, "hat sich immer für die Belange der Geschundenen und Geknechteten eingesetzt, so eben auch für Behinderte. Wir planen einen Bericht über Sie und Ihren Kampf. Ach, was sage ich einen? Eine ganze Reihe!"
"Ist das nicht ein bisschen viel?", frage ich vorsichtig, denn die Sache erscheint mir gewagt.
"Um es mit dem Dichter Friedrich Schiller zu sagen", hebt Herr Heissert-Fröhlich an: "Viel hilft viel."
Naja, denke ich. Möglicherweise können auch Dichter irren. Aber was mache ich denn jetzt? Ich fühle mich bedrängt und der Sache ganz und gar nicht gewachsen. Wenn ich die falschen Antworten gebe? Oder die Krankenkasse mich rausschmeißt? Weil zu frech, zu fordernd? Mir wird ganz heiß, ich spüre schon, wie meine Hände zu zittern beginnen. Was mach' ich nur?
"Wenn ich ehrlich bin, Herr ..."
"Alles kein Problem, alles easy", fällt mir der Redakteur ins Wort. "Wenn es derzeit nicht disponiert ..."
"Nein, nein, ich möchte Sie nur bitten, sich mit meiner Managerin zu besprechen ..."

"Jene Frau Tamara Pa-ah-u-ah, wie ich annehme?"
"Genau. Sie ist diejenige, die ..."
"Verstehe, verstehe. Dann werde ich es bei ihr ...", sagt Herr Heissert-Fröhlich. Mir fällt ein Stein vom Herzen. Soll sich doch Tammy mit dem Redakteur herumschlagen. Schließlich hat sie ja auch diese Geister gerufen.
Der Redakteur bedankt sich höflich für das Gespräch und äußert, dass er meine Geschichte sehr spannend findet. Gerade will er auflegen. Da fällt ihm noch eine letzte Sache ein. "Wer ist denn eigentlich Chantal Handicap?"
Da bin ich plötzlich ganz flink mit dem Auflegen. Mit klopfendem Herzen lege ich das Smartphone zur Seite. Ich will jetzt niemanden sprechen. Ich sage mir, es wird Zeit, mir ein kleines Schläfchen zu gönnen.
Während ich in Richtung Schlafzimmer rolle, stelle ich mir die Schlagzeilen im Kreisboten vor: *Chantal Handicap – die schlägt jeden.* Oder: *Unsere Behinderten leiden unter zu wenig Druck. Dafür lassen sie sich privat schlagen.* Eine andere Schlagzeile fällt mir ein: *Behindertes Flittchen schlägt sie alle – zuerst die Krankenkasse, danach Männer.*
Und sofort wird in meiner Fantasie die Frage aufgeworfen: *Lieben Behinderte Gewalt?* Ich spüre, dass ich immer aufgeregter werde. Verdammt, was habe ich nur wieder angerichtet? Ich muss ungedingt mit Tamara sprechen.
Als ich sie anrufen will, fällt mir ein, besser nicht. Soll sie erst einmal das Interview geben. Dann wird man weitersehen. Und je länger ich es mir überlege, sage ich mir, dass niemand von dem Spankingartikel weiß. Noch nicht. Also muss ich die Klappe halten. Dann erfährt es niemand, auch nicht Tamara. Ich kann mich blöd stellen, sollte mich jemand fragen.
Langsam komme ich runter. Meine Hände funktionieren wieder. Ich spüre, wie der Druck in meiner Brust und in meinen Augen nachlässt. Tief durchatmen, Susan, sage ich mir. Tief durchatmen. Das wird schon.
Erschrocken fahre ich hoch, als das Telefon klingelt.

4

"Wir haben nur ein paar Termine ausgemacht", erklärt Tammy lapidar. Inzwischen ist sie zu mir gekommen. Sie beharrt darauf, dass wir die täglichen Übungen machen. "Training muss sein."
"Was denn für Termine?", frage ich und bin wenig interessiert. Ich mühe mich an den Hanteln ab.
"Der Redakteur will ein oder zwei Interviews mit dir machen. Außerdem will er dich begleiten."
"Begleiten?", schrecke ich auf. "Bei was denn?"
"Zum Therapeuten, zur Apotheke, zum einkaufen", klärt Tammy auf. "So einen normal behinderten Tag eben. Mit allen Schwierigkeiten, hat er gesagt. Das kriegst du hin, Susan."
Natürlich krieg ich das hin. Die Sache ist nur, ich weiß nicht, ob ich das will. Nichts gegen diesen Redakteur. Aber er schreibt ja alles in die Zeitung. Wenn das dann einer liest, dann weiß jeder, was ich so mache.
"Ich weiß nicht."
"Ist gut für dein Image. Dann läuft dein Marketing besser, weil die Leute wissen, wer du bist."
"Vielleicht will ich das nicht."
"Pech."
"Was heißt das?"
Sie bleibt die Antwort schuldig. Sie schaut zum Fenster hinaus. Sie beginnt einen neuen Satz, und an ihrem Ton, wie sie ihn flötet, weiß ich, da ist was faul. "Es ist nur ein kurzer Termin."
Ich weiß noch immer nicht, was sie vorhat. Will sie mich meistbietend verkaufen? Oder plant sie ein Attentat? Ich stoppe meine Hantelei und sehe sie streng an: "Was hast du vor?"
"Nicht aufhören mit deinem Training. Du weißt, wie wichtig das ..."
"Ich höre sofort mit allem auf, wenn du mir nicht auf der Stelle ..."

"Ach, ich habe ihn eingeladen", sagt Tammy unschuldig und zuckt die Achseln. "Das ist alles. Ich schwöre."
Tatsächlich hält sie zum Schwur die rechte Hand hoch. Aber ich trau der Sache nicht. Irgendwie habe ich das Gefühl – hier stimmt was nicht.
"Zu was hast du den Redakteur denn eingeladen? Zu Kaffee und Kuchen wird das bestimmt nicht sein …"
"Naja", druckst Tammy herum. "Ist eigentlich nicht so wichtig. Außerdem weiß der Redakteur noch nicht mal, ob er Zeit hat. Und überhaupt – wer berühmt sein will muss leiden."
"Dann bin ich ja fein raus", erwidere ich und bewege wieder die Hantel. "Ich wollte nie berühmt werden. Ich wollte immer nur das Handbike. Damit kannst du dir deine Termine sonst wo hinstecken."
Plötzlich wird Tammy hektisch. Sie kommt aufgeregt zu mir, baut sich vor mir auf: "Susan, tu mir das nicht an. Ich habe Verträge unterschrieben, alles für dich!"
"Du unterschreibst Verträge für mich, ohne mich zu fragen?"
"Manchmal muss man dich zu deinem Glück zwingen."
"Okay, okay! Stopp! Wir machen jetzt einen Cut! Hörst du? Tammy, du sagst mir, was für einen verdammt verfickten Vertrag du unterschrieben hast. Los, oder ich überroll dich auf der Stelle."
"Das würdest du tun?" Tammy sieht mich erschrocken an.
"Ersatzweise kann ich dich auch mit der Hantel erschlagen, wenn das mit dem Rolli nicht hinhauen …"
"Ein gutes Stichwort."
"Wie?", frage ich. Ich verstehe nicht.
"Rolli. Ich meine, Rolli ist ein gutes Stichwort."
Ich unterbreche das Wortgefecht mit Schweigen. Ich fixiere Tammy, sehe sie an wie die Kobra eine Feldmaus. "Rede", flüstere ich gefährlich.
"Also, tatsächlich geht es um Rollis. Überraschend, nicht wahr?", beginnt Tammy ihre haarsträubende Geschichte.
Ich bin so geschockt von ihrer Erzählung. Vor Schreck rutscht mir die Hantel aus der Hand. Krachend fällt sie zu

Boden. Tammy sieht mich an. Mit großen Augen fragt sie: "Und? Was sagst du?"

5

"Ich sage dazu nichts", sage ich ins Telefon. "Man muss sich kennenlernen, man muss sich mögen. Alles andere ist für mich Schwindel."
Der Anrufer nennt sich Schlagbolzen. Er hat auf meine Annonce, das mit dem geilen Foto geantwortet und will sofort eine Art von Entscheidung. Wie wir's machen, wo wir's machen. Ich spüre eine Abneigung gegen ihn. Denn das Ob spielt für ihn gar keine Rolle. Ich wimmele ihn ab und lege auf.
Es ärgert mich, so behandelt zu werden. Ich habe mich doch nicht öffentlich als Kotelett gemeldet, damit ich anschließend weich geklopft werde! Es ist immer noch ein Spiel. Ein Spiel der Fantasie. Ein Spiel der Erotik.
Kaum habe ich aufgelegt, ruft der nächste an.
"Stehst du auf Stümpfe?", haucht es durchs Telefon. "Weil, ich liebe Frauen mit verlorenen Gliedmaßen. Dir fehlt nicht zufällig ein Bein oder ein Arm? Das törnt mich total an."
Mit solchen Typen habe ich Schwierigkeiten. Die geilen sich am Drama anderer Menschen auf und empfinden sich dann auch noch als besonders tolerant. So einer hat bei mir keine Chance. Zu offensichtlich ist, dass dem ein Teil des Gehirns fehlt. Ich wimmele ihn ab, lege auf.
Später ruft eine Frau an. Na, da bin ich skeptisch. Mit einer Frau? Ich weiß nicht. Aber sie hört sich nett an, vor allem als sie mich lobt. Das sei 'ne tolle Sache. Sie stehe total auf Spiele. Und dass ich mich als behinderte Frau ausgebe ... "Wow!" sagt sie: "Respekt."
Ich brauche einen Moment, bis ich verstanden habe. Was meint die? Chantal Handicap sei eine Kunstfigur? Die in Wirklichkeit gar nicht behindert ist? Sondern nur in die Rolle einer Behinderten schlüpft?
Mir wird plötzlich ganz anders. Dumme Verwechselung oder geile Show? Das ist hier die Frage. Da denkt die doch tatsächlich, als gesunder Mensch würde ich mich als Behinderte ausgeben. Darauf wäre ich gar nicht gekommen.

Eins ist ja mal klar – wegen ihres Lobs ist mir die Dame schon jetzt sympathisch.

Wie sich herausstellt, ist sie nicht die einzige. Fast alle denken, da hat sich jemand als behinderte Frau ausgegeben. Cool, denke ich. Das sind mal Aussichten. Andererseits, überlege ich, sollten wir uns wirklich irgendwann treffen, dann sollte ich das vorher sagen. Ich meine, eine gewisse Ehrlichkeit in Sachen Behinderung hat schon Vorteile.

Andererseits sagt mir ein Instinkt, das mal zu lassen. Abwarten. Man wird sehen. Noch habe ich keine Zusage gemacht. Noch gibt es kein Treffen, keine Verabredung. Beichten kann man später. Darin kenne ich mich aus.

Innerhalb von drei Tagen habe ich einen Fanclub von an die zwanzig Leuten. Ich kann mir das nicht erklären. Doch die Leute fahren darauf ab. Schön wär's, denke ich und mir fallen Szenen aus Filmen ein. Da hat jemand einen Gips am Arm oder am Bein, und bei nächster Gelegenheit nimmt er den Gips ab. Völlig gesund springt er durchs Bild. Wunderbar! So hätte ich es auch gern mit meiner MS. Einfach mal den MS-Gips abnehmen und als Gesunde durch die Welt hüpfen. Entzückende Vorstellung.

Andererseits, es ist ja alles ein Spiel. Warum sollte ich beichten? Mehr als peinlich kann es nicht werden. Und die Vorstellung, dass andere Menschen denken, ich in meinem Zustand sei in Wirklichkeit gesund ... Na, besser geht's nicht. Das allein war die Sache wert.

Ist doch verrückt, oder? Da annonciere ich ganz offen als Behinderte und die anderen glauben mir nicht. Das ist genau das, was ich immer wollte. Nämlich, dass andere mich für gesund, normal, unbehindert, was auch immer halten. Nur nicht für das, was sie sehen, eine Behinderte.

Ich bin wie berauscht von dieser Täuschung. Wann ist mir das zuletzt passiert? Und ich muss lange in meinen Erinnerungen herumgRaaben, bis ich an meine Zeit als Tänzerin denke. Damals, als ich noch glaubte, ich könnte wie Carmen Amaya werden. Als meine Beine noch funktionierten und ich mit festen Tritten die Bühne zum Beben brachte. Wie

das klackte! Wie das krachte! Und ich den Faltenwurf meines Rocks ein wenig anhob, damit die Zuschauer meine gestählten Beine besser sehen konnte. Wie lang ist das her?
Und jetzt sitze ich hier in diesem scheiß Rollstuhl, gebe eine Annonce auf, und die Leute glauben, ich könnte so mir nichts, dir nichts aufstehen. Weil in Wirklichkeit alles nur ein Spiel ist. Weil die Erotik andere Spielregeln hat als die Realität. Weil Menschen auf Täuschungen hoffen.
Einerseits freut es mich, andere getäuscht zu haben. Andererseits finde ich es traurig. Denn ob die Täuschung nun klappt oder nicht – ich sitze weiterhin fest im Sattel meines Rollis. Es ist also ein lächerlicher Sieg, andere glauben gemacht zu haben, ich sei gesund. Ich weiß es besser. Die Realität ist noch immer die schlimmste Ohrfeige.
Plötzlich klingelt es. Erwarte ich Tammy? Eigentlich nicht. Neugierig öffne ich über die Fernbedienung die Wohnungstür. Die Sache mit der Fernbedienung hat für Menschen wie mich, die nicht besonders gut zu Fuß sind, erhebliche Vorteile. Denn wenn ich beispielsweise auf der Couch liege, muss ich mich nicht extra in den Rolli mühen. Und von dort zur Tür fahren, um sie zu öffnen. Ich bleibe liegen, drücke die Fernbedienung. Schon ist die Tür auf. Und wer kommt herein?
Ich bin mir nicht sicher, ob ich mich freue. Er tritt in mein Wohnzimmer, lächelt. Das muss ich sagen, hat mir immer an ihm gefallen, dieses Lächeln. Ein gewinnendes Lächeln, das von einem Grübchen zum anderen reicht. Trotzdem sehe ich, dass er unsicher ist. Oder ich glaube es zumindest. Er sagt brav *Hallo*, bleibt stehen. Er hält Distanz.
An Fabian hatte ich gar nicht mehr gedacht. Zuletzt hatte ich ihn gesehen, als mich Tammy in ihrer Rettungsmission aus seiner Wohnung schleifte. Das war der Tag, als wir die Fotos in seinem Studio gemacht hatten. Ob er noch sauer ist? Mir fällt meine Showeinlage wieder ein. Im Nachhinein irgendwie peinlich. Weil zu viel. Zu viel Theater. Oder was auch immer.
Jedenfalls steht Fabian mitten im Raum, sieht mich an. Er sagt nichts. Er schaut mich nur an. Als würde der auf etwas

warten? Wieso ist das mit Kerlen immer so kompliziert? Ständig hat man das Gefühl, man macht etwas falsch. Wenn man seinen Erwartungen nicht entspricht oder nicht so will, wie der Herr es gern hätte. Wir Frauen fühlen uns dann hinterher schuldig. Und die Männer? Stehen herum und glotzen einen an.
Wenn ich nur wüsste, was er von mir will!

6

"Es ist nicht immer einfach mit dir", sagt er schließlich leise. Es ist völlig ruhig in meiner Wohnung, sodass er nicht laut sprechen muss. Ich verstehe jedes Wort.
"Deine Launen ...", ergänzt er. Er holt tief Luft: "Mag ja sein, dass da was missverständlich rüber gekommen ist, Susan. Aber ich denke, ein bisschen mehr Anstand ..."
"Ich bin eine Frau!" poltere ich dazwischen und sehe ihn kratzbürstig an.
"Ja, ja, schon. Aber auch eine Frau sollte die Grenzen kennen."
"Ich weiß nicht, was du meinst", sage ich bockig.
"Susan, es ist okay, dass du behindert bist. Damit habe ich keine Probleme. Wenn du Hilfe brauchst, bin ich da. Aber du kannst nicht von mir verlangen, dass ich immer weiß, was du gerade willst. Manchmal kriege ich das nicht mit."
"Das haben wir ja gesehen!"
"Das stimmt so nicht. Und du weißt das. Du bist nicht der Mittelpunkt der Welt!"
"Für mich schon."
"Das haben wir ja gesehen", wiederholt er meinen Satz von zuvor. Er schaut mich eindringlich an. "Wenn du Hilfe von mir willst ... Wie wäre es, wenn du mich mal um etwas bittest? Und nachher bricht es dir bestimmt keinen Zacken aus der Krone, wenn du dich bedankst."
Es entsteht eine kleine Pause. Ich bin etwas verwirrt, weil er die Dinge klar benennt. Sicher, in der Situation in seinem Atelier, als ich mir die Hose anziehen wollte, hätte ich Hilfe gut gebrauchen können. Aber danach fragen?
"Außerdem, noch etwas. Ich bin nicht verantwortlich für deine Krankheit. Insofern möchte ich auch nicht das Gefühl haben, von dir dafür bestraft zu werden."
"Das tue ich nicht!" rufe ich schnell dazwischen.
"Glaubst du das? Glaubst du das wirklich? Es fühlt sich anders an. Wenn ich nicht sofort für dich eile und springe,

wirst du stocksauer. Dann rufst du Tamara an und erzählst ihr Märchen."
"Das stimmt doch gar nicht!"
"Oh doch! Als ich nicht sofort auf dich einging, wurdest du sauer. Du hast Tamara den Eindruck vermittelt, als hätte ich dir schlimmste Dinge angetan. Und warum? Schau mich nicht so an, Susan. Du weißt genau warum?"
Vorsichtshalber schweige ich an dieser Stelle, denn natürlich weiß ich, was er meint.
"Das diente dir nur dazu, deine Launen auszuleben. Du hast Tamara gegen mich aufgehetzt, weil ich nicht sofort das tat, was du wolltest. Du kannst ruhig wegschauen. Ich weiß, dass das stimmt."
Wenn dein Rollstuhl zum Feuerstuhl wird, dann ist es ziemlich eng geworden. Fabian wäscht mir gehörig den Kopf. Ich weiß, dass er Recht hat.
"Und noch eins, Prinzessin", legt er nach. "Deine Behinderung, so schlimm sie ist, sollte nicht als Ausrede dazu dienen, andere mit deinen Launen zu terrorisieren. Wenn du etwas willst, frag. Das müssen andere Menschen auch tun. Wer Hilfe wünscht, sollte die Frage danach stellen. Herumzicken schafft keine Freunde!"
Wow! Das hat gesessen. Ich weiß, dass ich Scheiße gebaut habe. Aber muss der so hart mit mir ins Gericht gehen? Ich meine, es ist ja alles wahr. Das kann man doch nicht so sagen. Trotzdem geht mir das Gesagte nahe. Es tut mir Leid, doch wie nur soll ich das sagen?
Ich beschließe, meinen Stolz zu überwinden. Ich rolle ihm einen halbe Radumdrehung entgegen und hauche extrem leise: "T'schuldigung."
"Wie?"
"Entschuldige bitte", lege ich nach, denn ich weiß, was er meint.
Doch statt meine Entschuldigung einfach anzunehmen und die Klappe zu halten, setzt er noch eins drauf. Mann, der lässt es heute aber wirklich krachen!

"Du hast mir schon mehrfach gesagt, dass du nicht zuerst als Behinderte wahrgenommen werden möchtest. Du möchtest, dass kein Unterschied zwischen einem Gesunden und dir gemacht wird, ja?"
"Das stimmt."
"Den Punkt solltest du überarbeiten, weil ich manchmal den Eindruck habe, du suchst dir das Passende heraus. Mal zeigst du die erwachsene Frau, gesund und verantwortungsbewusst. Dann wieder, wenn es dir gerade so passt, bist du das behinderte Mädchen, auf das besonders Rücksicht genommen werden muss."
"Hey, hey, hey!" protestiere ich, weiß aber, dass es stimmt.
"Damit habe ich ein Problem, Susan, zumal ich nicht weiß, warum du das machst", sagt er und starrt mich an.
Die Antwort darauf ist schwierig. Es ist nicht immer leicht, sich permanent im Griff zu haben. Meistens ist mein egoistisches Verhalten meiner Ungeduld geschuldet. Wenn mal wieder nichts geht. Wenn ich spüre, ich kann es einfach nicht. Wenn ich Hilfe brauche, aber es nicht sagen will. Weil das Aussprechen umso deutlicher zeigen würde, wie behindert ich wirklich bin.
"Der Schlag gegen dein Gesicht ...", sage ich vorsichtig, "das war nicht ich. Also, natürlich war das ich. Aber es war nicht das, was ich wollte. Ich wollte dich nicht schlagen. Nur plötzlich hat meine Hand ... Ich weiß nicht, wie das kam. Plötzlich machte die Hand nicht das, was ich wollte ..."
"Kann passieren", gibt sich Fabian locker. "Doch um eines bitte ich dich ..."
"Was denn?"
"Rede mit mir! Sag etwas! Übergeh das nicht einfach. Sag, scheiße, da ist mir meine Hand ausgerutscht. Sag irgendwas!"

7

So komisch es ja klingen mag – von Fabian lass ich mir so etwas sagen. Klar, es war hart und lieber wäre mir gewesen, er hätte nichts gesagt. Es ist immer besser strahlend dazustehen. Aber aus seinem Mund hört es sich nicht nur nach Anschiss an. Irgendetwas schwimmt da noch mit. Ich muss länger überlegen, was das ist.
Bis ich darauf komme – er verurteilt mich nicht, sondern er glaubt sogar an meine Fähigkeit, alles ein bisschen besser hinzukriegen. Das ist wichtig! Zwar ist es immer scheiße, wenn einem der Kopf gewaschen wird. Doch es kommt darauf an wie. Und irgendwie macht Fabian das richtig.
Ich überlege, was ich von ihm halten soll. Einerseits finde ich ihn super. Also als guten Freund, meine ich. Der sich auch mal erlauben darf, mich zu kritisieren. Andererseits kann ich ihn mir als Mann an meiner Seite ... Nee, da klappt etwas nicht. Er entspricht einfach nicht meinem Beuteschema.
Meine Liebe gehört ausschließlich Holger, der Schwimmstar mit dem Superknackarsch. Was soll ich machen? Das ist nun mal meine Natur. Ich schau mir die Kerle halt gerne an, vom Scheitel bis zur Sohle.
Apropos anschauen. Ich bin gerade bei Dr. Justine Quedlingborg. Sie ist Augenärztin mit soviel Piercing im Gesicht, sodass ich unfreiwillig an Verletzungen denke, die frisch getackert sind. Dazu ist sie bis zur Halskrause und den Handrücken tätowiert.
Mein Kinn liegt auf der Ablage der Spaltlampe. Das ist das Gerät, mit dem Augenärzte einem in die Augen schauen. Frau Dr. Quedlingborg gibt murmelnde Geräusche von sich. Ihr Atem riecht scharf nach Pfefferminz. So ganz kann die Minze den Zigarettenqualm nicht überdecken.
Frau Doktor wippt unruhig hin und her, verändert mehrfach ihre Position. Sie dreht an einigen Schrauben, bis sie schließlich tief Luft holt und sich zurücklehnt.
"Ich kann Ihren Sehnerv nicht finden."

Was soll ich darauf sagen. Ist das gut? Ist das schlecht? Frau Doktor entscheidet, dass ich mich zurücklehnen darf. Dadurch kann sie die Spaltlampe zur Seite schieben. Sie sieht mich an.

"Tja, eigentlich müssten Sie blind sein", sagt sie ohne besonderes Feingefühl. Aber genau das schätze ich an ihr. Sie kommt auf den Punkt. Und das ist mir immer sympathisch. "Ohne Sehnerv kein Sehvermögen. Und ich kann keinen Sehnerv finden."

"Okay", sage ich, "aber ich bin nicht blind. Ich sitze Ihnen gegenüber und ich kann Sie sehen."

"Das ist gut. Darum will ich da auch nichts Weiteres machen," sagt Frau Doktor und rollt auf ihrem Hocker drei, vier Schritte zu ihrem Schreibtisch. "Bis vielleicht auf eine Sache noch."

Ich sehe sie erwartungsvoll an. Was passiert jetzt? Will sie mich doch noch einmal untersuchen? Wird das schmerzhaft?

"Sie brauchen sich keine Sorge zu machen. Ich will nur, dass Sie mir erzählen, was Sie sehen. Kommen Sie mal her. Hier, rollen Sie sich dicht an meinen Schreibtisch. Ja, das reicht. Und jetzt erzählen Sie mir, was Sie sehen. Fangen Sie vom Schreibtischrand an."

"Akten", sage ich und zucke die Schultern. Ich weiß nicht, was sie von mir will.

"Können Sie das Deckblatt entziffern? Was steht darauf?"

Ich schaue es mir genau an. Es dauert einen Moment, dann weiß ich es: "Es handelt sich um eine Zeitschrift. Wahrscheinlich medizinisch."

"Richtig", kommt von Frau Doktor. "Und dahinter? Sehen Sie da noch etwas?"

"Da steht ein Spiegel. Irgendetwas reflektiert. Das kann ich genau sehen."

"Aha", macht Frau Doktor, die sich hinter den Schreibtisch gesetzt hat, also rechts von mir. "Sehen Sie noch etwas?"

"Stifte. Die sind in einem ... also, die stehen in dem Gefäß."

"Gut. Nur noch einmal, dann sind wir fertig, okay?"

"Ja, ja", bestätige ich und warte auf die nächste Frage.

"Wo hier im Raum befindet sich der Garderobenständer ..."
"Sie meinen ..."
"Ein ganz gewöhnlicher Ständer mit ein paar Haken", sagt Frau Doktor. "Also?"
Ich schaue mich um und sehe den Ständer weiter hinten, gleich neben der Eingangstür. Ich zeige darauf: "Dort, da steht er."
"Okay", sagt Frau Doktor und macht sich Notizen. Nach einigen Sekunden widmet sie sich mir mit ganzer Aufmerksamkeit. "Fangen wir dem Garderobenständer an. Hier gibt es keinen. Was Sie als solchen glaubten gesehen zu haben, ist meine Pflanze Ficus Benjamini."
"Oh!" entfährt es mir.
"Jetzt zum Schreibtisch. Die Fachzeitschrift stimmt. Aber einen Spiegel gibt es nicht. Was Sie als Spiegel identifiziert haben, ist ein Glas, gefüllt mit Wasser. Richtig aber ist, dass es durch den Sonnenschein reflektiert."
"Vielleicht wurde ich ja auch geblendet ...", versuche ich das drohende Urteil noch gegen mich abzuwenden.
"Kommen wir zu den Stiften, die sich angeblich in einem Gefäß befinden. Da ist weder ein Gefäß, noch sind da Stifte. Was Sie gesehen haben, ist ein zwanzig Zentimeter großes Auge. Das dient der Anschauung und Erklärung für die Patienten."
"Na, da war ich ja gar nicht so schlecht ...", flöte ich unschuldig.
"Im Raten, ja", zerstört Frau Doktor meine Hoffnung. "Frau Deppert, Sie sind praktisch blind wie ein Maulwurf. Alle Tests zeigen, dass Sie zwar noch über ein bisschen Sehkraft verfügen, die aber nicht größer als drei bis fünf Prozent betragen dürfte."
"Also, mir reichts. Ich komme durch", gebe ich bockig zurück.
Aber Frau Doktor bleibt hart: "Bewegen Sie sich im Straßenverkehr?"
"Eher selten", lüge ich.

"Das ist gut. Denn Sie können ein Verkehrsschild nicht von einem Bus oder sogar dem Kölner Dom unterscheiden. Im Zweifelsfall sehen Sie nichts."
Hatte ich erwähnt, dass ich Frau Doktor Justine Quedlingborg von Anfang an unsympathisch fand? Wer soviel Metall am Kopf trägt ...

8

Naja, ganz von der Hand zu weisen sind ihre Ergebnisse nicht. Tatsächlich kann ich kaum einen Unterschied zwischen einem Mops und einem Bus erkennen. Wobei das stimmt so auch nicht. Denn einen Unterschied kann ich nur dann nicht machen, wenn beide mehr als fünf Meter von mir entfernt sind. Dann nämlich sehe ich beide nicht.
Im Straßenverkehr ergeben sich da oftmals lustige Situationen. Da ich nicht bereit bin, auf den Gehwegen zu fahren. Weil man ständig Bordsteinkanten herunter, Bordsteinkanten hoch muss. Das ist mir zu anstrengend. Also fahre ich lieber gleich auf der Straße. Das kann ganz schön spannend werden. Vor allem, wenn die Straße abschüssig verläuft. Dann lass ich es ein bisschen krachen und rolle so schnell es geht. Ich muss ziemlich aufpassen, denn Autos, die vor mir zu spät bremsen ... Naja, meistens ist links oder rechts noch ein wenig Platz. Schlimmer sind im Himmel baumelnde Ampeln, wenn direkt dahinter die Sonne blendet. Da sehe ich mal gar nichts.
Wenn ich dann Rot habe und eigentlich anhalten müsste, erweist sich Russisch Roulette als Spiel aus dem Kindergarten. Bis ich begreife, dass ich schon längst auf der Kreuzung bin, ist es zu spät, um zu bremsen. Und zu gefährlich! Denn ich würde genau in der Fahrspur der bei Grün Fahrenden stoppen. Also, volles Risiko! Ab durch die Mitte.
Gut, zugegeben, ich habe das noch nicht oft gemacht. Als ich es aber machte, da hob ich meine Arme so hoch es ging. Mit einem spitzen Schrei begleitete ich mein Schicksal. Ich sah mich schon als Kühlerfigur eines Trucks, so wie Miss Emily auf der Schnauze eines Rolls-Royce hockt. Ich spürte einige Fahrtwinde links und rechts. Mag sein, dass Autos an mir vorbei rasten. Ich weiß es nicht. Ich habe nichts gesehen.
Meine Welt ist also stark begrenzt. Exakt fünf Meter. Zu allen Seiten. Aber selbst in dieser Fünf-Meter-Welt lauert die Heimtücke. Ein Glas Gurken, dass ich nicht öffnen kann. Ein Brief, den ich vor lauter Zittern zerreiße statt zu öffnen. Schuhe, die ich wegen Verkrampfung nicht an bekomme.

Eine Pralinenschachtel, die durch die Gegend fliegt, weil ich die kleinen Biester nicht zu fassen kriege. Über Büroklammern, Nähzeug, Stricknadeln, Zahnseide, Auftragen von Nagellack, Knoblauchzehen schälen, Kleingeld abzählen brauchen wir erst gar nicht zu reden.
Das zerrt ganz schön an den Nerven. Also im Grunde nicht, denn ich weiß ja, was ich kann. Wobei, das stimmt auch wieder nicht. Jeder Tag ist ein neues Abenteuer. Was ich gestern noch konnte, geht heute vielleicht nicht mehr. Jeden Tag ein bisschen weniger.
Wunderbar!
Konnte ich gestern beispielsweise noch den Deckel der Margarineschachtel abziehen, stellt sich das heute als unüberwindbares Problem dar. Die Finger zittern. Ich kann den Rand des Deckels nicht packen. Ich weiß nicht, ob ihr euch das vorstellen könnt. Gut, die Margarine ist nicht so wichtig. Aber einmal angenommen, ich will zu einem Date. Da überlegt man, was man anziehen möchte. Zumal als Frau. Dann hast du die oder die Bluse im Kopf. Erst einmal besteht das Problem darin, dass du die Farbe schlecht erkennst. Dann wirfst du dir vor, dich falschen Erinnerungen hinzugeben. Wenn du dann endlich die richtige Bluse in den Händen hast, ziehst du sie mühsam an. Und dann?
Dann streiken die Finger. Du kriegst die Knöpfe nicht zu. Egal, was du anstellst, du kriegst die Knöpfe nicht zu fassen. Vor lauter Wackelei deiner Finger, reißt noch irgendetwas ein oder ein Knopf ab. Da kannst du wütend sein oder nicht. Die Bluse ist gestorben.
Du kannst ja schlecht mit offener Bluse zum Date gehen! Super Vorstellung. Und bittest deinen Date, dir mal eben die Bluse zuzuknöpfen. Topp Idee! Bevor es ans Fummeln geht, darf dein Date dich zuerst einmal zuknöpfen. Ich bin mir sicher, das törnt total an.
Gut, also keine Bluse. Zumindest heute. Dann einen Pullover, einen dünnen. Das klappt. Aber die Hose! Die passt nun überhaupt nicht zur Farbe des Pullovers. Also eine andere Hose. Zuerst die richtige aussuchen, aufs Bett werfen. Dann

musst du aus dem Rollstuhl heraus, weil du die Hose im Rollstuhl nicht anziehen kannst.
Am besten du rollst dich neben das Bett. Du krabbelst aufs Bett. Aber das mit dem Anziehen der Hose will nicht klappen, weil die Matratze zu weich ist. Also wirfst du die Hose auf den Fußboden, wuchtest du dich ebenfalls auf den Boden. Ziehst die alte Hose aus, die neue an. Das ist eine Prozedur von fünf bis fünfzehn Minuten. Manchmal auch eine halbe Stunde. Je nachdem wie deine Beine zucken, du deine Hände im Griff hast. Oder du vor lauter Wut gar nichts mehr geschafft kriegst.
Aber dann hast du die neue Hose an, passend zum Pullover. Nun musst du dich aufs Bett ziehen. Wenn du das geschafft hast, ziehst du den Rolli parallel zum Bett. Dann heißt es umsteigen. Fertig.
Natürlich war das alles anstrengend. Du fühlst dich verschwitzt. Also musst du dein Make-up überprüfen, die Haare frisch bürsten. Es ist alles nicht so einfach, eine behinderte Frau zu sein.
Manchmal träume ich davon, fliegen zu können. Ich würde so gern fliegen. Weg von dieser scheiß Schwerkraft. Die kostet mich viel Mühen. Und Nerven!
Ich stelle mir vor, wie ich in den Wind eintauchen würde. Die Flügel gespreizt. An meiner Schnabelspitze sausen die Böen vorbei. Ich blicke von oben herab, auf die Welt und lasse einen Schiss ab. Geschissen auf diese scheiß Welt, sage ich mir dann gut gelaunt.
Oder ich wäre eine Wolke. Ich säße auf mir selbst. Ein weißes Wölkchen unter blauem Himmel. Und alles gemächlich. Je höher ich fliege, desto ferner die Welt. Ich hätte beste Laune, denn ich könnte über die schweren Dinge des Lebens da unten lachen. Müsste mich nicht abmühen. Nicht hetzen. Könnte mich einfach treiben lassen.
Oder ich sitze auf einem Berggipfel. Hoch oben über anderen Bergen. Nur ein paar Adler glitten über mich hinweg. Und noch darüber die Wolken. Alles still und schweigend.

Wahrscheinlich würde mir schnell langweilig. Ich liebe Action. Darum würde ich gern einen hohen Turm besteigen. Nur welchen? Ich erinnere mich an eine Sendung, die ich mal vor Jahren gesehen habe. Der Ausblick vom Kölner Dom, fantastisch. Aber ist unmöglich. Für Rollis keine Chance.
Macht nichts. Manchmal ist es schöner zu träumen als der Wirklichkeit zu begegnen.
Was aber würde ich sehen? Würde ich überhaupt etwas sehen? In meiner Fünf-Meter-Welt bin ich reichlich limitiert. Zumal ich davon ausgehe, dass der Kölner Dom etwas höher als fünf Meter ist.
Aber darum geht es nicht. Es ist dieses Gefühl, eine Vorstellung könnte real werden. Sie läge vor mir. Sie läge unter mir. Und ich könnte die Stadt betrachten. Eine unglaubliche Show!

9

Manchmal sitze ich einfach nur da und weine.
Alles ist eine Herausforderung. Nichts geht schnell oder mal eben so. Ob ich zur Toilette muss, weil ich Durchfall habe oder meine Tage oder einfach nur, weil ich zuviel getrunken habe. Alles braucht Zeit und einen routinierten Ablauf. Ob ich mir etwas kochen will oder einen Film schauen. Selbst ein einfaches Brot machen, kann zur lebensgefährlichen Herausforderung werden. Dann nämlich, wenn ich das scharfe Messer versehentlich falsch ansetze.
Ich musste schon den Notruf wählen, weil ich mir beim Schneiden einer Paprika einen Finger angeschnitten hatte. Im Grunde nichts Schlimmes. Und der Schnitt war auch nicht tief. Aber ich bekam die Blutung nicht zu stoppen. Die Fummelei mit dem Pflaster führte zu keinem Erfolg. Ich entschuldigte mich bei den Rettungssanitätern. Die aber zeigten Verständnis, säuberten meine Hände, klebten das Pflaster drauf und gut war es. Mit dem Satz: "Nix für ungut" verabschiedeten sie sich.
Diese Situationen hasse ich. Dabei wäre es ganz einfach. Wäre ich ein bisschen mobiler und vor allem selbständiger ... Tja, dem ist nun mal nicht so. Stattdessen brauche ich Hilfe in den idiotischsten Situationen. Gut, okay, ein barrierefreier Eingang hat schon was. Ein Aufzug ist für mich bequemer als eine Treppe. Aber es geht um die vielen Kleinigkeiten, die mir immer wieder vor Augen führen, was für eine heimtückische Krankheit ich habe.
Dann sitze ich manchmal einfach nur da und weine.
Schlimm wird es, wenn etwas, das ich unbedingt will, absolut nicht funktioniert. Dann kann ich wütend werden. Und ich meine, richtig wütend! Ich beschimpfe nicht mein Schicksal. Ich beschimpfe mich selbst. Denn ich werfe mir meine Krankheit vor. Ich sage mir, du blöde Kuh hast nur deshalb diese Scheiße an der Backe, weil du zu schwach bist.
Gleichzeitig gesellt sich zu meiner Wut auch Angst. Denn ich habe Angst, schwach zu sein oder es zu werden. Das facht

meine Wut nur noch mehr an. Ich beschimpfe mich mit den wildesten Ausdrücken. Du blöde Fotze, du verficktes Stück – das sind noch harmlose Begriffe.
Der Grund ist einfach: Ich werfe mir Charakterschwäche vor. Ich war zu schwach, sodass die scheiß Krankheit überhaupt Besitz von mir ergreifen konnte. Wäre ich stärker, wäre es gar nicht so weit gekommen. Oder anders ausgedrückt, wäre ich stärker, wäre ich nie so weit herunter gekommen.
Denn eines ist mal sicher – nicht die Krankheit soll mich beherrschen. Ich will die Krankheit beherrschen. Einige Psychologen, Therapeuten oder besonders schlaue Menschen, die zufällig diese Krankheit nicht haben, tja, die machen es sich einfach. Die sagen dir, hey, bleib locker, du musst die Krankheit einfach annehmen und akzeptieren. Dann, so sagen sie, wird alles leichter.
Wie gesagt, das sind Sprüche von Gesunden. Darauf geschissen! Nichts wird leichter. Alles bleibt wie es ist, nämlich scheiße. Deshalb lass ich mir nichts diktieren. Nicht von Psychologen, nicht von schlauen Menschen, erst recht nicht von der Krankheit.
Ich will stärker sein als meine Krankheit. Ich will MS beherrschen und mich nicht beherrschen lassen. Mein Wille ist es, mich nicht zum Krüppel dieser Krankheit machen zu lassen.
Ich habe sogar schon versucht, zu glauben. Das mit dem Beten würde ich noch hinbekommen. Aber zu wem? Zu Gott? Mir kommt es so vor, dass Gott zu jemandem gemacht worden ist, der entweder Schlechtes abwenden soll oder etwas zu etwas Guten hinführen. Das heißt doch, dass Gott eine Art Korrekturstelle ist. Nach dem Motto: Hey, Gott, lenk mal die Bomben, die uns auf den Kopf fallen, ein bisschen um. Zu den Nachbarn wäre nicht schlecht. Die Müller mochte ich sowieso noch nie. Oder andersherum: Hey, Gott! Vergiss nicht, diese Woche bin ich dran mit dem 6-er im Lotto.
Es handelt sich also um einen Effektgott. Der arme Kerl tut mir wirklich Leid, denn immer muss er etwas Bestimmtes tun, damit der oder der Effekt eintritt. Manchmal kommt mir

Gott vor wie Amazon. Du bestellst etwas. Dann stellst du fest, Mist, das passt nicht oder gefällt dir nicht. Macht nix. Einfach zurück. Und kurz darauf schickt dir Amazon das Richtige.

Mit solchen Effekthaschereien stehe ich auf Kriegsfuß. Klar, wäre das toll, wenn meine Eltern mich einfach zurückschicken könnten. Und zurück käme eine reparierte Susan. Amazon hat's gerichtet.

Dieses ganze Gestöhne, die Stoßgebete und Weinkrämpfe, die der arme Kerl seit Jahrtausenden aushalten muss. Das macht doch etwas mit einem! Der kann nicht mehr der selbe Gott sein wie zu Anfang. Also damals, als der die Stelle als junger Gott anfing. Der wusste wahrscheinlich auch nicht, worauf der sich einließ. Als er den Menschen sagte, hey, nun betet mal schön.

Da bin ich mir sicher. Sich jeden Tag das Elend, die Sorgen, die egozentrischen Wünsche von Milliarden von Menschen anhören zu müssen – das ist wirklich ein Elend.

Da bekomme ich ja schon von der Vorstellung Zuckungen. Und eben deshalb glaube ich nicht an Gott. Also zumindest nicht, dass er uns helfen kann. Das sind einfach zu viele Wünsche. Darum will ich ihn nicht auch noch mit meinen Sorgen nerven. Da nehme ich lieber mein Schicksal selbst in die Hand und kämpfe auf eigene Kosten. Denn wer sich seiner Stärken bewusst ist, der braucht keinen Kummerkastengott.

Darum trainiere ich ja jeden Tag. Nicht lieb und brav, sondern jedes Mal bis zum Anschlag. Soweit, wie es eben geht und immer ein bisschen darüber hinaus. Zwei Gründe treiben mich an. Einerseits trainiere ich gegen den Verlauf der Krankheit. Denn wer sich hängen lässt, den trifft es ziemlich hart.

Zum anderen, weil ich hartes Training schon immer geil fand. Damals, als ich noch Tänzerin war. Da habe ich am härtesten von allen trainiert, aber auch die meisten Preise gewonnen. Ich war nicht nur gut vorbereitet – ich war perfekt. Ich suche nach dem Schmerz, weil nur er mir zeigt, dass ich lebe. Und gleichzeitig kann ich mich perfekt bestrafen. Spanking lässt grüßen. Ihr wisst schon.

Von wegen sich hängen lassen, fällt mir eine Geschichte ein. Das war während meiner ersten Reha-Maßnahme. Wegen MS. Irgendwann tauchte ein ziemlicher dicker Mann auf. Er erklärte, er sei zuständig für die Rollstühle. Davon wollte ich nichts wissen, denn ich war auf Krücken gekommen. Wenn auch sehr langsam, konnte ich mich mit den Krücken bewegen. Doch der dicke Mann, der obendrein auch sehr groß war, hob mich einfach hoch und setzte mich in einen Rollstuhl.

"Nichts da", hatte er gesagt. "Dir steht ein Rollstuhl zu, also kriegst du einen."

Er fummelte hier und da, nahm verschiedene Maße. Er schrieb immer wieder etwas auf und grummelte konzentriert vor sich hin. Schließlich setzte er mich in einen anderen Rollstuhl und sagte: "Fertig. Das ist deiner."

Ich kam mir etwas verloren in dem neuen Teil vor. Am meisten störte mich, dass er recht breit war. Links und rechts hatte ich fast eine Handfläche frei. Ich sah den Mann von unten nach oben an.

"Der ist zu breit", sagte ich schüchtern.

"Vergiss es", kam bestimmt von seiner Seite. "Zu Anfang seid ihr alle schlank und schmal. Das ändert sich, weil ihr alle keinen Sport macht. Du wirst sehen, bald passt du auch in deinen."

Im Grunde hatte er Recht. Das konnte und kann ich beobachten. Die meisten setzen ordentlich an. Nicht aber ich. Denn ich vermisste den Sport. Und so geschah es, dass der Rollstuhl von Jahr zu Jahr statt passender zunehmend größer wurde. Denn entgegen aller Voraussage nahm ich ab. Den Rollstuhl, der von Anfang zu groß gewesen war, musste ich fünf Jahre nutzen. Erst dann bekam ich einen neuen.

10

Spannend wird es langsam mit meiner Annonce. Womit ich niemals gerechnet hatte, es melden sich einige Leute. Man klopft sich gegenseitig ab, eine gute Beschreibung, denn immerhin geht es ja um Spanking.
Dass sich Leute melden, das ist ja eine Sache. Aber die erwarten alle etwas. Sozusagen, dass ich als Vorsitzende, die ich nicht bin, etwas organisiere. Damit bin ich restlos überfordert. Ich überlege für den Bruchteil einer Sekunde, Tamara einzuweihen. Die würde Schwung in die Geschichte bringen und hätte in Null-Komma-Nichts die richtige Location gebucht. Dann aber sage ich mir, dass sie das Spanking niemals mitmachen würde. Ich würde mir wahrscheinlich die nächsten einhundertfünfzig Jahre Vorwürfe anhören müssen.
Nein, für solche sexuellen Fantasien ist Tamara ungeeignet. Ich weiß nicht, ob sie überhaupt schon einmal einen Freund hatte. Meistens himmelt sie jemanden aus der Entfernung an, verliebt sich tödlich in ihn. Das höchste der Gefühle ist erreicht, wenn sie beginnt ihn zu stalken. Nein, entscheide ich, Tamara ist in diesem Bereich zu nichts zu gebrauchen. Was also tun?
Ich schaue mir die Liste an. Siebzehn Namen habe ich darauf notiert. Ich habe sie klassifiziert. Neun Männer, acht Frauen. Hinter jedem Namen steht das Alter. Ach ja, und die Größe. Außerdem will ich Vorlieben wissen und was die Leute sich von einem anderen wünschen. Für mich intern habe ich ein Ranking angelegt, auf einem anderen Blatt. In Schulnoten habe ich den jeweiligen Anrufer bewertet von eins bis sechs.
Ganz oben auf meiner Liste steht Lisa, die ich nie gesehen habe. Ich habe noch niemanden von der Liste gesehen. Erst einmal sammeln. Danach sehen wir weiter. Lisa steht also ganz oben auf der Liste. Mir gefiel ihre Stimme, ziemlich rauchig. Dazu die Art, wie sie sprach. Irgendwie abgeklärt, ohne blöd-cool zu wirken. Sie hat so etwas natürlich Verruchtes an sich.

Ob sie mich angetörnt hat? Weniger. Von der gesamten Liste hat mich niemand wirklich angetörnt. Wie auch? Ich war ja damit beschäftigt, meine Blätter voll zu kriegen.
Aber die Frage ist berechtigt. Wen findet man gut, wen nicht? Ich sage mir, das wird sich zeigen. Aber so etwas habe ich noch nie gemacht. Sich zu einem Date mit vielen Menschen zu treffen, und man weiß schon vorher, dass es da abgehen wird. Kommt mir irgendwie vor, als würde ich auf den Strich gehen oder so. Aber vielleicht bin ich zu bieder und ich sollte das alles möglichst locker nehmen.
Lisa beispielsweise war ziemlich abgeklärt. Sie nannte mich Mäuschen.
"Mäuschen, deine Idee finde ich super. Ist immer besser, sich selbst zu organisieren", rauchte es durchs Telefon. "Und dein Wunsch nach Fantasie, der hat mich beeindruckt. Weißt du, Mäuschen, normalerweise treffen sich die Leute, wollen möglichst unerkannt bleiben. Darum muss alles schnell gehen. Man schlägt sich, man verträgt sich. Tschüß, bis zum nächsten Mal. Wenn's ein nächstes Mal gibt."
Ich hörte, wie sie sich eine Zigarette anzündete. Daher wohl die tiefe Stimme. Lisa erklärte: "Ich bin jetzt 53, habe die Figur einer 25-Jährigen, die Titten einer 13-Jährigen, den Arsch einer 18-Jährigen und ein Gesicht, als hätte ich gerade meinen Achtzigsten überlebt."
Mit ihr, denke ich, kann ich was anfangen. Sie scheint Klartext zu sein. Also rufe ich sie an.
"Hi, hier ist Chantall Handicap. Lisa?"
"Bei der Arbeit. Wie immer."
"Oh, dann will ich nicht stören ...", erwidere ich betroffen.
"Mäuschen, das sind dusselige Sprüche. Schön, dass du anrufen tust. Was kann ich für dich tun?" Offensichtlich setzt sie sich an einen Tisch. Ich höre, wie ein Löffel in einer Tasse gerührt wird. Vielleicht trinkt Lisa Kaffee.
"Ich will dir anbieten, ein Treffen zu organisieren. Also von allen Leuten." Gespannt warte ich ab, denn eigentlich erwarte ich, dass sie sofort den Hörer aufknallt.

"Das ist eine große Ehre, Mäuschen. Vielen Dank. Wie komme ich dazu?"
"Du machst einen patenten Eindruck auf mich."
Daraufhin lacht sie wie ein verrostetes Fahrrad. Klar können Fahrräder nicht lachen. Und Verrostete schon mal zweimal nicht. Aber dieses schleifende, fast quietschende Geräusch, das erinnert mich daran. Lisa lacht, und vielleicht ist dieses Bild besser, wie eine kaputte Bremse.
Allerdings ist das gefährlich, habe ich festgestellt. Wenn sie zu lange lacht, dann verschluckt sie sich oder so. Irgendetwas passiert mit ihren Lungen. Sie muss dann fürchterlich husten. Ich stelle mir vor, wie sich der Teer in ihrer Lunge durch das Lachen löst. Vielleicht hustet sie einzelne Bröckchen ab, die dann wie Asphaltsplitter durch die Luft fliegen.
Jedenfalls, als sie erst ihr Bremslachen, danach den Teerhusten überstanden hatte und mit piepsendem Beigeräusch nach Luft schnappte, fing sie sich.
"Geile Idee! Und wie der Zufall es so will ..."
"Du kennst eine Location?", fuhr ich hoffnungsvoll dazwischen. Gespannt wartete ich einen letzten Zwischenhuster ab.
"Nee, kennen ist nicht richtig. Ich hab da was."
Von da an beteiligte ich Lisa an den Vorbereitungen. Wir teilten die Liste auf, jeder musste seinen Teil anrufen und überzeugen. Denn Lisa schlug vor, dass wir von jedem einen Geldbetrag einsammeln sollten.
"Wenn es ums Geld geht", lachte sie stoßartig, "da zeigt sich dann die Wahrheit."
Tatsächlich sprangen einige ab. Am Ende blieben noch zehn übrig. "Das reicht dicke", erklärte Lisa. Damit kämen wir zurecht. Außerdem sei die Gruppe überschaubar.
Ich hatte auch noch einen Einwand. Ich wollte von jedem wissen, welche Rolle er oder sie einnehmen will. "Das ist mir wichtig, denn es geht mir auch ums Spiel", sagte ich.
"Hast völlig Recht. Wir klopfen das mal ab."
Den zweiten *Test* bestanden alle mit Bravour! Einer wollte schon immer mal eine Kanzlerin spielen, die man Lügen

straft. Ein anderer einen Priester im, wie er lachend hinzufügte, Stoßgebet. Eine wollte als Hexe kommen, jemand andere eine Zauberin. Ein Mann liebte die Rolle als Chirurg, wobei er Amputationen bevorzugte. Lisa meinte, es genüge ihr, wenn sie als Dornröschen mal so richtig einen Prinzen vermöbeln könnte.

"Denn Prinzen kommen immer zu spät", sagte sie noch. "Wie im Leben."

11

Die Scheinwerfer des Taxis bohren sich in den schwarzen Wald. Es regnet. Ein Scheibenwischer schrabbt mit kratzendem Geräusch über die Frontscheibe. Der Regenfilm ist kaum unterbrochen, als das Sichtfeld bereits wieder im Wasser verläuft. Der Taxifahrer fährt langsam. Er sieht sich hilflos um.
"Sind Sie sicher, dass Sie hier ...? Ich meine, in dieser Gegend?"
Jetzt fährt er noch langsamer. Man kann kaum etwas erkennen. Da öffnet sich vor uns ein Platz, leicht abschüssig in den Wald hinein. Der Taxifahrer bremst noch mehr ab. Ganz am Ende des Platzes erscheint ein flaches Häuschen. Sieht aus wie bei Rotkäppchen, richtig unheimlich.
"Halten Sie an", sage ich bestimmt, obwohl mir gar nicht danach ist.
"Sind Sie sicher, Lady?"
Ich gebe ein bestätigendes Geräusch von mir, der Wagen hält. Ich reiche dem Fahrer einen Geldschein. Danach steigt er aus. Er hilft mir mit dem Rollstuhl. Bevor er geht, schaut er mich an. Als wenn er sagen will, okay, Lady, letzte Chance. Doch ich beachte ihn nicht, rolle demonstrativ ein paar Umdrehungen zum Häuschen.
Das Taxi fährt. Ich sitze im Regen in einem total dunklen Wald. Der Motor des verschwindenden Taxis erstirbt nach der nächsten Kurve. Es ist absolut still. Ich spüre eine aufziehende Feuchtigkeit hier im Wald. Ich beginne zu frösteln. Während der Regen auf mich einprasselt, rieche ich frisches Moos, Harz und Tannen. Hören kann ich nichts.
Meine Reifen knirschen über den Schotterplatz. Es ist komplett duster. Seltsam, denke ich, die Kneipe müsste doch eigentlich beleuchtet sein. Doch ich sehe nichts. Ich kann nur erahnen, wohin ich fahren muss. So langsam spüre ich Nervosität. Die setzt sich wie ein kleiner Raabe in mir fest. Der Raabe wird größer. Er beginnt mit den Flügeln zu

schlagen. Scheiße! versuche ich zu schreien. Aber es geht nicht. Der Raabe ist größer.

Susan, sage ich mir, das hast du wieder einmal fein gemacht. Statt zu Hause gepflegt vor der Glotze zu hocken, hocke ich nun in der Scheiße. In der verdammt dunklen Scheiße nämlich, hier, in diesem verfickten Wald. Dabei war ich mir so sicher gewesen, dass Lisa es ehrlich meint.

Plötzlich schrecke ich zusammen. Aus der Tiefe des Waldes rast etwas auf mich zu. Es strahlt mich an. Ich bin geblendet. Total blind. Was geht hier vor?

Der Motor eines schweren Wagens heult deutlich auf. Der Wagen rast auf mich zu. Weil ich kurz wegschau, kann ich das kleine Häuschen erkennen. Ich bin nicht mehr weit davon entfernt. Das Licht rast mit Affengeschwindigkeit in meine Richtung. Jetzt ist es soweit. Jetzt habe ich wirkliche Angst. Ich spüre, wie mein Rücken ganz steif wird. Ich kralle mich in den Reifen meines Rollis fest.

Der auf mich zurasende Wagen steigt in die Bremsen. Wird auch Zeit, denke ich, als die Reifen über den Schotter schlittern. Etwa eine Handbreit vor meiner linken Seite kommt der Wagen zum Stehen. Ich spüre die Hitze des Motors, schau direkt in das grelle Licht, halte mir vor Schreck noch immer beide Hände vors Gesicht.

Der Motor wird ausgeschaltet. Vom Innenraum dröhnt Musik von Rammstein. Der Regen fällt auf die Kühlerhaube des Wagens, ehe die einzelnen Regentropfen wie Geschosse auseinander spritzen. Die Tür des Wagens wird aufgestoßen. Das Wummern der Musik wird so stark wie eine Baumfällermaschine.

"Hey! Das ist ja mega! Lass uns die Kisten tauschen."

"Du hättest mich fast umgefahren", rufe ich krächzend, und zum Beweis, was ich davon halte, schiebe ich noch hinterher: "du Arsch."

"Vergiss es", lacht der Fahrer. "Ich hatte alles im Griff." Er tanzt zur Musik und kommt langsam auf mich zu. "Also was ist jetzt? Deinen Rolli gegen meinen Maserati? Klingt fair, oder?"

"Lass den Scheiß und komm jetzt", sage ich und setze resolut meine Fahrt zur kleinen Kneipe fort.
Der Fahrer ist stehen geblieben. Er ruft mir hinterher: "Schätzchen, ich pump dir auch die Reifen auf."
Ich beachte ihn nicht weiter. Vielmehr nutze ich das Wagenlicht, um schnell zum Haus zu kommen. Je näher ich komme, desto mehr habe ich den Eindruck, dieses Haus ist ein verwunschenes Haus. Es sieht aus, als wäre es aus einem alten Märchen herausgefallen. Jetzt steht es hier, klein, hutzelig wie eine alte Bruchbude. Fehlt nur noch, dass mir gleich der böse Wolf entgegen kommt.
Statt bösem Wolf kommt aber trotzdem jemand aus dem Haus gelaufen und sprintet auf mich zu. Erschrocken sehe ich auf. Hilfe! Was geht hier vor? Es geht alles so schnell. Ehe ich etwas erkennen kann, rennt die Person an mir vorbei. Ich kann sie nicht erkennen, doch sehe ich, dass sie fast nackt ist. Die Person stellt sich hinter mich. Augenblicklich bewegt sich mein Rollstuhl. Mit ordentlicher Kraft werde ich zum Eingang des Häuschen geschoben.
"Okay, okay, du hast mich überzeugt", ruft der Maseratityp zu mir. "Zum Tausch Rollstuhl gegen Wagen lege ich noch eine Nacht mit mir drauf, Schätzchen! Kriegst du gratis."
"Schieb endlich deinen runzligen Arsch zu mir rüber, Kansas, und hör auf mit der Angeberei!" erwidert meine Rollstuhlschieberin, die ich jetzt als Lisa erkenne. "Und halt endlich die Tür zur Kneipe auf."
Kansas entfernt sich von seinem Maserati und hüpft aufgeregt um uns herum. Er redet pausenlos sinnloses Zeug. Das beeindruckt Lisa überhaupt nicht. Stur steuert sie auf den Eingang des Wirtshauses zu.
Als wir die Kneipe betreten, fällt mir als erstes die angenehme, fast weiche Atmosphäre auf. Alles wirkt übergestopft, in jedem Winkel ist etwas. Sei es ein riesengroßer Humpen, ein vergammelter Rehschädel, uralte Pokale von Vereinen, die mit Großvaters Tod ebenfalls ihr Zeitliches gesegnet hatten. Diese Kneipe scheint wie eine Lagerhalle der Erinnerungen,

an die sich selbst die noch Lebenden nicht mehr erinnern können.
Dafür scheinen auch Lisas Eltern zu stehen. Lisa stellt sie vor. Als die Reihe an ihren Vater kommt, sagt dieser schlecht gelaunt: "Schlimm genug, dass du hier ein Treffen für Halbnackte organisierst. Aber ich bitte dich, im Haus zu bleiben."
Lisa gibt keine Reaktion von sich. Der Vater, gefühlt drei Köpfe größer als seine Frau, blickt der Tochter starr nach. Erst als Lisa zwei Biegungen genommen hat, kommen wir zur Kegelbahn, die offensichtlich direkt neben den Toiletten liegt. Nicht, dass es dort stinkt – im Gegenteil. Es riecht total stark nach Desinfektionsmitteln. Alles scheint übernatürlich supersauber.
Die Kegelbahn endet als dunkles Loch und wirkt wie eine Höhle, aus der Monster und Gespenster kommen. Die Fantasie dazu ist nicht schwer, zumal die Tischbeleuchtung sehr speziell ist. Auf der Mitte der Tischfläche steht ein Feldhase in Originalgröße. Das heißt, das präparierte Tier hockt aufrecht, die Ohren steil nach oben. Zwischen den Ohren ist ihm ein langes Rohr in den Kopf gebohrt worden. Am oberen Ende baumelt ein schief hängender, an manchen Stellen angekokelter Lampenschirm. Somit hat der ausgestopfte Hase eine Lampe auf seinem Kopf. Und damit es so richtig makaber wird, hat jemand dem armen Tier ein Messingschild auf die Brust geschraubt. Auf dem steht: Meister Lampe.

12

Außer der spärlichen Tischbeleuchtung ist der Raum dunkel. Um den Hasen herum hocken dichtgedrängt Leute. Sie alle starren mich an, und ich frage mich, wer ist gruseliger – der tote Hase oder wir Spanker?
"Ah! Da ist sie ja. Chantal Handicap!" werde ich lautstark begrüßt. Lisa kurvt mich zum Tischende. Ich bin nervös und schaue mir die einzelnen Typen mal genauer an.
Da ist die Dame mit dem blonden Bubikopf, die Kanzlerin spielen will, die man ihrer Lügen straft. Da gibt es den Priester, elend groß. Der lacht mich an und sagt, er tut alles für ein Stoßgebet. Die Frau neben ihm nennt sich Blümchen und behauptet, sie ist eine Hexe. Gleich daneben sitzt die Zauberin, die immerzu mit den Augenlidern klimpert. Unter dem übergroßen gelben Umhang, der blaue Sternchen hat, lässt sie ihre kräftigen Rundungen verschwinden.
Lisa trägt eine enge schwarze Lederkorsage mit einzelnen Lederstreifen. Ihr sehr wohl geformter Hintern ist so sichtbar wie bei einem G-String. Auf dem Kurzhaarschnitt thront ein silbernes Krönchen, was wohl als einziges Kleidungsstück verrät, dass sie Dornröschen spielt.
Sie wendet sich an die Runde. "Gleich vorweg – wer irgendwelchen Schweinkram wünscht, kann sich ein Zimmer nehmen. Nicht mehr als zwei Leute! Hallo, habt ihr das alle verstanden? Das Zimmer muss vorab bei meiner Mutter gebucht und bezahlt werden."
"Hier darf also nichts stattfinden?", fragt der Maseratityp mit bedauernder Stimme zu, als Lisa den Kopf schüttelt. Er stellt sich als Kansas vor. "Macht nichts", gibt er sich großzügig und richtet sich an mich. "Hey, Chantal Handicap, ich buche für uns beide. Reichen dir drei Stunden fürs Erste?"
"Lass sie in Ruhe!" pfeift Lisa ihn an. "Ansonsten trete ich ein paar Macken in dein hübsches Auto."
"Kannst du ruhig", lacht Kansas. "Wir haben die Hobel getauscht."

Nervös gebe ich Lisa Zeichen, dass das alles nicht stimmt. Lisa nickt. Sie weiß Bescheid. Sie glaubt ihm kein Wort. "Am besten hältst du jetzt mal dein Mundwerk", klärt Lisa die Situation.
Lisa stellt zwei Taschen auf den Tisch. Als jemand neugierig fragt, was darin ist, antwortet sie: "Werkzeug."
Plötzlich öffnet sich die Tür. Eine hochgewachsene Frau – oder ist es ein Mann? – steht im Raum und blickt in die Runde. Er oder sie sagt nichts. Mir fällt ihre, seine Erscheinung auf, denn das scheinbar geschlechtslose Wesen ist nicht nur groß, sondern komplett in schwarz gekleidet. Sogar mit einem langen Umhang. Die Haare schwarz, spitze schwarze Lederschuhe, schwarze Fingernägel. Die Augen in tiefen Höhlen. Graue Augenringe begleiten den nervösen Blick. Das Wesen scheint mir eine Mischung aus Nosferatu und Marilyn Manson zu sein.
Damit sie oder er ihre oder seine Unsicherheit verliert, sage ich aufmunternd: "Du hast dich gothikmäßig verkleidet? Sieht stark aus."
Doch das Wesen blickt mich entsetzt an. "Ich habe mich nicht verkleidet! So sehe ich immer aus."
Aua! schießt es mir durch den Kopf. Ich kann mir kaum vorstellen, dass diese blutleere Erscheinung gesund ist.
"Und wie heißt du?", unterbricht Lisa die peinliche Situation.
"Norman. Früher hieß ich Claudia."
Lisa öffnet mit einem deutlichen Ratsch die erste Tasche. Sie verteilt die Peitschen, Schläger, Rohrstöcke und anderes Schlaginstrument in die Runde. Das Anschauungsmaterial wird wissbegierig untersucht. Material und Beschaffenheit fachkundig geprüft.
Hektik kommt auf, als der Priester die Peitsche genau in dem Moment knallen lässt, als Lisas Mutter den Raum betritt. Denn sie jongliert vier Teller Rinderbraten mit Knödel und Rotkraut. Sie schrickt zusammen. Die Teller schaukeln bedenklich. Als jeder sein Essen, sein Getränk vor sich hat, wird es ruhiger. Knallharte Spanker brauchen offensichtlich auch mal Pause von ihren Fantasien.

Kansas, der Maseratifahrer, arbeitet sich zu mir vor. Verschwiegen zeigt er mir einen Zimmerschlüssel. Ich lehne brüsk ab, dann aber denke ich mir, der Abend muss nicht zwingend früh enden.

Wie sich heraus stellt, ist er gar nicht der Grobian, den er spielt. Er ist einfühlsam, zärtlich. Seine Schläge sind vorsichtig, zuerst fast weich, ehe er härter zur Sache geht.

Nach der ersten Runde will ich mehr. Es gefällt mir mit Kansas. Kurz denke ich an Holger und frage mich, ob ich hier fremdgehe. Unsinn, sage ich mir. Das eine hat mit dem anderen nichts zu tun. Wenn Holger wollen würde, läge ich jetzt auf ihm. Aber wer nicht präsent ist, der muss eben warten bis wieder Platz ist im Bett.

Kapitel IV

Ohne Mann, das ist gut für die Gesundheit. Wobei dieser Satz doppeldeutig ist. Habe ich keinen Mann, dann fördert das meine Gesundheit. Ein Mann fordert, der will was. Vielleicht will ich das aber nicht. Also gibt es Stress. Stress aber ist nicht gut für meine Gesundheit. Habe ich Stress, fördert das meine Krankheit. Darum kann man auch sagen, ohne Mann ist alles gut. Es kommt auf das Gleiche hinaus – ohne Mann bleib ich gesund.
Ich bin froh, das mal erwähnt zu haben.
Andererseits fehlt einem da was, also, ich meine, ohne Mann, und das als Frau. Es fehlt etwas. Genau! Jemand der schuld ist, also praktisch durch Geschlechtsrecht. Ganz genau, weil der Kerl ein Kerl ist.
Ja, und wie sieht das denn aus, wenn ich im Aldi bin und einen wildfremden Kerl anmache! Das geht nicht. Da braucht es schon was Eigenes, damit ich zu einem Mann sagen kann: Du dumme Sau! Warum? Weil ich den Einkaufszettel vergessen habe und der Kerl zu blöd war, mich daran zu erinnern.
Schließlich ist das der Hauptgrund, warum Frauen einen Mann wollen – einer muss ja schuld sein. Und das ist immer der Mann. Gut, manchmal braucht man den Kerl auch zum Sprudelkasten schleppen. Oder zum bohren, also für den Nagel in die Wand, damit man ein Bild aufhängen kann. Aber sonst? Naja, vielleicht für Sex, also nur, wenn der gut ist.
Grundsätzlich habe ich nichts gegen Männer. Wenn nur der Stress mit ihnen nicht wäre. Warum müssen die auch ständig alles kaputt machen? Also, indem sie eine eigene Meinung haben oder schlimmer noch: Bedürfnisse. Wenn ich das schon höre! Wenn die nicht erfüllt werden, werden Männer zickig, blöd und laut. Oder sie fangen an zu diskutieren! Das ist dann schlimmer, als würden sie heulen. Also, ich meine, voll der Jammerlappen. Wer will denn so was?
Ich hab's probiert. Ich kenn mich da aus. Ich hatte viel mit vielen Kerlen. Aber dann kommt ständig dieser Punkt. Dann

heißt es: Du, Schatz, ich sehe das etwas anders ... Das reicht mir dann. Nix wie weg.

Mein Idealmann hält die Klappe. Er trägt mich auf Händen und will nur eines – er will der Sklave meiner Ansprüche sein. Komisch nur, bis heute hab ich keinen in dieser Qualität gefunden.

Zu Anfang ist ja immer alles gut. Man poppt viel herum und ist damit gut abgelenkt. Man ist beschäftigt. Schwierig wird es erst, wenn das nachlässt. Dann fängt es an. War er zu Beginn der Traummann, mutiert er nun zum Horrormonster aus einem Albtraum. Er vergisst das Date mit dir, Blumenläden haben plötzlich Lieferschwierigkeiten, die Klobrille bleibt oben, die Hygiene lässt nach, Autos, Fußball, Kumpels torkeln wie Aliens in sein Leben. Zum Aufräumen zu müde, zum Sex zu faul, dazu launisch und schlecht rasiert. Manche stinken sogar aus dem Mund. Wer will so was?

Der Luis beispielsweise, eigentlich ein netter Typ. Wir verstanden uns gut. Wir vögelten wie die Weltmeister, also zu Anfang. Als das rum war, wurde es schwierig. Luis wurde normal. Er war nachlässig. Ich spürte deutlich, dass ich nicht mehr seine Nummer Eins war. Oft war er genervt. Es folgten Streits und blöde Stimmungen.

Ich fand das alles lächerlich. Ich wollte Schluss machen, tat es aber nicht. Weil ich Hoffnung hatte. Aber die Streits setzten mir zu. Ich bekam nach langer Zeit wieder Krankheitsschübe. Mir ging es schlecht.

Die Schübe kündigen sich über meine Augen an. Die Sehnerven schmerzen. Ich bekomme Kopfschmerzen, kaum auszuhalten. Ich erhöhe die Schmerzmittel. Das nützt nichts.

Dann fängt irgendetwas an zu verkrampfen. Ein Fuß, ein Bein, die Hand oder der Oberarm. Oder ich spüre da nichts. Es ist wie eine Schnitzeljagd, bei der die Überraschung darin besteht, herauszufinden, was nicht funktioniert. Pech eben. Konntest du gestern noch eine Brief öffnen, zack, ab heute liebst du Postkarten.

Das alles nur, weil dein Kerl seinen eigenen Kopf durchdrücken musste. Reaktion: mein Körper streikt. Der reduziert

sich und mich in meinen Möglichkeiten. Von Jahr zu Jahr, von Tag zu Tag, von Stunde zu Stunde schmelzen mir die Möglichkeiten, ein selbstbestimmtes Leben zu führen. Ich bin wie eine Eisscholle, die mit jeder Sekunde schmilzt.
Die Leute hören: Oh, sie hat MS und bedauern mich. Sie sagen, wie schade, dass sie Muskelschwund hat.
Das ist aus zwei Gründen falsch. Zum einen steht die Abkürzung für Multiple Sklerose. Zum anderen übersetze ich diese Krankheit mit *Meine Scheiße*.
Ihr findet das hart?
Dann will ich euch ein Beispiel aufzeigen. Stellt euch eine Marionette vor. Am besten eine Puppe, die eine Flamencotänzerin im knallroten Kleid darstellt. Oberhalb der Puppe halte ich ein waagerecht liegendes Kreuz, an dem lange Fäden bestimmte Teile der Puppe halten. Durch heben und senken, drehen und wenden kann ich die Marionette bewegen und ihr damit Leben einhauchen.
Wenn ihr euch dieses Bild vorstellt, dann wird die Marionette durch das Kreuz, das in meiner Hand liegt, geführt. Damit ist meine Hand praktisch das Gehirn, denn alle Bewegungen gehen von meiner Hand aus. Ob ich das linke Bein anhebe, die Hand drehe, den Kopf neige – ohne meine Hand geht nichts.
Mache ich mit meiner Hand einen Fehler, dann überträgt sich das sofort auf die Puppe. Sie verliert vielleicht den Halt, fällt hin oder macht wirre Bewegungen. Spielt das Gehirn verrückt, wird das auch die Puppe.
Normalerweise denkt man bei den Fäden einer Marionette an Woll- oder Stofffäden. Aber angenommen die Fäden sind aus sehr beweglichen und dünnen Stromleitungen, die Impulse aufnehmen und weiterleiten, dann passiert jetzt etwas sehr Seltsames. Das Gehirn, also meine Hand, gibt den Impuls ans linke Bein, es soll sich anheben. Aber nichts passiert.
Was ist da los? Dazu muss ich noch erklären, so wie normale Kabel gemacht sind, haben sie eine Schutzschicht. Da das innen liegende Kupferkabel sehr gut leitet, braucht es diese

Schutzhülle. Weil sonst würde man ja überall einen gewischt kriegen.

Um das also zu vermeiden, ist die Schutzhülle von besonderer Bedeutung. Man kann gefahrlos ein Kabel anfassen, ohne einen Stromschlag zu bekommen. Bei MS ist genau das das Problem.

Stellt euch vor, die Stromleitungen haben an verschiedenen Stellen Macken. Also vielleicht einen Bruch, eine aufgeraute Stelle. Damit liegt ein Teil des Kupferkabels frei. Und was passiert?

Der Strom kann nicht bis zum Ziel kommen. Die Stelle, wo der Strom an dem leckgewordenen Teilstück austritt, fängt an zu spinnen. Das ist nicht lustig, denn plötzlich bekommt die Marionette idiotische Befehle. Der Arm zuckt, spinnt herum, verkrampft. Oder es gibt einen Totalausfall. Dann ist der Arm gelähmt.

Die Schutzschicht hat sich gelöst. Der Strom kommt nicht mehr in das beabsichtigte Körperteil. Es herrscht Chaos.

So ähnlich kann man MS beschreiben. Unsere Nerven sind ebenfalls von einer Schutzschicht umgeben. Wenn die sich auflöst, tut sie das, indem sie sich entzündet. Durch die Entzündungen aber kann der Strom nicht mehr weiterfließen. Außerdem schmerzt ein entzündeter Nerv höllisch.

Dabei kann es sein, dass das nur kurz so ist oder länger bleibt. Oder zu einem Totalausfall führt. Den Vorgang, wenn so etwas passiert, nennt man Schub. Es handelt sich also um einen Schub Chaos.

Dabei geht es immer auch um Schmerzen, um Leiden, um Qual. Nichts ist scheißer als ein Schub. Aber das ist noch längst nicht alles.

Denn die Frage ist ja, warum löst sich die Schutzschicht? Warum stehen die Fäden unserer Marionette plötzlich unter Strom? Warum die Entzündungen? Die Antwort ist einfach und doch kompliziert.

Alles beginnt im Gehirn. Darin befindet sich eine Art Abwehrzentrum. Dort wird ständig nach Gefahren gesucht. Erkennt das Zentrum eine Gefahr, dann werden Boten zur

Abwehr oder Reparatur gesendet. Diese Boten reparieren die beispielsweise verwundete Stelle, heilen sie und gut ist.

Bei MS ist das Abwehrzentrum gestört. Als hätten böse Hacker einen Virus dort hinterlegt, kapiert die Abwehr da einiges falsch. Das Zentrum arbeitet gegen sich selbst. Es glaubt zum Beispiel, dass die Schutzhülle, die die Bewegungsfäden schützen, eine Gefahr ist. Was macht das Zentrum? Falsch programmiert wie es ist, versucht es die Gefahr auszuschalten. Es stürzt sich auf die Schutzhülle und greift sie an. Es will sie zerstören.

Das Abwehrzentrum kämpft damit gegen den eigenen Körper. Es beginnt ein Krieg, der mörderisch ist und oft tödlich endet.

Jetzt ist dieses Abwehrzentrum aber gleichzeitig auch ein Immunsystem. Es soll nämlich andere Gefahren abhalten. Gestört wie es ist, kriegt es das aber nicht hin. Eine einfache Erkältung kann riesige Ausmaße annehmen. Denn weil das Abwehrzentrum zu blöd ist, vernünftig zu arbeiten, drohen ständig Gefahren.

Alles in allem müssen wir also feststellen, dass zwar der Begriff Muskelschwund nicht ganz falsch ist. Denn immerhin verringern sich die Muskeln. Sie schmelzen regelrecht. Aber der Muskelschwund ist die Auswirkung, nicht der eigentliche Grund. Die Ursache ist vielmehr im Gehirn, genauer gesagt im Immun- und Abwehrzentrum, das defekt ist.

Man kann mit allen möglichen Mitteln die Krankheit verlangsamen. Heilen kann man sie nicht. Außerdem weiß niemand, wann sie das nächste Mal zuschlägt. Dafür ist sie zu hinterfotzig. Vielleicht ist für Tage Ruhe. Oder für ein Jahr. Oder ein ganzes Jahrzehnt?

Es ist wie bei einem Kostümfest. Alles ist geschminkt, und obwohl du alle zu kennen glaubst, erkennst du nichts und niemanden. MS wechselt die Gesichter und Masken wie andere Leute ihr Kleingeld. Das macht die Krankheit so geheimnisvoll. Denn verborgen hinter tausend Masken ist MS eine Diebin, die dir die Freiheit stiehlt.

Und so können Stück für Stück die normalen Fähigkeiten, die jeder mit seinem Körper machen kann, verschwinden. Es verschwindet die Fähigkeit zu springen, zu hüpfen, zu laufen. Oder ein Arm oder beide Arme streiken.
Heutzutage gibt es zum Glück eine Menge Erleichterungen, obwohl die Krankheit schon lange existiert. Man nimmt an, dass MS bereits 1395 auftrat. Richtig entdeckt wurde sie erst 1863 von Eduard von Rindfleisch. Der arme Mann hieß wirklich so. Aus seinen Beobachtungen folgerte er, dass der permanente Entzündungszustand den Abbau der Myelinschicht bewirkt. Die Myelinschicht ist praktisch der Kabelmantel, der die Nerven schützen soll, statt sie zu entzünden.
Obwohl man also in etwa weiß, was bei MS passiert, gibt es kein Gegenmittel. Es gibt eine Menge Therapien, um das Leben mit MS zu erleichtern. An Heilung aber ist nicht zu denken.
Außerdem ist der Verlauf der Krankheit bei jedem anders. Bei manchen geht es schneller, andere haben nur wenige Beeinträchtigungen. Aber alle Verläufe haben eines gemeinsam – MS ist und bleibt scheiße.
Weltweit gibt es zirka 2,5 Millionen Menschen, die davon betroffen sind. Allein in Deutschland kommen jedes Jahr etwa zehntausend dazu. Lange wurden diese Menschen ausgegrenzt. Behindert gleich bekloppt, so lautete die einfache Regel. Das hat sich zum Glück total geändert.
Trotzdem geht es um Akzeptanz. Auch um Rücksicht. Und vor allem um Respekt. Jemand, der MS hat, ist ein genauso vollwertiges Mitglied der Gesellschaft wie ein Gesunder.
Manche MS-ler erleiden Schiffbruch mit der Krankheit. Sie fühlen sich benachteiligt – was sie ja letztlich auch sind. Sie fühlen sich abgehängt, traurig und beschissen. Das Schicksal, ein Gott, die Genetik, wer oder was auch immer, hat sie auserwählt. Das führt bei vielen zu Depressionen oder wie bei mir manchmal zu aggressiven Attacken gegen mich selbst.
Denn immer geht es auch um Angst. Angst vor dem morgigen Tag. Angst vor dem nächsten Schub. Angst vor der Zukunft. Angst davor, irgendwann sein Leben nicht mehr

allein geregelt zu kriegen. Dass man auf Hilfe angewiesen ist beim Waschen, Zähneputzen, dem Toilettengang, dem Essen. Wenn es ganz schlimm wird, das weiß jeder MS-ler, wartet das Pflegeheim.
Das ist praktisch die Vorstufe.
Du weißt, du bist in deinem Körper gefangen. Eine Heilung existiert nicht. Eine Besserung auch nicht. Du liegst dann da und kannst, selbst bei bester Pflege, nur noch das Sterbeglöckchen erwarten.
Viele MS-ler wollen genau das nicht. Sie träumen vom Eigentod. Sie stellen sich vor, kurz bevor es soweit ist, töten sie sich selbst. Das ist aber einfacher gewünscht als getan. In den seltensten Fällen klappt das.
Meistens wird der Zeitpunkt verpasst. Oder der Mut hat einen verlassen. Man findet niemanden, der einem beim Sterben hilft. Dann ist es zu spät und das Pflegeheim wartet mit breitem Grinsen.
Wie man es auch dreht oder wendet – MS macht einsam. Niemand kann dir dein Schicksal abnehmen. Das weißt du, und gerade deshalb läufst du verzweifelt einem Ideal hinterher, von dem du weißt, dass es idiotisch ist und gar nicht existiert. Dem Ideal der perfekten Beziehung. Wir wünschen uns einen Partner, der unser Schicksal teilt. Und je länger wir davon träumen, desto mehr überhöhen wir den Traum. Weil er so unrealistisch ist wie die Heilung unserer Krankheit.

Kapitel V

1

Kansas ist ein eitles Bübchen. Sein Vater hat wohl eine Menge Schotter und lässt dem Sohn freie Hand. Vor allem im Geld ausgeben. Neben dem Maserati besitzt Kansas eine irre große Penthousewohnung. Mitten in der Stadt. Mit Blick auf die Flussebene.
Alles vom Feinsten. Sei es die Ausstattung, Kansas Klamotten, seine Musik- und Videoanlage. Selbst eine Putzfrau. Zuerst dachte ich, er sei total eingebildet. Aber das war ein Fehler. Kansas weiß wie gut es ihm geht. Doch er kann nichts machen. Sein Vater liebt es, ihn zu beschenken. Er verlangt dafür nichts.
Andere Väter würden voll stressen und sagen, solange du auf meiner Tasche lebst, tust du was ich sage. Aber nicht Kansas´ Vater. Er lässt seinen Sohn komplett in Ruhe. Ist auch nicht leicht. Ich meine, für Kansas. So zu leben, völlig reich und nie Druck. Kansas kann machen, was er will, sein Vater liebt ihn. Vielleicht macht er deshalb ständig den Hampelmann. Weil eigentlich ist er ernst, und man kann gut mit ihm reden. Doch sobald andere Leute auftauchen, mutiert er zum Partyhonk.
"Ich kann dir das Handbike auch schenken", sagte er eines Tages zu mir. Er war ganz begeistert von der Idee: "Au ja! Wenn du willst hast du es noch heute Abend. Ich organisier das!"
Ich konnte ihn noch gerade rechtzeitig vom Telefon abhalten.
"Nein", widersprach ich. "Das ist meine Sache."
"Aber Susan, ich möchte dir einen Wunsch erfüllen. Das ist dann mein Geschenk an dich!"
Er zog die Schultern ein, breitete die Arme aus wie ein Priester zum Gebet und sah mich mit großen Augen an. Irgendwie tat er mir leid, denn ich wusste, er meinte das ernst. Er wäre stolz gewesen. Und für einen Moment war ich versucht.

Doch sagte ich mir, es geht nicht um Kansas, so lieb sein Angebot auch sein mag. Es geht um mich, mich ganz allein. Ich muss für das Handbike kämpfen. Ich habe einen Kampf auszuführen. Jetzt das Handbike von Kansas anzunehmen, wäre zwar sehr bequem. Aber es wäre mir vorgekommen wie ein positives Foul. Ja, so etwas gibt es. Wenn nämlich das Schicksal mit seinen goldenen Fingern dazwischen fuchelt und einem Träume in die Augen streut.

Denn es wäre etwas verloren gegangen, die Mühen, die Anstrengungen, das Abrackern für den eigenen Gewinn. Indem ich mich so abmühe, baue ich Muskeln und meine eigene Zukunft auf. Kansas´ Angebot anzunehmen wäre so bequem wie falsch. Es machte dann auch keinen Unterschied, ob ich den E-Roller der Krankenkasse akzeptierte.

Also blieb nur eins: ablehnen.

Kansas war sehr enttäuscht. Ich weiß nicht, ob er verstand, worum es mir ging. Irgendwie schon, denn ich hatte fortan das Gefühl, dass er komischerweise eifersüchtig auf was auch immer war.

Wie seltsam, denke ich. Wie kann man auf eine MS-lerin eifersüchtig sein? Noch dazu, wenn man soviel Asche hat wie er?

Obwohl er mir mit seinem Geschenk ständig in den Ohren lag, blieb ich standhaft. Täglich mache ich mein Training, lasse mich von Tammy nerven. Ich mache leichte Fortschritte, im wahrsten Sinne des Wortes. Denn erst gestern schaffte ich die Fünfziger-Marke.

Heute kam ein Brief von der Krankenkasse. Inhalt so in etwa, Ihre Idee, sich mit uns anzulegen ist reichlich bescheuert. Selbst wenn Sie in die Öffentlichkeit gehen, ändert das nichts an unsere Absage hinsichtlich eines Handbikes. Darum zum Schluss des Briefes die Bitte, ich möge Einsicht vor meiner eigenen Dummheit haben und den E-Roller endlich annehmen.

Ich zerknüllte den Brief. Doch Tammy hob ihn auf, glättete ihn ordentlich und sagte vieldeutig: "Der ist für die Akten. Man weiß nie was kommt." Triumphierend drehte sie sich um

die eigene Achse. Wohl etwas zu schnell, denn es entfuhr ihr ein ziepender Furz.
Die Sache mit meiner Spanking-Truppe habe ich ihr nicht erzählt. Auch nichts von Sophie. Ich ahne schlimmste Eifersuchtsdramen, sollte Tammy je davon erfahren. Geschweige denn von Kansas!
Ich halte die beiden Welten wie Wasser und Öl auseinander. An eine Mischung ist nicht zu denken, denn im Grunde ist der Vergleich viel zu harmlos. Eigentlich müsste ich von verschiedenen Atombomben sprechen. Also schweige ich.
Außerdem weiß ich nicht wie lange das hält. Ich meine damit die Spanking-Truppe, Sophie, selbst Kansas. Sie alle sind neu, und da weiß man nie. Bisher läuft alles rund, außer beim letzen Treffen der Spanker. Die Kanzlerin brachte eine Autobatterie mit. Sie erzählte, sie ständ total auf Stromschläge. Am besten an den Nippeln und zwischen den Beinen.
Selbst die hartgesottenen Spanker verzogen das Gesicht und wandten sich ab. Schon die Vorstellung ... Sophie übernahm das Wort. Sie sagte, hier ginge es um Freude, nicht um Folter. "Wenn ich aber drauf stehe!" rief die Kanzlerin verzweifelt und begann zu heulen. Niemand nahm sie in den Arm, niemand tröstete sie. Stattdessen erklärte Sophie sehr bestimmt: "Dann sind wir nicht die richtige Gruppe für dich. Tut mir leid."
Die Kanzlerin nahm ihre Autobatterie, grummelte in etwa, sie habe sie eigens für heute voll geladen. In der Tür blieb sie stehen, sah noch einmal in die Runde und fragte: "Und Waterboarding?"
Obwohl es verschiedene Angebote gab, blieb ich bei Kansas. Ich mag ihn. Wenn ich etwas nicht will, sage ich es und er akzeptiert das. Das macht die Sache zwischen uns einfach. Verliebt? Natürlich nicht! Wie könnte ich mich in ein großes Kind verlieben? Kansas ist ein großartiger Kumpel. Er ist mein Loverboy, sonst nichts.
Außerdem müssen wir nicht jedes Mal Sex haben. Manchmal will ich auch nur verhauen werden und gleichzeitig in der

Komfortzone bleiben. Nichts Schmerzhaftes. Einfach nur ein paar leichte Schläge.
Dafür braucht es Vertrauen. Sich die geheimsten Wünsche erzählen. In der Gesellschaft gilt das als Tabu, weil man selbst oft die Angst hat, abgelehnt zu werden. Das ist mir mit Kansas noch nie passiert. Ihm kann ich wohl das Meiste erzählen.
Aber an eine Beziehung ist dennoch nicht zu denken. Kansas ist unterhaltsam. Er kommt mir manchmal vor wie ein kleiner Entertainer, der ständig etwas Neues bringt. Man langweilt sich mit ihm nicht. Aber den letzten, entscheidenden Kick kann ich bei ihm nicht empfinden.

2

Ganz anders ist das mit Holger. Ich habe die Trainingseinheiten ein wenig umgestellt, sodass ich häufiger zum Schwimmen komme. Dann sehe ich Holger häufiger und bin jedes Mal aufs Neue fasziniert von seinem Body. Also nicht, dass ihr jetzt denkt, ich würde ihn nur auf das Körperliche reduzieren. Nein, absolut nicht!

Gut, das Geistige kann ich nicht so wirklich beurteilen. Wir unterhalten uns ja praktisch nie. Deshalb muss ich die wenigen Gelegenheiten sofort ausnutzen. Als mich heute Tammy zum Schwimmbad schiebt, sehe ich, dass Holger raucht. Ich bin verblüfft darüber, aber man lernt nie aus. Etwa zehn Meter, bevor wir ihn erreichen, wirft er seine Zigarette zu Boden, zerdrückt sie mit dem Schuh und bleibt da stehen.

Als wir Holger erreicht haben, betätige ich die Bremsen. Ich sehe Holger lächelnd an und sage: "Wie ich sehe, führst du ein Leben auf der Kippe."

Holger versteht kein Wort. Verständnislos glotzt er mich an. Ein fragendes "Hä?" bringt er hervor.

Ich löse meinen Joke auf: "Na, du stehst doch auf deiner Zigarette …"

Doch Holger blickt es nicht. Er bläht sich ein Stück auf, sagt: "Ja und?"

"Kippe", sage ich langsam, "das ist ein anderes Wort für Zigarette, verstehst du?"

Jetzt sieht er mich wirklich wie ein Gnu an. Er grunzt sogar und sagt: "Nee."

Erlösung in dieser peinlichen Situation tritt dadurch ein, indem Tammy den Rollstuhl mit Schwung in Bewegung setzt und uns davonfährt. Wir sind schon ein Stück entfernt, als sie hinter mir murmelt: "Dein Schwarm ist hübsch. Aber auch hübsch dumm."

Vielleicht hat er einen schlechten Tag, sage ich mir. Oder etwas Falsches gegessen? Einen faulen Apfel? Oder der Energy Drink hatte nicht die richtige Temperatur? Oder der Pinscher der Freundin einer Tante dritten Grades fiel vom

Stuhl? Oder bei ihm wurde eine Wasserallergie festgestellt, und das als Bademeister!

Die Tücken des Schicksals sind manchmal äußerst geheimnisvoll. Sie lauern einem auf, rücksichtslos. Du denkst an nichts. Und dann schlägt das Schicksal zu, erbarmungslos. Da ist es ja kein Wunder, dass man für den Moment beeinträchtigt ist. Irgend so etwas muss es gewesen sein, warum mein Joke bei Holger zum Rohrkrepierer wurde.

Später sind Tammy und ich im Wasser. Wie üblich hat sie ihre Fanfaren blasen lassen. Und nachdem diese Winde einigermaßen verzogen sind, sehe ich, dass Holger langsam auf uns zukommt. Zuerst denke ich an eine Entschuldigung. Dann denke ich, ich könnte den Joke vielleicht erklären. Gleichzeitig sage ich mir, das wäre ja noch peinlicher, weil ich ihn als blöd hinstellen würde. Also lass ich das mal lieber.

Bevor ich aber irgendetwas unternehmen kann, höre ich Holger sprechen. Offensichtlich hat er einen Kumpel getroffen. Die beiden stehen über uns am Beckenrand und unterhalten sich.

Holger:	"Hey, Alter. Du hier?"
Kumpel:	"Wa? Schneid mir 'n Ei ab!"
Holger:	"Was geht, Alter?"
Kumpel:	"Du ... Ich sag immer ..."
Holger:	"Genau! Geht mir ähnlich."
Kumpel:	"Und sonst?"
Holger:	"Alles im Lot."
Kumpel:	"Kannste einen drauf lassen."
Holger:	"Das bockt mich kaum."
Kumpel:	"Du ... Ich sag immer ..."
Holger:	"Und dein Bruder?"
Kumpel:	"Hat jetzt 'ne Braut."
Holger:	"Ernst?"
Kumpel:	"Hat die voll an der Backe."
Holger:	"Was'n los?"
Kumpel:	"Hat ihm was angehängt, die Alte."
Holger:	"Fuck! Fuck Fuck! So 'ne Aggroschlampe."

Kumpel:	"Dabei wollte der doch ... Hat mich ständig vollgequatscht."
Holger:	"Ich ja auch!"
Kumpel:	"Wie jetzt? Dir hat 'ne Braut auch 'n Balg angehängt?"
Holger:	"Bist du blöd, Mann? Mir doch nicht!"
Kumpel:	"Oh, scheiße! Fast wär mir einer abgegangen."
Holger:	"Nee, Alter. Nicht mit mir. Da zieh ich meinen rechtzeitig ..."
Kumpel:	"Mein Bruder wohl nicht. Der steckt da jetzt voll drin."
Holger:	"Nee, nee, Alter. Da bin ich dann weg."
Kumpel:	"Immer noch dein good old dream?"
Holger:	"Dieses Jahr noch. Dann bin ich away. Amerika, ich grüße dich."
Kumpel:	"Weißt schon wie da hinkommen?"
Holger:	"Trampen. Ist die billigste Tour. Ich stell mich an die Straße, halt den Daumen raus. Dann zuerst mal nach Ell Ey. Das liegt bei Nuh York, musste wissen. Ist alles mit 'm Auto bestens zu erreichen."
Kumpel:	"Du ... Ich sag immer ..."

Vorsichtshalber tauche ich ab. Um nichts mehr zu hören, wohl die beste Entscheidung.

3

Vorsichtshalber bleibe ich länger unter Wasser. Zur Sicherheit. Als ich wieder auftauche, schnappe ich kräftig nach Luft. Mir ist wie nach einer Reinwaschung, denn augenblicklich spüre ich das Aufweichen meiner ewigen Liebe zu Holger.
Ich weine ihm keine Träne nach. Bin auch nicht traurig. Ich wünsche ihm alles Gute und wende mich Tammy zu.
"Wir müssen dringend unsere Strategie optimieren", flüstert sie eindringlich. Sie wirkt, als beobachte uns ein gefährlicher Fisch ganz in der Nähe, der jeden Moment zuschlagen wird.
"Was meinst du?", frage ich unbedarft. "Noch mehr Training?"
"Nein, das Training ist okay. Es geht um unsere PR-Arbeit. Da müssen wir ran."
"Gebongt", sage ich ins Blaue. Ich weiß nichts damit anzufangen und weiß nur, dass sie sich damit beschäftigt. Wenn sie also diese Arbeit machen will – kein Problem.
"Du siehst das also auch so?" Tammy schaut mich ernst an.
"Unbedingt!"
"Na, dann mach mal Vorschläge, junge Dame", nötigt sie mich, als hätte sie verstanden, dass ich von Tuten und Blasen nicht die geringste Ahnung habe.
"Ich lasse Profis gern den Vortritt."
"Das ist wieder typisch! Kaum gibt es Arbeit, bist du die erste, die sich doof stellt." Sie kommt etwas näher auf mich zu. Das hat zur Folge, dass der Wasserpegel bedrohlich steigt. Sie blickt mich abwartend an. "Na?"
"Dräng mich nicht."
Tammy selbst hält es nicht aus. Das Wasser bebt, schon weicht sie ein Stück zurück. "Unsere Werbung ist nicht gut. Zwar haben wir die Zeitung theoretisch auf unserer Seite, aber praktisch passiert nichts."
"Was war das denn für eine Aktion, die du machen wolltest?"
"Sexy Car-wash", lässt Tammy mal so fallen, etwas leiser im Ton.

Ich starre sie entsetzt an: "Du willst eine Rollstuhlfahrerin beim Car-wash präsentieren? Tammy, ich dachte, die Verrückte von uns beiden wäre ich! Aber jetzt zeigt sich, du bist ja noch viel bescheuerter!"
"Genau das meine ich! Es fehlt die zündende Idee", jammert sie.
Damit ist es besiegelt. Sexy Car-wash fällt aus. Aus so vielen Gründen, die zusammengefasst mehr Seiten hätten als die Telefonbücher von New York, Paris und London zusammen.
Später verlagern wir das Gespräch ins Einkaufszentrum. Dort gibt es eine Eisdiele. Da machen sie aus schwarzer Blockschokolade Eiscreme. Eine große Kugel mit Sahne – dafür könnte ich töten!
Die italienische Eisdiele mit englischem Namen wird geführt von einem Türken kurdischer Abstammung. Seine Frau stammt aus dem griechischen Teil Zyperns. Beide bevorzugen Albaner, Kosovaren und Mazedonier als Kellner, weil sie die am leichtesten übers Ohr hauen können. Aus den Boxen quirlt Rapmusic aus Amerika. Die ist cool.
"Wir brauchen noch irgendeine Attraktion", jammert Tammy, die einen Amarena-Cocktail mit doppelter Sahneportion verschlingt. "Könntest du nicht noch ein paar Handstände einstudieren?"
"Tammy, bitte!" ermahne ich sie.
"Oder wir engagieren einen Tanzbär?"
"Willst du dich bewerben?", frage ich ganz ernst.
"Vielleicht einen Messerwerfer? Oder Feuerschlucker ..."
"Ja, genau!" nicke ich. "In Jochens Praxisräumen einen Feuerschlucker, der den Tanzbären grillt und anschließend in kleinen Portionen serviert. Super Idee!"
"Naja", beschwichtigt Tammy, "ich befinde mich noch in der kreativen Phase."
"Achso, und zum Höhepunkt kommt die Feuerwehr, weil irgendwer muss die abgefackelte Praxis ja löschen. Tammy, tu mir bitte einen Gefallen – beende deine kreative Phase sofort!"

"Manchmal habe ich den Eindruck, ich werde nicht ernst genommen", protestiert Tammy gekränkt.
"Ach? Wie kommst du denn darauf?"
Sie redet weiter und weiter. Ich höre nicht zu. Der Tag ist wunderschön. Weil es dazu auch noch warm ist, sitzen wir draußen. Die Äste der benachbarten Kastanie wiegen sich leicht im kaum spürbaren Wind. Durch das bewegte Blattwerk funkelt die Sonne. Weiter entfernt höre ich Kinder vor Freude kreischen. Vögel schwimmen durch die blaue Tinte des Himmels.
Ich schließe die Augen, stelle mir vor, Tammys Dauerrede wäre das Gurgeln eines Bachs. Es ist ein guter Tag, sage ich mir. Ein Tag, an dem ich keinen Schub, keine Schmerzen habe. Aktuell fühle ich mich zufrieden weil schmerzfrei. Mal abgesehen von den üblichen Beeinträchtigungen.
Mir fällt kurz Holger ein, sein Gespräch mit dem Kumpel. Wie konnte ich nur so blind sein? Aber das ist wohl genau der Grund, warum ich in ihn verliebt war. Wenn sich einem die Augen öffnen und man sieht, was wirklich ist, dann ist es zu spät. Ein bisschen wehmütig stelle ich das fest, denn manchmal reicht es mir schon, verliebt zu sein. Ob daraus etwas wird, ist weniger interessant. Einfach nur verliebt zu sein – das lenkt ab.
"Susan! Du hier?", höre ich jemanden rufen. Alarmiert reiße ich die Augen auf. Er stürzt auf mich zu. Sein Erscheinen ist wie ein Gewitter ohne Regenschirm. Man kann gar nichts machen. Schutzlos ist man den explodierenden Elementen ausgeliefert.
Denn dass ich das in Null-Komma-nix sein werde, weiß ich sofort. Nervös blicke ich zu Tammy, als Kansas mich auch schon überschwänglich umarmt und küsst. Im Augenwinkel sehe ich das Gesicht von Tammy. Es wechselt von Erstaunen zu Missbilligung. Und das innerhalb von zwei Sekunden.
"Ihr kennt euch?", kommt von Tammys Seite in einem Ton, als hätte ich Landesverrat begangen. "Darf man fragen, woher?"

"Man darf, schöne Lady", umgarnt Kansas sie. Doch sein übliches Süßholzraspeln zieht bei ihr nicht. Sein Bemühen, sie zu bezirzen, ist in etwa so, als wollte man eine hungrige Hyäne streicheln. "Mein Name ist Kansas, nichtsnutziger Freund von Susan, wenn ich das behaupten darf."
Ich nicke zustimmend und sage vorsichtshalber nichts.

4

"Aha!" kommt von Tammy. "Du hast mir gar nichts von deiner neuen Bekanntschaft erzählt", sagt sie schnippisch. Sie wendet sich an Kansas: "Ich bin übrigens Tammy, ihre ur-ur-ur-älteste Freundin. Wir haben absolut keine Geheimnisse vor einander, also Susan und ich." Sie grinst ihn mit einem Lächeln an, das so echt ist wie ein Dreißig-Euro-Schein.
Von dieser Seite also weht der Wind, denke ich. Tammy ist eifersüchtig und will Kansas gleich mal zeigen, wer Herr im Ring ist.
"Dabei kann sie sehr verschwiegen sein, was manchmal sogar so weit geht, dass sie die Namen ihrer besten Freunde vergisst", trällert Kansas scheinbar unschuldig. In Wirklichkeit hat er es faustdick hinter den Ohren.
Tammy ist ihm durchaus ebenbürtig. Sie beugt sich mit einem milden Lächeln vor: "Wie war nochmal dein Name?"
"Das ist aber lieb", eifert sich wiederum Kansas in gespielter Freundlichkeit, ohne zu antworten. "Ich hätte nicht gefragt, aber wo du es ansprichst ... Vielen Dank." Im gleichen Moment setzt er sich zu uns an den Tisch. "Bedienung?"
Noch vor einigen Wochen hatte ich Kansas gewarnt, dass Tammy nichts von meinen Spanking-Aktivitäten weiß. Ich schärfte ihm ein, dass er kein Sterbenswörtchen darüber verraten dürfte. Wie ich ihn inzwischen kenne, ist er diesbezüglich ein wahrer Ehrenmann. Er wird mich nicht verraten.
"So, ihr beiden Streithähne", sage ich ganz ruhig.
"Streithähne?", flötet Tammy und weiß absolut nicht, was ich meine.
"Streithähne?", zeigt sich auch Kansas entsetzt. Vor Schreck hält er die Hand auf seine Brust. "Wir doch nicht!"
"Niemals!" bestätigt Tammy mit kurzem Blick auf ihren Widersacher.
"Dann ist es ja gut", sage ich entspannt. "Ich will hier nämlich meine Ruhe."
"Darf ich fragen, woher ihr euch kennt?", will Tammy wissen.

"Du ... äh ... kürzlich, ja", stottere ich. "Hat sich so ergeben."
"Quatsch", widerspricht Kansas. "Sie hat inseriert."
Mir schießt es heiß und kalt in den Kopf. Bist du des Wahnsinns? schreie ich innerlich Kansas an. Nach außen gebe ich mich gespielt gelassen. Aber ich könnte ihn umbringen, diesen Idioten!
"Inseriert?", wiederholt Tammy zuckersüß. "Wie interessant. Was hat sie denn inseriert? Sicherlich war sie nicht auf der Suche nach einem Mann. Sollte das das Ergebnis sein, gebe ich Susan gern das Geld für ein weiteres Inserat."
"Jetzt reicht es aber!" funke ich wütend dazwischen.
Augenblicklich übernimmt Kansas, der einen Flyer, der auf dem Tisch liegt, hochhält. Den hatte ich noch gar nicht gesehen. Wie sich herausstellt, hat Tammy ihn entworfen. Sie hatte wohl vor, mir davon zu erzählen. Kansas wedelt mit dem Flyer herum.
"Susan suchte jemanden für die Werbung", sagt er bitterernst.
"Du hast ihm von unserem Projekt erzählt?", werde ich von Tammy befragt. Ihre Frage gleicht einem polizeilichen Verhör.
"Äh ... ja ... äh ...", drucke ich herum. "Hab ich das?"
Ehrlich gesagt bin ich erstaunt über die schnelle Auffassungsgabe von Kansas. Denn er muss den Flyer gesehen, kurz überflogen und erfasst haben, dass sich daraus eine Ausrede für unser Kennenlernen ableiten lässt. Noch erstaunter bin ich, als ich sehe, wie Kansas plötzlich die Rolle des Werbeprofis beherrscht.
"Und du willst dich auskennen in Sachen Werbung?", fragt Tammy misstrauisch. Sie hat noch nicht aufgegeben. Sie behält ihn im Auge.
Doch im Geschichtenerzählen fährt Kansas zur Meisterschaft auf. Er erklärt alle möglichen Details, lobt den Flyer – ein besonderer Schachzug wie ich meine. Für den Bruchteil einer Sekunde huscht ein stolzer Ausdruck über ihr Gesicht. Treffer. Tammy versenkt.
Obwohl er ja schon die ganze Geschichte kennt, erklärt Kansas, möchte er sie gerne noch einmal hören. Ganz schön

dreist, denke ich. Aber pfiffig. Denn er schaut bei seiner Frage Tammy an.
Die lässt sich nicht lange bitten. Sie erzählt von der Krankenkasse, dem ablehnenden Bescheid für das Handbike, dem Gegenangebot für den teureren E-Roller. Danach geht sie auf den gesundheitlichen Aspekt ein. "Je länger ein MS-ler seine Muskeln strapaziert, desto länger bleibt er selbständig und muss noch nicht ins Pflegeheim", schließt sie ihren Vortrag.
"Und die Aktion mit den hundert Schritten?", will Kansas wissen. "Wo soll die stattfinden?"
"In der Praxis", antwortet Tammy. Sie schaut ihn an, als wäre seine Frage weltfremd. "Steht doch im Flyer. Also lesen sollte man können."
Doch Kansas will es genau wissen. "Warum nicht woanders?"
"Weil es ein Höllengerät ist", erklärt Tammy, als spreche sie mit jemandem, der es einfach nicht begreifen will. "Zuerst ist da die Rampe. Die führt zum Laufband. Das wiederum ist besonders verstärkt, hat an den Seiten extra Führungsstäbe. Gefühlt wiegt alles zusammen mindestens zwölf Tonnen und ist in den Betonboden fest verbohrt. Umstellen ist also nicht."
"Verstehe", grummelt Kansas in sich hinein und blickt konzentriert auf seinen Kaffee, den ihm die Bedienung zwischenzeitlich gebracht hat. Nach einiger Zeit erklärt er: "Die Location, die ist das Problem."
Wie er das lösen will, sagt er nicht. Aber bei Kansas kann man sich sicher sein – er ist immer für eine Überraschung gut.

5

Als ich die beiden endlich los bin und allein in meine Wohnung zurückkehre, fühle ich mich ein wenig überanstrengt. Kein Wunder, die sind ja wie der Leibhaftige und der liebe Gott! Alles ist ein Kampf. Wer mich schiebt. Wer die Rechnung bezahlt. Wer mich nach Hause bringen darf. Nichts ist einfach, dafür alles kompliziert.

Während ich mich auf der Couch ausruhe, denke ich aber weniger an die beiden. Ich sehe Holger vor meinem inneren Auge. Wie konnte ich mich so sehr täuschen? Naja, sage ich zu meiner Entschuldigung. Es ist wie in der Werbung – die Verpackung macht's. Wenn es danach geht, wer schon alles auf eine Verpackung herein gefallen ist, naja, da müsste sich wohl die ganze Menschheit anstellen.

Apropos Verpackung, was treibt eigentlich Fabian so? Zugegeben, an die Verpackung von Holger kommt er nicht ran. Aber Fabian sieht trotzdem recht passabel aus. Wann hat der sich eigentlich zuletzt gemeldet? Oder hatten wir mal wieder Streit?

So sehr ich mich erinnern will, wie der Stand unseres seltsamen Verhältnisses ist, es fällt mir nicht ein, wie es zuletzt war. Muss aber wohl nicht so schlecht gewesen sein, denn ich spüre, ich würde ihn gern wiedersehen.

Nein, vielleicht vorsichtshalber nicht. Fabian kann ja schon anstrengend sein. Das darf man nicht vergessen. Andererseits ist er stets um mich bemüht – wenn er Lust hat. Ich spüre ein Zögern in mir. Obwohl das Blödsinn ist. Denn wiederum anderer-andererseits ist er derjenige, bei dem ich mich am freiesten fühle. Obwohl ich mich auch schnell über ihn aufregen kann!

Ohne zu lange Wurzeln zu schlagen, wähle ich die Mitte. Ich rufe an.

"Fabi?"

"Für dich immer noch Fabian", erwidert er patzig.

"Aber, wir sind doch Freunde. Oder nicht?"

"Kann man mit einer Dynamitstange befreundet sein?", kommt von ihm zurück.
Ich liebe es, wenn er charmant ist. Aber was soll's? Ich schlucke meinen Ärger runter und gebe ihm eine zweite Chance. Da ich mitbekommen habe, dass es freie Pressefotografen nicht so einfach haben, frage ich nach.
"Und? Wie ist die Auftragslage?"
"Ein Magazin will eine Fotostory über Kathedralen. Ich soll die Fotos machen", sagt er nicht ohne Stolz.
"Wow, ich bin beeindruckt", sage ich beeindruckt. "Welche Kirchen sollst du fotografieren?"
"Das Straßburger Münster, das Ulmer Münster", zählt er auf, "und als Höhepunkt den Kölner Dom."
"Also alles gotische Kirchen?"
"Das stimmt", bestätigt Fabian. "Hey! Du kennst dich aus. Woher kommt das?"
Ich erzähle ihm, dass mich alte Kirchen schon immer beeindruckt haben. Vor allem der Kölner Dom. Schon immer wollte ich den Südturm hinauf. Aber wie soll das gehen? Der Turm ist 157 Meter hoch, hat 533 Stufen eine Wendeltreppe hoch. Das Treppenhaus ist so eng, dass zwei Leute kaum aneinander vorbeigehen können. Kommt einer von oben und einer will hoch, dann wird's eng. Wie soll da ein Rollstuhlfahrer hochkommen?
"Damit fällt das für mich aus", erkläre ich.
Fabian bestätigt: "Sieht wohl ganz so aus. An Rollstühle haben die Erbauer damals noch nicht gedacht."
"Ist echt schade. Würde so gerne mal von da oben auf die Stadt und Rhein blicken."
Wir sind sehr vorsichtig miteinander. Vielleicht, weil wir schon ein paar Mal aneinander gerasselt sind. Mir fällt auf, dass ich es wirklich schade fänd, wenn wir uns zerstritten. Er hat eine angenehme Stimme. Außerdem ist er clever, was man bei Männern nicht allzu häufig antrifft. Meist sind sie grob, machen zotige Anspielungen und wollen sowieso immer nur das eine.

Fabian ist komplett anders. Auf eine unverkrampfte Weise ist er konzentriert. Er vertieft sich gern in ein Thema und – oh Wunder! – er stellt Nachfragen. Das ist eine bei Männern besonders unbeliebte Sportart.

Da gibt es diesen Witz, wo sich ein fremder Mann und eine fremde Frau an einer Bar begegnen. Der Mann redet und redet. Er kaut der Frau förmlich ein Ohr ab. Er fühlt sich gut, weil er eine Geschichte nach der anderen erzählt. Fast alle Geschichten handeln von ihm selbst. Wie toll er ist. Was er Großartiges geleistet hat. Was für ein Supertyp er ist. Die Frau steht daneben, schweigt und lächelt. Plötzlich klingelt sein Handy. Es ist seine Frau. Da verabschiedet er sich von der fremden Frau, die kein einziges Wort gesagt hat. Der Mann geht mit den Worten: "Schade, weil man sich mit dir richtig gut unterhalten kann."

Fabian ist da komplett anders. Er fragt oft nach oder äußert Bedenken, zu dem, was ich gesagt habe. Oder er gibt mir Anregungen. Bei ihm habe ich das Gefühl, er kümmert sich.

Ob ich das will? Schwierig zu beantworten. Manchmal ja, manchmal nein. Manchmal geht es nicht ohne Hilfe. Wenn ich aus dem Rollstuhl gefallen bin und einfach nicht mehr hochkomme. Da brauche ich dann wirklich Hilfe.

Vielleicht hat Fabian Recht, dass ich manchmal zu launisch bin. Andererseits meine ich das oft gar nicht so. Dann benehme ich mich zwar wie die letzte Zicke. Aber das ist nicht gegen irgendwen gerichtet. Wenn überhaupt gegen mich, weil es schlicht so beschissen ist, abhängig von der Hilfe anderer zu sein. Das ist es, was mich wütend macht.

Ich bin dann wütend auf mein Schicksal. Das aber kann ich ja schlecht anpfeifen. Also kriegen es dann die, die gerade in meiner Nähe sind, ab. Das ist ungerecht. Ich weiß das. Aber was soll ich denn machen?

Dann passieren eben solche explosionsartige Attacken meinerseits, die ich nie persönlich meine. Es tut mir auch sofort leid. Nur wo soll ich mit meiner verdammten Scheißwut hin? Ich kann ja nicht mal wütend auf den Boden stampfen!

So bescheuert sich das anhört – wenn ich vor Wut auf jemandem herumhacke, ist das eigentlich sogar ein Zeichen meines Vertrauens. Hört sich blöd an und ist es auch irgendwie. Aber es braucht tatsächlich Vertrauen, so einen Beef loszutreten. Würde ich die Menschen, die es abkriegen, nicht so schätzen, dann wäre ich still, würde alles in mich hineinfressen oder stundenlang heulen.
Es ist wie es ist. Es braucht Vertrauen, auf jemanden draufzuhauen.

6

Jedenfalls hat mir das Gespräch mit Fabian gefallen. Wir verabredeten, dass wir bald mal wieder zusammen ausgehen. Alles war prima und reibungslos, bis er kurz vor Schluss sagte: "In der Liebe wie im Krieg ist alles erlaubt – sogar Frieden."

Ist mir zuerst gar nicht aufgefallen. Dann aber, nachdem wir schon aufgelegt hatten, fiel er mir wieder ein. Dieser Satz, ist der eine Anspielung? Als hätte er sagen wollen – Susan, mach nicht ständig Krawall. Eine Warnung? Ein Rat? Oder der Wunsch, als würde er sich das mit mir wünschen?

Vielleicht grübel ich zuviel darüber. Jedenfalls geht mir Fabian nicht mehr aus dem Kopf. Denn gleichzeitig frage ich mich, ist Frieden mit Fabian überhaupt möglich? Also wenn ich von mir ausgehe.

Andererseits, wenn ich von mir ausgehe, dann müsste die Frage wohl eher lauten – ist für Fabian Frieden mit mir möglich? Da bin ich mir nicht ganz so sicher. Frieden mit anderen setzt voraus, dass ich Frieden mit mir geschlossen habe. Aber wie könnte ich das?

Angesichts meiner ständigen Wut auf diese beschissene Krankheit kann ich keinen Frieden mit mir schließen. Vielleicht wäre das auch gar nicht gut. Meine Vorstellung von Frieden sieht in etwa so aus, dass man träge wird. Erst im Krieg läuft man zu Hochform auf. Da ist man gefordert. Da muss man ständig mit allem rechnen. Aber im Frieden?

Im Frieden werden die Leute lasch. Sie haben ja alles. Wozu, wofür um irgendetwas kämpfen? Frieden ist der gewöhnliche Durchschnitt. Da gibt es kein heiß, kein kalt, kein Extrem, keine Überraschung. Es herrscht die totale Toleranz. Und die endet wo? Richtig. Die endet in der Langeweile, in der Gleichgültigkeit. Nichts für mich!

Ich brauche Action. Bei mir muss es auch mal krachen. Nicht ständig. Aber von Zeit zu Zeit. Ich will das Leben spüren. Ich will mich spüren. Mich! Solange ich noch spüren kann ...

Darum lass ich das mal jetzt mit dieser idiotischen Nachdenkerei. Man fängt ja regelrecht an, an sich selbst zu zweifeln.

Besser ist es da in die Mainstreet zu fahren, nachschauen was ab geht. Dort sind die puffigsten Läden, Partylounches im Spacestyle, die abgewracktesten Loser, sämtliche Spezies von der Kifferfront, ABCQ-Schwule oder wie das heißt, korrupte Bullen, Messerstecher und Pornokünstler. Genau das Richtige für einen geruhsamen Abend.

Also starte ich mal durch. Es ist ein lauer SommeRaabend. Oberhalb der Baumkronen eines Wäldchens geht die Sonne unter. Das Licht verliert sich im Flickenteppich der aufziehenden Dunkelheit. Mit meinem Rollstuhl fahre ich die Straße bergab. Ich rolle nicht schnell, aber auch nicht langsam. Einige Autos überholen mich. Ich fühle mich gut.

Da plötzlich bleibe ich an irgendetwas hängen. Der Rollstuhl steckt fest. Schlagartig. Als hätte jemand einen Anker geworfen. Dadurch werde ich nach vorn geschleudert, denn einen Sicherheitsgurt für Rollstuhlfahrer habe ich nicht. Zack fliege ich voraus und lande unsanft auf der Straße.

Ich brauche einen Moment, bis ich realisiert habe, was eigentlich passiert ist. Als ich es begreife, sage ich mir, macht nichts. Ich will zurück in den Rollstuhl. Der aber hängt fest. Nach wie vor auf dem Boden liegend, sehe ich, dass das linke Rad im Straßengulli verklemmt ist.

Gleichzeitig kann ich mich nicht an den Rollstuhl heranziehen. Ich liege auf der Straße. Nichts tut sich. Ich komme einfach nicht hoch.

Da packt mich die Wut. Was für eine Scheiße …? Verdammt! Da rollt man gemütlich die Straße herunter und dann schlägt der Blitz ein. Ich liege hier wie ein angefahrenes Iltis. Kann mich kaum bewegen. Autos fahren an mir vorbei. Die Fahrer glotzen. Keiner hält an.

"Wir kommen schon!" ruft eine Frauenstimme und ich weiß nicht woher.

"Bleiben Sie ruhig!" ruft eine zweite Frauenstimme. "Wir sind gleich bei Ihnen."

Tatsächlich stürzen sich zwei Frauen auf mich. Sie hocken sich neben mich. Die erste hält meinen Kopf. Die zweite, ich kann es nicht sehen, schiebt an meinen Füßen herum.
Da wird mir alles zu viel. Ich kann die Hilfe der Frauen nicht einschätzen. Stattdessen schreie ich verzweifelt: "Ich will einen Mann! Ich will einen Mann!"
Die erste, das kann ich jetzt sehen, erschrickt. Dann verzieht sich ihr Gesicht zu einem vorsichtigen Lächeln. Sie sagt: "Tja, wer braucht den nicht."
Die zweite Frau ist noch mit meinen Füßen beschäftigt. Scheint gar nicht so einfach zu sein, meine Füße zu entknoten. Sie brummelt vor sich hin: "Ich will Ihnen nicht weh tun ..."
"Ich will einen Mann!" schreie ich nochmals, denn die zwei Frauen sind sicher bemüht. Aber ich habe Angst, dass sie mir wehtun. Ein Mann hat Kraft. Hebt mich hoch und die Sache ist bereinigt.
"Ladys, wer zuerst?", brummt es hinter dem Rücken der Frauen. Ein Bär von einem Mann taucht auf. Er beugt sich über die erste Frau, sodass ich sein Gesicht verkehrt herum sehe. Er sieht aus wie ein Seemann, Vollbart, rötliche Haut, wirres Kopfhaar. Er mustert mich, brummt.
Schließlich geht er zwischen den beiden Frauen in die Hocke. Eine Sekunde später hebt er mich wie eine Gänsefeder hoch. Er grinst mich breit an. Ich rieche Alkohol und Tabak und grinse zurück.
"So, Schätzchen", sagt er. "Das kriegen wir wieder hin. Ich heiße übrigens Carter." Ich nuschel meinen Namen, spüre, dass ich zu zittern anfange. Carter trägt eine Bomberjacke. Das Leder quietscht bei jeder Bewegung. Er richtet sich an die zweite Frau und sagt: "Habt ihr einen Stuhl? Dann kann ich mich um den Rollstuhl kümmern."
"Ja, sofort", beeilt sich die erste Frau und läuft auch schon los.
Die zweite wendet sich an mich: "Haben Sie sich verletzt?" Nach wie vor hält mich Carter vor seiner breiten Brust. Ich

schüttele den Kopf. Nein, keine Verletzungen. Bin nur erschrocken.
Carter blickt mir tief in die Augen. "Warum sitzt du in dem AOK-Chopper?"
"MS."
"Scheiße", bedauert er mitfühlend. Schon eilt die erste Frau mit einem Stuhl zu uns. Carter setzt mich darauf. "Nicht weglaufen", scherzt er, geht zur Straße zurück und zwinkert mir zu.
Mit einem kräftigen Ruck zieht Carter den Rollstuhl aus dem Gulli. Er überprüft zuvor das eingeklemmte Rad, stellt den Rollstuhl auf den Kopf, dreht an beiden großen Rädern.
"Nix kaputt", lautet sein Fazit. "Willste einsteigen?"
Ich nicke. Wieder hebt er mich wie nichts hoch, setzt mich vorsichtig in meinen Rollstuhl. Wir schauen uns an. Etwas eingeschüchtert bedanke ich mich bei den Frauen und Carter.

7

Diesmal fahre ich langsamer. Habe nämlich keine Lust, Bekanntschaft mit dem nächsten Gulli zu machen. An einer Wegkreuzung halte ich an. Irgendwie zieht es mich nicht mehr zum Vergnügungsviertel. Nach dem Sturz will ich eine Änderung meines Plans.
Also nehme ich mein Smartphone und überlege. Dabei fällt mir die Visitenkarte ein, die mir Carter zum Abschied reichte. Ich werfe einen Blick darauf. Darauf steht:

Carter
President Junge Greise
Knock-out-Straße
Downtown

Mir sagt das nichts. Präsident, dazu noch falsch geschrieben, von was? Junge Greise? Wer soll das denn sein? Und wo ist Downtown? Dazu statt Ziffern das Wort Telefon? So rothaarig mein Seebär ist, so mysteriös erscheint mir das Ganze.
Damit ist meine Neugier geweckt. Ich überlege, was ich machen könnte. Einfach mal zu der Straße fahren? Und wenn die ellenlang ist? Oder die Adresse nicht stimmt?
Viel zu aufwändig für eine blonde Rollstuhlfahrerin. Würde diese Rollstuhlfahrerin allerdings in einem Auto sitzen, vorzugsweise in einem Maserati ...
Genau. Das ist es. Kansas muss her. Unter einem Vorwand rufe ich ihn an.
"Kansas, altes Haus", melde ich mich. "Deinen Vorschlag wegen des Handbikes, könnten wir den noch mal durchsprechen?"
Sofort ist er hellauf begeistert. Er drängt darauf, mich zu sehen und will mich abholen, egal wo ich gerade bin. Zögerlich sage ich zu. Geht doch.
Keine acht Minuten später schwirrt er mit seiner Angeberkarre an. Er lässt kurz den Motor aufheulen, hält an.

Schon springt er aus dem Wagen, breitet die Arme aus und ruft: "Meine Göttin! Ich liebe dich."

"Schön", erwidere ich und rolle zur Beifahrerseite. Da Kansas mitten auf der Straße angehalten hat, bildet sich augenblicklich ein Stau. Die ersten hupen. Als die Fahrer allerdings mich im Rollstuhl sehen, hört der Krach schlagartig auf. Alles wartet geduldig, bis ich im Wagen sitze und Kansas den Rollstuhl im Kofferraum verstaut hat.

"Du hast es dir also überlegt?", fragt er erwartungsvoll, als er startet.

"Ich überlege noch", sage ich knapp.

"Ein gutes Zeichen, deine Meinung zu ändern. Du würdest mich glücklich machen. Sollen wir gleich zum Geschäft fahren?"

"Ach, du, das ist mir ein wenig zu ..."

"Du wirst es nicht bereuen!" drängt Kansas und überholt aus aussichtsloser Position.

"Dräng mich nicht", fahre ich ihn an und schaue demonstrativ zur rechten Seite.

"Aber ..."

"Nichts aber! Ich brauche noch Zeit", versuche ich ihn abzuwimmeln. "Fürs erste genieße ich unsere Fahrt. Ach, bei der Gelegenheit – fahr doch mal nach Downtown."

Ohne Verdacht zu schöpfen fährt Kansas weiter. Vorbei an Fabrikhallen, Gewerbegebieten, dem Bahnhof mit seinem schmuddeligen Vorplatz, stillgelegten Gleisen.

"Fahr mal bitte hier rechts herein", sage ich, als ich die Knock-out-Straße sehe. Entsetzlich lange Zäune erscheinen. Überall Schrott, verrostete Kräne, Muldenkipper, Müllberge und Abbruchsteine. Dann ein kurzes Stück hohe Metallplatten, undurchsichtig.

"Halt", rufe ich. "Stopp, hier muss es sein."

"Wie?", fragt Kansas irritiert, tritt aber auf die Bremse. Der Wagen bleibt stehen. Ich öffne die Tür.

"Hilfst du mir?", frage ich, und obwohl Kansas fragt, was ich hier will, steigt er aus und kommt mit dem geöffneten

Rollstuhl an meine Seite. Ich wechsele über und rolle zu der Stelle, an der ein riesiges Vorhangschloss hängt.
Das Schloss ist Fake, denn wie sich herausstellt, öffnet sich die Tür von der anderen Seite. Ein Bulle von einem Kerl tritt aus dem Tor. Er trägt eine ärmellose Jeansjacke. Dadurch sind seine Oberarme mit den Tatoos deutlich sichtbar. Aber der Kerl hat keine Oberarme, sondern Waschmaschinentrommeln. In einer Hand hält er einen Baseballschläger. Er kommt auf mich zu, baut sich vor mir auf.
"Willste wat, Rollmops?", poltert der Kerl.
"Locker bleiben, immer locker bleiben," versucht Kansas, zu beruhigen.
Sofort gilt seine Aufmerksamkeit Kansas: "Du halts Maul, du Schwuchtel. Los, verpiss dich!"
"Er bleibt", sage ich bestimmt. "Er geht nirgendwo hin."
"Das bestimmst nicht du", blökt der Gewaltmensch. Er sieht mich an. Mit funkelndem Blick schaue ich zurück.
"Und ob! Er bleibt an meiner Seite."
"Warum setzt du dich für die Schwuchtel ein?"
"Er bleibt zu meinem Schutz", sage ich, und kaum habe ich das ausgesprochen, als das Monster auch schon wiehernd zu lachen anfängt.
"Der? Den hast du zu deinem Schutz? Da würde ich mich ja von einem Kotelett mehr beschützt fühlen als von dem da", ruft das Monstrum aus und schüttelt sich vor Lachen.
Naja, denke ich im Stillen. Ganz unrecht hat er nicht. Vor allem wenn man die beiden nebeneinander stellt. Da ist das Monster, zirka 1,90 groß, blanker Schädel, ein Kreuz wie ein Kirchturm, dazu diese nackten Oberarme, Baseballschläger, Springerstiefel.
Daneben Kansas, in Höhe wie Breite etwa dreißig Zentimeter kleiner und schmaler, ein Gesichtsausdruck wie nach schlecht überstandener Seekrankheit. Dafür aber Designerklamotten und schwarzen Kalbslederschuhen mit acht Zentimeter Blockabsätzen von Balenciaga, die locker vierstellig gekostet haben.

"Aber er hat etwas, was du nicht hast", zische ich das Monster an. Ich bleibe ganz ernst, obwohl dieses Monstrum mich mit einem einzigen Schwinger bis zum Mond schießen könnte.
"Was denn?"
"Er hat was in der Birne", sage ich bedrohlich. "So und jetzt Schluss hier. Finden wir hier die Jungen Greise? Ich will zu Carter. Ist er da?"
Wieder beginnt der kleine Bruder von Hulk zu lachen: "Du willst zum Presidenten? Du hast dir wohl in den Rolli geschissen? Vergiss es!"
Über eine Außenmikrofonanlage muss Carter wohl das Gespräch mitgehört haben. Quietschend öffnet sich das Metalltor. Mit breitem Grinsen tritt vom Innenhof her mein roter Seebär auf mich zu und breitet die Arme aus. "Mein Schätzchen!" ruft er vor Freude.
Nachdem er mich begrüßt hat, stellt er sich neben diesen Neandertaler und stellt ihn vor: "Das ist übrigens Brecher, der liebste und lammfrommste Securitymann, den wir finden konnten."

8

Kansas fühlt sich nicht wohl. Das sehe ich ihm an. Obwohl die Situation längst bereinigt ist, läuft er mit Angstaugen durch die Gegend. Ich stelle ihn zur Rede.
"Was ist denn los mit dir?"
Gehetzt bleibt er vor mir stehen, beugt sich etwas herunter und vertraut mir mit gedämpfter Stimme an: "Ich fühle mich bedroht."
Nervös schaut er sich um. Tatsächlich sehe ich, dass Brecher ihn verfolgt. Kaum hat Kansas das erkannt, läuft er weiter durch den Irrgarten des Innenhofs. Links und rechts befinden sich Gebäude. Links eine Werkstatt mit ein paar Motorrädern, rechts das Clubhaus. Der hintere Teil des Innenhofs ist überdacht. Darunter parken an die dreißig Maschinen.
Nicht irgendwelche. Nein, bestimmt nicht. Es sind ausschließlich schwere Maschinen. Mit halbem Kennerblick würde ich mal raten, dass die kleinste Maschine 900 Kubikzentimeter hat. Alle anderen sind größer.
Die Marken reichen von Harley Davidson über BMW bis zur Golden Wing von Honda. Ich würde mal schätzen, dass der Wert aller Maschinen, die hier herum stehen, die knappe Million Euro erreicht.
Ständig die beiden Gebäude wechselnd flüchtet Kansas unentwegt vor Brecher. Als das Monstrum gerade an mir vorbei kommt, halte ich es an.
"Warum verfolgst du Kansas?", frage ich.
Brecher bleibt stehen und sieht mich verständnislos an. "Ich? Ihn verfolgen? Niemals."
"Aber du bist doch ständig hinter ihm her ..."
"Ja, das stimmt", gibt er zu. "Das muss ich doch."
"Wieso?"
"Weil der President gesagt hat, ich soll mich bei Kansas entschuldigen. Aber das kann ich erst, wenn ich ihn habe."
Schon läuft er Kansas weiter hinterher.
Carter und ich müssen lachen. Wir sitzen jeder mit einem Bier vor dem Clubhaus und schauen dem Treiben zu. Carter

erzählt, dass sie ein Motorradclub sind, die jungen Greise. Obwohl sie nichts Kriminelles anstellen wie er sagt, müssen sie gefährlich auftreten oder so erscheinen.
"Sonst gibt es Überfälle von anderen Clubs", erklärt er und blickt zu Boden. "Die fackeln dann alles ab oder stehlen unsere Maschinen. Wenn wir also zu mädchenhaft auftreten, fängt die Scheiße an zu kochen."
Wir stoßen unsere Flaschen an. Carter erzählt weiter: "Die meisten der Jungs und Mädels haben ehrbare Berufe. Ich beispielsweise bin Toningenieur. Wir haben Richter, Ärzte, Lastwagenfahrer, Verkäufer. Fast die Hälfte sind Frauen."
Inzwischen hat Brecher Kansas in einer Ecke gestellt. Ich sehe, wie Kansas vor Angst schlottert, als Brecher ihn in den Arm nimmt. Es passiert aber nichts, denn tatsächlich entschuldigt sich Brecher.
Ich weise mit dem Kinn auf ihn. "Und dieses Riesenbaby?"
"Brecher? Er arbeitet für uns. Ist für die Sicherheit zuständig. Absolut friedlich. Und ein Superkumpel", klärt Carter auf.
Mir ist das alles recht sympathisch. Ich erzähle, dass ich früher eine Ducati gefahren bin und mir das Motorradfahren fehlt. Sehnsüchtig schaue ich auf die schweren Maschinen.
Carter folgt nachdenklich meinem Blick. Er gibt verschiedene Töne von sich, bis er aufsteht und mit seinem Handy zurückkommt. Er ruft ein paar Leute an und bestellt sie für den nächsten Abend ins Clubhaus. Dann legt er auf, hält mit beiden Händen das Telefon und sagt: "Ich hab da vielleicht was für dich."
Mehr sagt er nicht. Selbst als ich ihn danach frage, schweigt er.
Später fahren Kansas und ich in seine Penthousewohnung. Ich sage mir, wenn wir schon mal zusammen sind, macht es nichts, ein bisschen Spaß zu haben. Obwohl ich eigentlich nicht ganz bei der Sache bin, will ich nichts verpassen. Ich will alles mitnehmen, solange ich noch kann.
Ich sage ihm, er soll mich auf den Bauch legen, meine Beine anwinkeln und mich von hinten nehmen. Dabei soll er mir den Hintern versohlen bis ich rot bin. Der brave Kansas ist

folgsam wie ein Butler. Seine Schläge sind nicht zu hart, obwohl es kracht und brennt.
Plötzlich, mir selbst nicht erklärbar, fange ich an zu weinen. Sofort erkundigt sich Kansas besorgt, was denn los sei? Ob er zu hart geschlagen oder etwas falsch gemacht hätte? Ich sag ihm barsch, er soll nur weiter machen. Alles sei gut.
Die Tränen rinnen meine Wangen hinab. Ich fühle mich seltsam, irgendwie geil, fast befriedigt, aber ebenso matt und traurig. Weiß nicht, woher das kommt, weiß nicht, was das ist. Ich heule, vielleicht, weil ich nichts verpassen will. Vielleicht auch, weil alles zuviel ist.
Plötzlich will ich nicht mehr. Kansas ist ganz nervös und entschuldigt sich. Doch ich sehe ihn scharf an, sage: "Es reicht, wenn einer die Memme ist."
Damit ist das Thema erledigt. Ich lass mir ein Glas Wodka geben. Das brennt und bereinigt. Ich fahre mir mit dem Handrücken über meinen Mund, schnäuze laut und atme einen Seufzer aus.
"Schon besser."

9

Am nächsten Morgen holt mich Tammy zum Training ab. Diesmal heißt es, erst schwimmen, dann laufen. Tammy ist unerbittlich. Sie scheucht mich den gesamten Morgen. Immerhin schaffe ich jetzt schon zweiundsiebzig Schritte! Rekord.
Am Nachmittag erledige ich verschiedene Einkäufe. Das ist kein Shopping. Es ist harte Arbeit. Denn ich muss mich von Geschäft zu Geschäft rollen. Mit einer Tasche Lebensmittel auf meinem Schoß schaffe ich es kaum, die Brücke hochzukommen. Als ich endlich zu Hause bin, bin ich fix und fertig.
Dann ruft Carter an. Er sagt, er holt mich in einer Stunde ab. Ich soll mich auf einiges gefasst machen. Nervös frage ich, was er meint. Doch Carter antwortet nicht. Er legt auf.
Das Warten macht mich noch nervöser. Meine Hände fangen an zu zittern. Mein Mund ist ganz trocken, obwohl ich schwitze. Ich versuche mich zu beruhigen. Was das wohl ist, was Carter mir zeigen will?
Ich will mir ein Glas Saft einschenken. Dumme Idee mit Zitterhänden. Erst kippe ich eine ordentliche Menge über den Tisch. Der scheiß Orangensaft tropft auf den Boden. Dann stoße ich gegen das Glas. Es fällt ebenfalls zu Boden, zerspringt. Na wunderbar.
Außerdem habe ich mir einen Teil von dem Saft über die Hose gekippt. Wie sieht das denn aus? Dazu noch uringelb. Der muss ja denken, ich habe mir in die Hose gemacht. Also schnell raus aus der Hose. Etwas Frisches anziehen.
So einfach geht das aber nicht. Ich werfe die neue Hose aufs Bett. Lege mich darauf, zerre und ziehe, bis ich die alte Hose endlich abgestreift habe. Jetzt die neue. Und aufpassen, dass sich die Hosen nicht berühren. Sonst ist auch die neue versaut.
Also wieder flachlegen, vorsichtig und mit Zielwasser in die Öffnungen der Hosenbeine steigen. Leichter gesagt als getan. Denn jetzt fängt auch das linke Bein an zu spinnen. Es

krampft. Ich kann es nicht beugen. Muss ich aber. Sonst komme ich nicht in die Hose.

Also erst einmal alle Kommandos zurück. Beruhigen, beruhigen, beruhigen. Nach quälend langen Minuten beruhigt sich der Krampf. Ich kann das Bein beugen. Mit viel Mühe schaffe ich den Einstieg in die Hose.

Als endlich alles dasitzt, wo es hingehört, klingelt es auch schon. "Moment!" schreie ich und zerre mich in den Rollstuhl. Ich bin fix und fertig. Nicht einmal meine Haare konnte ich frisieren.

Doch das macht einem Seebären nichts. Wenn er überhaupt darauf achtet. Er streckt mir die Faust entgegen, ich erwidere den Gruß mit einem Stoß. Carters Grinsen ist so breit wie sein Bart. Ich folge ihm, bis wir die Straße erreichen.

Dort sehe ich etwas unscharf vier schwere Maschinen. Auf dreien sitzen Leute, die ich nicht kenne. Alles grinst mich an.

"Darf ich vorstellen, das ist Susan", präsentiert der President. "Susan, das ist Herbert mit seiner BMW, Baujahr 1969."

Herbert ist ein älteres Männchen mit einem Schalenhelm auf dem Kopf. Das sieht aus, als trägt er eine halbierte Eierschale. Er ist komplett in einer Lederkombi gekleidet. Herbert hat einen Bart wie aus Kaiserszeiten und grinst mich an. So ganz begreife ich noch nicht, warum mich alle so freundlich anlächeln.

Da schiebt mich Carter ein Stück näher und umkreist die alte BMW. Ich denke, mich trifft der Schlag.

"War gar nicht so einfach, Herbert auszugRaaben", erklärt der Präsident weiter. "Schließlich haben wir ihn in einem befreun-deten Club gefunden. Das also ist Herbert mit seiner BMW R 50/2 mit Beiwagen von Steib."

Erst jetzt begreife ich richtig, was hier abgeht. Vor mir steht eine uralte Maschine mit Beiwagen, komplett schwarz, nur der Sitz im Seitenwagen ist aus rotem Leder.

"Spritztour?", fragt Carter und schiebt mich noch näher. Herbert grinst mich an. Die anderen drumherum lächeln. Ich bin total gerührt. Mich hält es nicht mehr. Vor Rührung beginne ich zu flennen. Es ist einfach zu viel Glück.

Trotz meiner Tränen lache ich verkrampft und nicke heftig. Ich will sagen: "Natürlich!", doch bringe ich keinen Ton heraus. Viel zu bewegt bin ich von dieser Überraschung.
Da steigt eine Frau von ihrer Maschine. Sie ist etwa so groß wie ich. Als sie vor mir steht, zieht sie ihre Jacke aus und reicht sie mir.
"Die solltest du anziehen, Susan. Ich bin übrigens Jenny, Carters Freundin."
Sie hilft mir beim Anziehen der Jacke. Sowieso scheinen Carter und seine Leute an alles gedacht zu haben. Carter und Herbert setzen mich in den Beiwagen. Ein Sturzhelm wird mir gereicht. Dazu Handschuhe. Danach breitet Jenny eine dicke Wolldecke über meinem Schoß aus. Zum Schluss wickelt mir Carter wie ein sorgender Papa einen Schal um den Hals.
"Ready for take-off?", fragt er, und Herbert wirft sich ins Zeug, die alte Höllenmaschine anzuwerfen.
Es ruckelt und wackelt und vibriert an allen Stellen. Ich mummel mich in die Jacke und die Decke, klappe das Visier herab und nicke heftig. Da setzt sich Herbert neben mir auf die alte BMW. Er spielt ein wenig mit dem Gas. Der Motor röhrt, als hätte er Halsschmerzen. Es stinkt nach Benzin. Genau so muss es sein.
Die Maschine beginnt langsam zu rollen. Mir kommt es vor, als würde ich in einem alten Doppeldeckerflugzeug sitzen und mein Pilot wäre der Rote Baron. Schon nehmen wir Fahrt auf. Durch das Frontfenster vor mir bekomme ich nicht ganz so viel Fahrtwind ab. Doch innerhalb von wenigen hundert Metern wird es ganz schön frisch.
Begleitet werden wir von Carter, Jenny und zwei anderen Fahrern. Wie es sich gehört, halten sich alle an die Regeln. Der Schwächste fährt voraus, die Kolonne folgt. Damit Carter sofort eingreifen könnte, sitzt er mir direkt im Nacken. Immerhin, er ist Präsident, der stets ein wachsames Auge auf das Geschehen hat.
Wir fahren nicht, wir knattern durch eine breite Allee. Ist wohl eine Birkenallee mit den weißen Flecken an den

Baumstämmen. Es klappert zwar nichts, aber die Vibrationen sind sensationell. Für den Moment kommt mir die alte Maschine wie eine Schweizer Zahnradbahn vor, die man von den Schienen auf die Straße gesetzt hat. Es ist ein unglaublich schönes Gefühl.

Ich denke an die alten Tage zurück. Als ich selbst noch Motorradlady war und mit meiner Ducati die Kurven unsicher gemacht habe. Wie lange ist das her? Und jetzt in dieser fahrenden Salatschüssel zu sitzen – unfassbar. Ich könnte heulen vor Glück.

Das Glück dauert eine Stunde. Dann bringen mich die Biker wieder zurück. Ich bin total happy. Als Carter mein Gesicht sieht, blickt er stolz in die Runde. Ich bedanke mich bei allen, vor allem bei Herbert. Der verbeugt sich formvollendet vor mir und sagt: "Immer wieder gern zu Ihren Diensten, Mylady."

Als ich dann allein in meiner Bude bin, kommt mir das so vor, als wäre etwas von mir abgeschnitten. So viel Ruhe halte ich nicht aus. Bin voll auf Adrenalin. Also rufe ich Fabian an, verabrede mich mit ihm bei Sergio, dem Italiener. In seiner Pizzeria gibt es den besten Kaffee der Stadt.

Fabian erzähle ich nichts von meinem Abenteuer. Ich will es ihm erzählen, wenn wir uns sehen.

"In einer halben Stunde", sage ich voller Vorfreude und warte nur darauf, was er für Augen machen wird. Schnell noch die Haare frisieren, kurzes Schminken und das gute Parfüm auflegen. Und schon geht es weiter.

Die Brücke, die ich überqueren muss, scheint heute länger und höher zu sein. Je weiter ich fahre, desto schwerer fällt mir die Weiterfahrt. Plötzlich scheint etwas zu krachen oder in sich zusammen zu fallen. Ich kann das nicht wirklich beschreiben. Aber mit einem Mal geht nichts mehr.

Meine Hände krampfen. Ich bekomme schlecht Luft. Die Beine schmerzen, obwohl sie auf dem Trittbrett nutzlos abgestellt sind. Meine Augen schmerzen. Ich registriere noch, dass ich zu weit nach links gekommen bin.

Hinter mir blökt es. Ein Bus von der Größe eines Hochhauses sitzt mir im Nacken und bedrängt mich.
"Fahr doch!" schreie ich. "Fahr doch vorbei ...!" als zeitgleich die Farben verschwinden und ich in einen Tunnel von Anthrazit und Schwarz taumel. Meine Hände rutschen von den Griffen der Räder. Im wahrsten Sinne des Wortes stehen alle Räder still.
Ich höre noch, wie mich jemand anspricht. Meine Schulter hält. Da sacke ich schon weg, als würde Nirwana mich empfangen.

10

Jemand greift meine Hand. Es dauert eine Weile, bis ich etwas spüre. Es ist mir, als sei die Berührung zeitversetzt. Als ich sie wahrnehme, öffne ich vorsichtig die Augen. Sofort schießen Sturzbäche von Licht in meinen Kopf. Instinktiv schließe ich wieder die Augen.
Als ich sie ein zweites Mal öffne, bin ich vorbereitet. Doch die Lichtstrahlen sind schwächer als erwartet. Diesmal ist das Licht sanft und legt sich gelblich auf meine Augen. Es ist sogar irgendwie angenehm. Bis ich wahrnehme, dass nur eine entfernte Lampe indirekt Licht spendet, braucht es ein Zeitchen.
"Zum Glück!" höre ich leise die mir bekannte Stimme sprechen. Es ist Tammy, die mir gleichzeitig die Hand drückt.
"Es gibt dich wieder."
Ich realisiere, dass ich liege, dazu in einem fremden Bett. Nervös schaue ich mich um. Mit halb vertrocknetem Mund frage ich, wo ich bin?
"Du bist im Krankenhaus. In der Neurologie", erklärt sie leise. Sie hat einen Stuhl ans Bett gezogen, worauf sie sich setzt. "Ein Bus hat dich wohl hierher gebracht. So ganz bin ich aus dem Erzählten nicht schlau geworden. Aber du musst wohl vor dem Bus zusammengeklappt sein. Der Busfahrer und die Fahrgäste jedenfalls waren ziemlich taff."
Ich sehe Tammy an, die ihrerseits mich sorgenvoll betrachtet. "Die haben dich in den Bus geschleppt und gleich ins Krankenhaus gebracht. Typisch, Susan. Ein einfacher Krankenwagen reicht nicht."
Sie lacht. Dabei wirkt ihr Lachen gelöst, als würde eine Riesenlast von ihr abfallen.
"Davon weiß ich nichts", muss ich gestehen. Gleichzeitig spüre ich, wie fertig ich bin. Ich spüre das in allen Körperteilen, als hätte ich einen Marathonlauf hinter mir. Sämtliche Muskeln tun mir weh.

In diesem Moment kommt eine Ärztin herein, gefolgt von einem Krankenpfleger. Beide grüßen, sagen aber sonst nichts. Sie mustern mich.

"Ich will lieber nicht wissen, was Sie in den letzten Tagen alles angestellt haben, gute Frau", schimpft die Ärztin mit mir und wechselt ihren Blick zwischen dem Krankenblatt in ihrer Hand und mir. "Aber es muss eine Menge gewesen sein. Ihre Muskeln sind total übersäuert. Das führte zu Spastiken, die Sie wahrscheinlich schmerzhaft spüren." Sie macht eine kleine Pause, fixiert mich dann regelrecht. "Was zur Hölle haben Sie bloß angestellt?"

Ihr Blick lässt keinen Zweifel aufkommen. Sie will die Wahrheit. Und sei sie auch noch so bitter. Sie verlangt die Wahrheit.

"Nun?"

"Ich?", stammele ich und füge leise hinzu: "Ich hatte Spaß."

"Das hoffe ich für Sie", erwidert sie energisch. "Denn dafür müssen Sie nun bezahlen, junge Dame. Sie haben sich schlicht und einfach total verausgabt."

Ich verstehe das als Lob. Es beweist mir, dass ich kräftig gelebt habe. Nur diese Ärztin sieht das ein wenig anders. Wie ich mal so ins Blaue vermute, ist sie nicht gerade humorbegabt.

"Niemand will Sie bestrafen oder verurteilen", sagt sie weiter. "Aber offensichtlich haben Sie es zuviel krachen lassen." Sie wendet sich an den Pfleger, der durchaus ein Sahneschnittchen ist. Vertraulich sagt die Ärztin zu ihm, als wäre ich nicht im Raum. "Sie braucht eine Menge Schmerzmittel. Geben Sie ihr soviel bis sie schmerzfrei ist. Danach fangen wir mit der Kortisontherapie an."

"Wann kann ich gehen?", frage ich und warte nur darauf, dass die strenge Ärztin mich zur Schnecke macht.

"Nichts da!" kommt prompt die Antwort. "Sie bleiben hier. Und wenn ich Sie eigenhändig ins Bett betonieren muss. Sie verlassen dieses Haus erst, wenn Sie einigermaßen wiederhergestellt sind."

Der Pfleger lächelt beschwichtigend und sagt: "Fünf Tage schätzungsweise."
"Und wann diese fünf Tage vorbei sind, junge Dame, das entscheide ich! Damit wir uns hier gleich richtig verstehen."
Damit dreht sie sich auf dem Absatz um und verlässt das Zimmer.
"Was für ein Abgang ...", flüstert Tammy vor Anerkennung. Als wir allein sind, beugt sie sich vertraulich zu mir. "Du, darf ich dich mal was fragen?"
"Ja, klar. Du kannst mich alles fragen."
"Wo bist du die letzten Tage denn gewesen?"
"Ach, Tammy", winke ich ab, "frag nicht."
Manchmal überkommt es mich. Und ich merke es erst, wenn es zu spät ist. Dabei, ist das schlimm? Wer weiß, wie lange ich das noch alles kann? Wann hört die Selbstbestimmung auf? Wann werde ich komplett von der Hilfe anderer abhängig sein?
Mir erscheint meine Variante besser. Besser das mitnehmen, was noch geht. Ich will nicht verzichten oder mich aufsparen für etwas in der Zukunft, von der sowieso keiner weiß, ob sie eintreten wird.
Ich will leben!
Ich will nicht in ein Pflegeheim. Das ist meine zweitgrößte Angst. Ja, wirklich. Denn es gibt noch eine größere, viel größere. Die Angst, ich könnte irgendetwas verpassen!
Allein der Gedanke, dies oder das nicht mitgenommen, irgendetwas versäumt zu haben, macht mich wahnsinnig. Lebe lieber voll gegen die Leere, sag ich mir. Da macht es nichts, wenn ich anschließend zusammenbreche. Es zeigt mir doch – es muss sich gelohnt haben.
Diesen Raubbau kann ich nicht anders leben. Es kommt mir manchmal so vor, als würde ich den Film meines Lebens im Schnelldurchlauf abspielen. Dass ich mich dabei manchmal überfordere, weiß ich selbst. Es ist nicht einfach, den Hunger nach Leben zu stillen. Dumm nur, wenn nicht nur die Vernunft, sondern auch die Krankheit widerspricht.

Denn ich habe mich eindeutig übernommen. Spanking, Treffen mit Luise, das viele harte Training, schwimmen, Tammy, Sex mit Kansas, der Gulliunfall, der Ausflug im Beiwagen und noch viel mehr. Klar ist das zuviel. Aber ich fand immer: Zuviel ist nie genug!
Die Konsequenz – ich habe einen ordentlichen Schub. MS verzeiht dir nichts. Insofern hat die Ärztin Recht. Aber wen interessiert's. Einteilen kann ich immer noch, so sage ich mir, wenn ich ins Pflegeheim abgeschoben werde.

11

Es geht nicht darum, ob eine Hilfe staatlich organisiert ist. Ob du ein Anrecht darauf hast, dass dir jemand den Hintern abputzt. Oder dich wäscht von oben bis unten. Es geht auch nicht darum, ob du die Scham überwinden kannst, dass ein Krankenpfleger dir das Tampon wechselt, wenn du deine Tage hast. Worum es wirklich geht, ist – du hast keine Alternative.

Wenn dein Körper es dir schlichtweg nicht mehr ermöglicht, die einfachsten Dinge selbst zu tun, dann verlierst du deine verdammte Selbständigkeit. Wenn du also nicht in der Lage bist, für dich selbst zu sorgen, dann brauchst du Hilfe von anderen Menschen. Egal, ob dies nun staatlich oder privat organisiert ist.

Der Zustand der Unselbständigkeit ist scheiße, bleibt scheiße. Wenn deine Augen so scheiße sind, dass du keinen Unterschied mehr zwischen einem Laster und einem Bobbycar erkennst, wenn du an der Kasse im Supermarkt nicht mit Kleingeld zahlen kannst, weil du es nicht greifen kannst, wenn du dir selbst keine Milch ins Glas gießen kannst, ohne dass das meiste auf den Boden fließt, wenn deine Schminkversuche so enden, als wolltest du der Stargast einer Horrorparty werden, wenn das Schneiden einer Zwiebel tränenreich in den Armen eines Notarztes endet, wenn deine Anrufe bei Freunden damit enden, dass man sofort auflegt, weil man dachte, der Würger von Wolfenbüttel habe persönlich angerufen, wenn du dich beim essen bekleckerst als wärst du eine Testperson für das stärkste Waschmittel der Welt, wenn du unter der Dusche hinfällst und sich nach einem Tag Dauerdusche die Nachbarn beschweren, weil der Boiler kein heißes Wasser mehr hat, wenn du Fremde um Hilfe bittest und sie über dich reden, als wärst du gar nicht da und erklären dich aufgrund deiner körperlichen Einschränkungen für geistig behindert – dann weißt du, das Pflegeheim wartet.

Niemand will in ein Pflegeheim. Für mich ist ein Pflegeheim nicht der Vorhof zur Hölle, vielmehr die Vorstufe zur Sterbeanstalt.

Du liegst in einem Bett. Du bist zum Arbeitsplan des Personals geworden. Sie arbeiten dich ab nach vorgefertigten Ansprüchen. Das hat nichts Schlechtes. Im Gegenteil, es wird ein Trost sein, seine Demütigung wenigstens sauber zu erleben.

Was ist es denn sonst, als eine Demütigung? Der eigene Körper bricht immer mehr ein. Wenn du Pech hast, kannst du dir nicht einmal mehr die Nase kratzen. Oder du verlierst das Augenlicht. Die Sprache.

Sprachlos und blind liegst du im Bett und wartest auf das Ende, damit es noch dunkler wird.

Wer also wollte nicht auf diesen Scheiß verzichten? Deshalb haben alle MS-ler düstere Fantasien. Ich sage mir, wenn es so weit ist, will ich das nicht erleben. Da springe ich vorher ab. Aber genau das ist das Problem. Wann ist der Zeitpunkt?

Ich meine damit den richtigen Zeitpunkt. Wenn du nichts mehr *tun* kannst, kannst du es auch nicht mehr *tun*. Dann ist es zu spät. Also muss es vorher sein, zu einer Zeit, wenn du noch fit für diesen Schritt bist. Das Problem dabei ist nur, dass man immer hofft, es wird wieder etwas besser. Zumindest ein kleines Stück.

Und dann kriegst du einen Schub. Einen gottverdammten Scheißschub und zack – du hast den Punkt überschritten. Es ist zu spät.

Dann schieben sie dich ins Pflegeheim. Sie bemühen sich wirklich. Doch du lebst, irgendwie. Ohne Hoffnung auf Genesung, ohne jede Qualität. Du liegst in diesem Bett und das kommt dir vor, als würdest du längst im Grab liegen. Die Zimmerwände rücken in der Nacht näher und näher und kommen dir vor wie Grabinnenwände.

Somit weißt du, du liegst längst auf der Bahre. Das einzig Spannende, was dir noch passieren kann, ist der Austausch der Kästen.

Zwar kann ich den Anschiss der Ärztin verstehen, also aus ihrer medizinischen Sicht. Da hat sie bestimmt Recht.
Aber um Recht geht es nicht. Wo waren meine Rechte, als ich diese Scheißkrankheit bekam? Nein, mit Recht braucht mir niemand zu kommen. Es geht um etwas ganz anderes.
Es geht um die Würde. Um nichts größeres, um nichts kleineres. Ich will in Würde leben. Ich will mein Leben leben, solange ich es noch kann. Das ist mein Beitrag zum Thema Würde!

12

Sie untersuchen mich ständig. Unaufhörlich werden Blutwerte, Blutdruck, Fieber gemessen. Ich komme mir vor wie ein Autowrack, das in der Werkstatt wieder zusammengeschraubt wird. Hier noch ein paar Beulen heraushämmern, dort mit der Flex Lack abschleifen und neuen auftragen. Dort etwas austauschen, neu einstellen, geraderichten.
Immerhin ist die Dosis der Schmerzmittel hoch. Meine Schmerzen lassen nach, weil die Krämpfe enden. Verschiedene Therapeuten besuchen mich, machen und tun, knacken mir die Gelenke, massieren die Muskeln weich. Ich werde gehegt und gepflegt und habe durchaus ein schlechtes Gewissen, weil ich die verdammten Beschädigungen schließlich verursacht habe.
Zeitgleich beginnt der Wiederaufbau durch hoch konzentrierte Dosen Kortison. Es gibt viel Diskussion über diesen Wirkstoff. Eines ist aber sicher – es zeigt Wirkung. Habe ich mich zuvor wie ein altes zerhauenes Weinfass gefühlt, aus dem literweise der gute Stoff durch tausend Öffnungen davonfloss, fühlt sich die Behandlung jetzt wie ein Stopfen aller Löcher an. Ich spüre wieder Kraft in mir. Ich fühle, ich werde lebendig.
Trotzdem oder gerade dadurch, dass viele Muskeln wieder aktiviert werden, habe ich ständig Schmerzen. Manchmal ist es so stark, dass ich nicht schlafen kann. Auch mein erster Versuch, allein zur Toilette zu wollen, scheiterte kläglich. Ich konnte mich nicht halten. Ich sackte einfach ab.
Zum Glück kam der nette Krankenpfleger gerade vorbei. Er zog mich zurück ins Bett, wo ich vor Anstrengung erst einmal wegdöste.
Tammy besucht mich jeden Tag und ermuntert mich, ruhig zu bleiben. Vor allem, dass ich das Bett nicht verlasse. Ich fragte sie nach unserem Training, aber da winkte sie brüsk ab.
"Vergiss das."
Danach druckste sie verlegen herum. Ich fragte, was denn los sei? Sie erzählte, dass Fabian angerufen hätte. "Er machte sich

Sorgen, weil du zu eurer Verabredung nicht gekommen bist. Er fragte, ob etwas passiert ist? Er wollte wissen, wie es dir geht."

Obwohl ich ja auf dem Weg zu unserem Treffen gewesen bin, habe ich ihn in all der Aufregung ganz vergessen. Es gefällt mir, dass er sich Sorgen gemacht hat. Ich sage zu Tammy, ich würde ihn später anrufen.

Doch das ging erst nicht, weil ich kein Ohrkabel dabei hatte. Meine Hände zitterten unentwegt, sodass ich das Telefon nicht halten konnte. Es fiel mir ständig aus der Hand. Als mir Tammy das Kabel schließlich brachte, nützte das wenig. Denn zum einen konnte ich den Stecker nicht ins Gerät stecken. Ständig zielte ich daran vorbei.

Dann bekam ich diesen verfluchten Ohrhörer nicht in meine Ohren. Eine Krankenschwester half mir zum Glück. Aber selbst das brachte nichts, denn ich konnte vor lauter Zittern das Display nicht lesen.

Als auch dabei mir jemand geholfen hatte, rief ich Fabian an. Er wollte sofort vorbei kommen. Ich war strikt dagegen. In so einem Zustand sollte er mich nicht sehen. Ich vertröstete ihn auf die nächsten Tage und sagte, ich werde mich melden. Damit legte ich auf.

Ich bin noch immer traurig, dass ich ihn abgewimmelt habe. Vielleicht ist es ein bisschen wie bei Marlene Dietrich, der berühmten Schauspielerin. Weil sie entschieden hatte, dass sie aufgrund ihres Alters nicht mehr die schönste Frau der Welt war, zog sie sich in Paris in ihrer Wohnung zurück. Obwohl sie genau gegenüber auf der anderen Straßenseite von der Liebe ihres Lebens, dem Schauspieler Jean Gabin, wohnte und er sie oft geschlagen hatte, sahen sie sich nie wieder. Die letzten elf Jahre ihres Lebens verbrachte sie darin allein, denn sie verließ die Wohnung nie wieder.

Ich kann Marlene verstehen. Schließlich will man als Frau immer schön sein. Aber ist man als Zitteraal schön?

Die Schmerzmittel wirken gut. Ich habe so gut wie keine Schmerzen mehr. Aber das Kortison muss sich erst noch in

den Muskeln aufbauen. Solange heißt es eben zittern, in der Hoffnung, dass es in einigen Tagen nachlässt.
So liege ich also hier im Bett, habe nichts zu tun und denke über mein Leben, vor allem die letzten Tage nach. Nein, es gibt nichts zu bereuen. Und ich bereue auch nichts. Aber es fällt mir selbst auf, wie sehr ich das Leben in mich hineingeschaufelt habe. Warum nur?
Die meisten Gründe habe ich ja schon erzählt. Doch es gibt einen anderen Grund, einen, der mir selbst noch fremd ist. Ich spüre nur, dass alles seine Richtigkeit hatte. Dass ich so viel wie nur möglich mitnehmen musste. Dass selbst dieser Scheißschub irgendwie seine Berechtigung hat, damit etwas Neues entstehen kann.
Vielleicht musste ich einen Abschied nehmen. Es noch einmal richtig krachen lassen, aus der Sorge heraus, nur ja nichts auszulassen. Darum die Atemlosigkeit, danach der Rückfall in die Krankheit, um jetzt hier zu liegen. Ob man mir glaubt oder nicht, aber ich habe das Gefühl einer Sättigung. Ich kann zwar noch immer nicht aufstehen, weil meine Beine nicht stehen können. Doch ich fühle mich rundum wohl.
Seltsam. Hatte ich so noch nie. Immer musste etwas gehen. Hier noch hin, dort noch den oder die treffen. Soviel Action wie es geht. Jetzt aber, und das spüre ich ganz deutlich, macht sich Ruhe in mir breit. Ja, die Beschreibung ist richtig, dass ich mich gesättigt fühle.
Und ich ahne auch schon den Grund. Mit einem Lächeln schlaf ich ein.

Kapitel VI

1

Ich verlasse das Krankenhaus als eine andere. Man sieht mir das nicht an. Ich habe nicht etwa eine Riesennase oder den Buckel einer Hexe. Nach wie vor trage ich diese Krankheit in mir, die heimtückisch an meiner Selbstständigkeit sägt. Ich habe sie nicht besiegt. Auch konnte sie mich nicht besiegen. Aber etwas in mir ist passiert.

Ich fühle mich stärker. Ich weiß jetzt, wonach ich mich sehne. Daraus folgere ich, dass ich weiß, was ich will. Selbst wenn ich scheitern sollte und mein Wunsch nicht in Erfüllung geht. Es ist, als hätte ich den Code eines Chips geknackt. Auf dem Display erscheint eine kaum sichtbare Nadel, die Nadel meines inneren Kompasses. So etwas hatte ich noch nie. In meinem bisherigen Leben habe ich es zu allen Zeiten an allen Seiten krachen lassen. Ich nahm mit, was ging. Ich ließ nichts aus. Es war wie eine unendliche Ablenkung.

Erst jetzt begreife ich, dass ich die Kerze nicht nur von beiden Seiten angezündet hatte. Ich hatte sie regelrecht gegrillt, ohne Ziel, ohne zu wissen warum. Das war nicht gut. Das war nicht schlecht. Es war wie es war. Es half mir sogar zu dem Punkt zu kommen, an dem ich jetzt stehe.

Ich blinzel in die Sonne, sage: "Hey, Sonne, bist du gut drauf?"

Da sie nicht antwortet, rolle ich ein wenig in den Tag hinein. Als ich an einem Brunnen vorbeikomme, frage ich: "Hey, Wasser, hattest du schöne Träume?"

Ähnlich bei einer mächtigen Buche, die ich frage: "Hey, Buche, heute Morgen schon die Arme gestreckt?"

Ich schaue in den Himmel, rufe hinauf: "Hey, Wolken, alles fit im Schritt?"

Eine kleine Gruppe Vögel fliegt vorbei. Ich rufe ihnen nach: "Schickt mal eine Mail, wenn ihr angekommen seid!"

Ein paar Enten lache ich zu. Ich fühle mich wohl, dabei ruhig. Mir ist nicht nach Action. Auch muss ich nicht die ganze Zeit

denken, was ich jetzt nur wieder verpassen könnte. Ich lache die Enten an, die mit Geschnatter antworten. Ich lache den Tag an.
Die eigene Zufriedenheit, so stelle ich fest, hat immer etwas Aufgesetztes. Man benimmt sich ein bisschen so, als wäre man bekifft. Vielleicht wirkt das Kortison noch nach. Wen interessiert's?
Ich grüße ein paar Leute, die mich verständnislos anstarren. Manche grüßen zurück. Die meisten nicht. Schließlich kennt man sich nicht. Andere lächeln und gehen wortlos weiter.
Ich zücke mein Handy und rufe Fabian an. "Hey, ich will dich sehen."
Er lacht spontan und wir verabreden uns im Park. Ich sage ihm, wo ich bin.
Nach zehn Minuten kommt er mit dem Fahrrad angefahren. "Du siehst super aus", sagt er, und ich glaube, er meint es ehrlich.
"Eine Frau sieht immer super aus. Egal wie scheiße sie aussieht oder sich fühlt", ergänze ich und lächle.
"Genau so habe ich das gemeint. Nur dass du heute ganz besonders gut aussiehst."
"Da musst du dich bei der deutschen Pharmaindustrie bedanken. Ich bin noch immer völlig zugedröhnt", erwidere ich und spiele auf das Kortison an.
Während er sein Fahrrad schiebt, rolle ich neben ihm her. Wir reden über den Schub. Ich erkläre ihm, dass ich alles gut überstanden habe. Dass die Ärztin mir ins Gewissen geredet hat und die Leute allesamt lieb und toll waren.
Fabian hört aufmerksam zu, brummt mal Zustimmung oder sieht mich fragend an. Ich merke, wie viel Spaß es mir macht, ihm das alles zu erzählen. Schließlich fragt er, was denn der Auslöser gewesen ist. Ich bin ganz ehrlich. Erzähle vom Gulli, vom Präsidenten, seinem Club, vom Brecher und von Kansas, vom Abstecher mit dem Beiwagen, meinem Busstopp. Von der Nummer mit Kansas erzähle ich ihm nicht.

Schließlich kommen wir an einem Kinderspielplatz vorbei. Spontan stellt Fabian sein Fahrrad ab und schiebt mich zu einer Schaukel. Ohne groß mich zu fragen holt er mich aus dem Rolli und setzt mich in die Schaukel.
"Kann da was passieren?", frage ich skeptisch. Fabian steht hinter mir, stößt mich nach vorn. Kaum fliege ich einige Schritte, als es auch schon passiert. Ich kann mich nicht halten, rutsche schräg, dann nach hinten und kann mich gerade noch mit einer Hand festhalten. Ich falle nicht in den Sand, denn sofort ist Fabian zur Stelle. Mit Stahlgriff hält er mich am Hosengürtel fest.
Danach setzt er sich zuerst auf die Schaukel, drückt mich auf seinen Schoß und schlingt einen Arm um meinen Bauch. Jetzt ist es stabiler. Ich fühle mich sicher.
Wir schaukeln tatsächlich. Ich bin völlig platt, dass das klappt. Ich brauche mich nicht einmal festzuhalten. Ich spüre den Flugwind in meinen Haaren, schließe die Augen und genieße den Augenblick.
Weil ich auf seinem Schoß sitze, lässt es sich nicht vermeiden, dass ich seinen Geruch wahrnehme. Fabian riecht aus einer Mischung von Körperdüften, einem sehr angenehmen Aftershave und einer frischen Brise Sommer. Er hält mich fest und ich fühle mich absolut sicher. Am liebsten, so schießt es mir plötzlich durch den Kopf, würde ich ihn küssen.
Aber das wage nicht. Nicht wie ich mich ihm gegenüber benommen habe. Das war, nicht immer besonders herzlich gewesen. Deshalb traue ich mich nicht. Er würde wahrscheinlich denken, dass ich jetzt wirklich völlig bescheuert geworden sein muss. Und er hätte ja Recht. Ich denke, ich sollte es belassen so wie es ist. Dafür habe ich unser Verhältnis schon vorher genügend verkackt.
Darum fühle ich mich plötzlich unwohl. Ich werde unruhig, will herunter. Die Schaukelei war jetzt lang genug. Ich will ihm einfach nicht mehr so nah sein. Ich winde mich also hin und her. Fabian versteht mich ohne Worte, hebt mich hoch und setzt mich zurück in den Rollstuhl.

Ich lade ihn auf einen Kaffee ein. Im Café bei Roberto. Ein neutraler Ort mit genügend körperlicher Distanz. Fabian erzählt von seinem Auftrag.
"Demnächst fahre ich nach Ulm und Straßburg. Du weißt schon, ich soll die gotischen Kirchen fotografieren. Wenn du Lust hast, komm doch einfach mit", erzählt er locker.
Ich weiß nicht. Was soll ich da machen? Ich würde stundenlang auf ihn warten müssen. Vor allem, wenn er die Kirchtürme hinauf kraxelt. Das wäre mir zu frustrierend.
"Nee, lass mal", sage ich gedehnt und finde es eigentlich schade. Aber ich habe mir vorgenommen, etwas kürzer zu treten. Außerdem habe ich noch vieles anderes zu klären. Das braucht Fabian nicht zu wissen.

2

Zuerst lasse ich mal eine Putzfrau kommen. Bei der zuständigen Firma sage ich deutlich, dass ich eine Frau, keinen Mann haben will. Ein Mann in meiner Wohnung wäre mir zu gefährlich. Denn ich muss damit rechnen, wenn er gut aussieht und sich dazu noch willig zeigt, dass ich ihn verfrühstücken würde. Das Risiko will ich nicht eingehen.
Also eine Frau. Ist auch besser so. Denn ich habe da noch ein paar intime Details zu klären. Weg mit diesem ganzen Dildokram, den Peitschen und Ruten. Na gut, das Superteil aus den USA lasse ich mal da. Zu wenig gebraucht, zu viel bezahlt.
Die Putzfrau scheint recht katholisch zu sein. Oder sie ist Mormonin oder Muslima? Egal, jedenfalls wird sie mächtig rot, als sie mein Spielzeug sieht. Ich biete ihr alles an, doch sie weicht sofort einen Schritt zurück, als wäre sie dem Allmächtigen begegnet. Mit weit aufgerissenen Augen starrt sie auf das Teufelszeug. Hätte nur noch gefehlt, dass sie sich bekreuzigt. Nachdem sie sich beruhigt hat, untersucht sie jedes Teil genau. Erstaunlicherweise entscheidet sie sich für das fleischfarbene Dildo. Dabei nickt sie unaufhörlich mit dem Kopf und sagt: "Das machen gut, das machen gut."
Dann stoppt sie das Nicken, das mich an das Begrüßungsritual der Pinguine erinnert. Sie streckt mir das Geschenk entgegen und fragt sehr besorgt: "Du sicher? Du nicht selbst wollen froh?"
Amüsiert entgegne ich: "Mach dir keine Sorgen. Ich werd schon keine Spinnweben ansetzen."
Ob sie mich verstanden hat weiß ich nicht. Jedenfalls kommt der Rest in eine dunkelblaue Plastiktüte, undurchsichtig. Das ist wichtig, denn man weiß nie, welcher Nachbar gerade die Mülltonnen durchsucht.
Alle Fenster werden geputzt, die Böden und Regale gereinigt. Besonders wichtig sind mir Bad und Küche. Stapel von Altpapier, knallbuntes Verpackungszeug, dazu sämtliche Pizzaschachteln, die wie ausrangierte Pappsärge herumliegen,

schaufelt meine Dildo-Putzfrau tapfer aus der Wohnung. Ich habe das Gefühl, dass die Wohnung kurzerhand um ein Dutzend Quadratmeter größer geworden ist.
Eine saubere Wohnung hat den Vorteil, dass ich nicht mehr Slalom fahren muss. Als Tammy das erste Mal wiederkommt, bleibt sie erstaunt stehen.
"Himmel noch eins! Was ist denn hier passiert? Man verirrt sich ja plötzlich in deinem Reich."
Mit lässiger Handbewegung winke ich ab: "War nötig. Ich hatte schon Anfragen von Geologen."
Ich will dringend meinen Trainingsplan wieder aufnehmen. Ein paar Tage nichts gemacht, obendrein noch im Bett gelegen und schon ist die gute Kondition futsch. Geht rasend schnell.
"Gut", sagt Tammy und stimmt mir zu. "Das ist die Susan, die mir gefällt. Gleich morgen früh – ab ins Schwimmbad."
So machen wir es. Ich drehe unter Anstrengung meine kleinen Bahnen, die begleitet werden von Tammys erfrischenden Aufforderungen: "Genug gefaulenzt! Gib mal mehr Power! Nicht so lahm, schließlich sind wir hier nicht auf einem Konzert der Toten Hosen!"
Ich bin wirklich konzentriert, bis mir plötzlich Holger einfällt. Auf den hatte ich noch gar nicht geachtet. Ist der überhaupt da? Er ist. Aber mein Interesse ist auf dem Nullpunkt.
Später machen wir noch Hanteltraining bis mir sämtliche Muskeln in den Armen schmerzen. Ist es zu fassen? Nach nur wenigen Tagen, die ich mit dem Training aussetzen musste, fühle ich mich wie eine ausgelutschte Apfelsine, saftlos, kraftlos, schlaff. Trotzdem bestehe ich darauf, morgen gleich weiter zu machen.
Tammy erzählt mir von ihrem Ärger. Der heißt namentlich Kansas. Ich hatte keine Ahnung, doch Tammy beklagt sich, dass er sich in alles einmischen würde. Organisation, Sponsoring. Er hätte sogar die Location verlegt.
"Wie verlegt?", frage ich begriffsstutzig.

"Der will daraus eine Riesensache machen. Und der trifft Entscheidungen, ohne mich zu fragen. Ich kann ja regelrecht froh sein, dass er mich überhaupt informiert!"
"Wie? Was meinst damit?", frage ich nach.
"Ich dachte, du wusstest das alles. Der hat einen ganzen Saal gemietet! Und darin sollst du auf einer Bühne laufen", klagt sie weiter. Sie ist ziemlich aufgeregt. Mir scheint, da sind ein paar Dinge aus dem Ruder gelaufen. "Du kennst doch einen Boxring, oder?"
"Ja, klar, weiß ich, was ein Boxring ist." So eine Art erhöhte Bühne. Ein großer hoher Kasten mit Seilen an den Seiten. "Was ist damit?"
"So ein Monstrum will er aufbauen lassen", sagt Tammy atemlos. "Darauf soll dann das Laufband stehen, auf dem du laufen sollst."
Kansas stand sowieso schon auf meiner Liste. Mit ihm wollte ich ohnehin reden. Jetzt aber habe ich einen wirklichen Grund. Ich rufe ihn sofort an. Er meldet sich. Ich bitte ihn, wenn er Zeit hat, mal bei mir vorbei zu kommen.
"In fünf Minuten bin ich bei, Prinzessin", höre ich ihn am anderen Ende. Tatsächlich klingelt es ein paar Minuten später an meiner Tür.
Tammy will sich aus dem Staub machen. Doch ich halte sie auf.
"Nichts da! Du bleibst", sage ich im Befehlston. "Schließlich bist du die Zeugin der Anklage."
"Ach du Scheiße", lautet ihr Kommentar.
Als Kansas durch mein Wohnzimmer auf mich zukommt, tut er das mit schnellen Schritten. Er lächelt mich an. Tammy, die mit dem Abspülen eines schmutzigen Topfes an der Spüle steht und zuerst abgelenkt ist, sieht ihn, erstarrt und stöhnt laut.
"Große Scheiße! Der schon wieder."
Als Kansas das hört, bleibt er abrupt stehen. Er fuchtelt mit den Händen perfekt italienisch: "Chica, du bist echt sus. Wärst du nicht so ein aufreizendes Püppchen mit Megafigur,

würde ich dich jedes Mal cringe finden." Er verdreht dabei die Augen zur Zimmerdecke.

"Red nicht so geschwollen", kommt von Tammy zurück, die den Spüllappen in der Hand hat. "Mit deinem Angeberton versteht dich keine Sau!"

"Oh, eine Selbstbezichtigung?", spottet Kansas verächtlich und grinst frech.

"Das sagt der Richtige!" empört sich Tammy. Sie stemmt die Hände in ihre Seiten. "Schau dich doch mal an? So läuft nur ein eitler Fatzke durch den Tag!"

Als hätte Tammy mich gemeint, schau ich mir Kansas genauer an. Naja, denke ich und versuche neutral zu bleiben. Ganz von der Hand zu weisen ist ihre Einschätzung nicht. Kansas trägt Knickerbockers, die ihm bis über die Knie reichen. Dazu ein Jackett in gleichen Stoff, alles in beigen Burburykaros. Seine giftgrünen Kniestrümpfe stechen ein wenig hervor und enden in goldfarbenen Schuhen, die die Form von venezianischen Gondeln haben.

Auch seine Frisur ist heute erwähnenswert. Denn tatsächlich trägt er eine weiße Perücke mit Pferdeschwänzchen, so wie Karl Lagerfeld sie trug. Alles in allem, das wird mir klar, stellt Kansas als Eyecatcher sein eigenes Kunstwerk dar.

"Du meinst also, von deinem Biene-Maja-Look in ihren ausgedehntesten Jahren, bekäme man keine Augenkrank...?"

Er hat den Satz nicht zuende gesprochen, als auch schon der Spüllappen durchs Zimmer fliegt und direkt in Kansas Gesicht landet.

"Vorsicht!" lache ich laut auf. "Sie macht dich zum Waschlappen."

Als beide bereits wieder Luft holen, um sich neue Beleidigungen an den Kopf zu schmettern, rolle ich genau zwischen sie. "Schluss jetzt! Oder ich kette euch für eine Woche aneinander!"

"Das würdest du tun?", fragt Kansas und schaut mich wie ein Schaf an. "Das wäre ja voll sheesh von dir! Schließlich sind wir deine Manager."

"Große Scheiße!" entfährt es Tammy, und ich weiß nicht, ob sie ihm zustimmt. Sie verdreht die Augen und wendet sich wieder ihrer Spülarbeit zu.

3

"Was ist mit der Location?", frage ich Kansas leicht gereizt. Zwar windet er sich für den ersten Moment. Schließlich aber streitet er nichts ab. Er beharrt sogar darauf, dass man im Kleinen nichts erreichen kann. "Erst wenn es wirklich groß aufgezogen wird, wollen alle hin. Damit füllt man Säle", prahlt er angeberisch.
"Und wann wolltest du mir das sagen?", frage ich verärgert.
"Exakt jetzt zu dieser Zeit", strahlt er mich an. "Du siehst, mein Timing stimmt."
Seine Antwort kam so schnell wie entwaffnend. Ich weiß, dass er gelogen hat. Aber clever ist er. Das muss ich ihm lassen. Mir geht dabei durch den Kopf wie Tammy die Session in der Ergopraxis aufziehen wollte. Dort hätten sich maximal zwanzig Leute auf den Schuhen gestanden.
Kansas denkt da komplett anders. Die Frage ist nur – will ich das in dieser Dimension? Vorsichtshalber befrage ich ihn wegen eines klitzekleinen Details: "Hast du einen großen Saal angemietet?"
"Eigentlich nicht", behauptet Kansas und überlegt noch einmal an seiner Antwort.
"Eigentlich?" Tammy will es genauer wissen. "Was heißt das?"
"Nein", ruft Kansas wie ein zänkisches Kind, das ertappt wird.
"Kansas!" sage ich laut und werde langsam sauer. "Sag die verdammte Scheißwahrheit! Hast du nun einen Saal angemietet oder nicht?"
"Nein", lautet seine Antwort. Er sieht mich offen an. Ich neige dazu, ihm zu glauben. Zweifel bleiben.
Tammy fackelt nicht lange. Sie zweifelt komplett: "Schwöre."
Augenblicklich verharrt Kansas und sieht mich an. "Ich schwöre. Bei allem was mir heilig ist."
"Pah!" grätscht Tammy dazwischen. "Bei allem was ihm heilig ist. Wenn ich das schon höre. Dieser Schranze war noch nie irgendwas heilig!"

"Das stimmt nicht ...", will Kansas widersprechen, doch fährt ihm Tammy über den Mund.
"Was soll das denn sein, hä?"
"Das Geld meines Vaters, das ist mir heilig!"
"Da muss ich ihm zustimmen", bestätige ich, denn ich weiß, wie sehr Kansas die finanziellen Freiheiten seines Vaters ausnutzt und genießt.
"Wie kann man denn auf das Geld seines Vaters schwören? Was für ein Schwachsinn!" ätzt Tammy und lacht dabei verächtlich.
Kansas bringt das nicht durcheinander. Er krümmt seine Finger, hält die Hand halbhoch und pustet gelassen auf seine Fingernägel. "Tja", sagt er, "wer kann, der kann."
Mit verächtlichen Geräuschen wendet sich Tammy wieder ab. In der Drehung entfahren ihr ein paar Furzer. Ist wohl ihre Rache. Kansas weicht einige Schritte zurück.
"Mit wie vielen Zuschauern rechnest du denn so?"
"Das ist momentan schwierig", sagt er nachdenklich. "Die Promotion hat noch nicht begonnen. Außerdem kommen noch Werbung und so dazu."
Ich werde misstrauisch. "Mich interessiert vor allem dieses *und so*. Was bedeutet das denn?"
"Ach das", wiegelt er lässig ab. "Kannst du vergessen. War nur so dahergesagt."
"Der lügt doch, wenn er die Augen aufmacht", stichelt Tammy
"Interessant, interessant", steigt Kansas sofort darauf ein. "Daraus ergibt sich die Frage, ob man im Schlaf lügen kann?"
"Der bestimmt!" faucht Tammy.
"Gerade hast du noch das Gegenteil behauptet, Maja", setzt Kansas dagegen.
"Vorsicht! Gleich fliegt wieder ein Lappen. Diesmal aber mit Säure!" warnt Tammy. "Und nenn mich nicht Maja, du Schranze!" Wo es nur geht, beharken sie sich. Und keiner schenkt dem anderen auch nur einen Millimeter. Stattdessen belauern sie sich wie tollwütige Hunde.

Nachdem sich Tammy wieder einmal auf ihre unnachahmliche Weise nützlich gemacht hat, verkündet sie, dass sie gehen wird. Sie ermahnt mich eindringlich: "Und lass dir von dem da nichts gefallen!"
"Wenn er es zu bunt treibt, schlag ich ihn", sage ich locker. Eine Anspielung, die Kansas sofort versteht, Tammy aber nicht, weil sie von unseren Spankingaktivitäten nichts weiß.
"Vielleicht würde das ja helfen", sagt Tammy resigniert. "Aber bei dem da befürchte ich, dass nicht einmal Peitschenhiebe was brächten."
Kansas lässt sich diese Steilvorlage nicht entgehen. Er öffnet den Mund, sodaß man seine gebleachten Zähne sieht und imitiert ein Löwengrollen. Er tut so, als würde er gleich zubeißen: "Ich liebe brutale Mannsweiber."
Tammy schlägt die Wohnungstür mit einem kräftigen Krawumm zu.
"Sie mag mich", lautet Kansas´ Fazit, was mich denn doch amüsiert.
Nachdem wir uns mit einem Kaffee gegenüber sitzen, eröffne ich das Gespräch. "Kansas, ich will mit dir in die Friendzone."
"Krass!" antwortet er darauf und fragt nach: "Keine Friendzone plus?"
"Nein", sage ich bestimmt. "Ich will das nicht mehr. Es war schön, es war gut. Aber es reicht."
"Aber trotzdem bleiben wir Freunde?", fragt er alarmiert.
Ich kläre das sofort. "Absolut! Du bist wichtig für mich ..."
"Aber keine Freundschaft plus mehr ..."
"Zero."
Er schüttelt nachdenklich den Kopf und schaut zu Boden: "Das wird Luise gar nicht gefallen."

4

Ein paar Tage später öffne ich die Tür mit der Fernbedienung, als es klingelt. Ich schau nicht extra nach, denn ich weiß, wer kommt. Umso erstaunter bin ich, als ein fremder Mann in meinem Wohnzimmer steht. Ich weiß nicht, wer das ist.
"Entschuldigen Sie bitte mein Eindringen. Handauf, genauer gesagt Doktor Bertram Handauf", sagt er und neigt kurz seinen Kopf zur Begrüßung.
"Hier gibt es nichts zu holen!" rufe ich lauter als normal.
Dr. Handauf oder wie der Mann heißt, lächelt. "Nein, nein, seien Sie beruhigt, ich bin kein Dieb. Ich bin Rechtsanwalt."
"Sie sehen da einen Unterschied?"
"Aber ja doch!" ereifert sich der hoch aufgeschossene Anwalt. "Die anderen arbeiten im kriminellen Sektor, wir dagegen legal."
"Aha", stelle ich nüchtern fest.
Noch immer weiß ich nicht, was der Mann von mir will. Er bittet, Platz nehmen zu dürfen. Danach öffnet er einen Koffer, nimmt daraus eine Akte und schlägt sie auf. Er sammelt sich, sieht mich streng an.
"Thema ist, dass Sie behaupten, die Krankenkasse – oh! ich entschuldige mich –, *Ihre* Krankenkasse beabsichtige, Sie krank zu machen. Darüber hinaus werfen Sie uns vor, wir würden das aus Kalkül und damit mit Vorsatz machen. Da dies weder so ist, noch Sie Ihrerseits diesen Vorwurf beweisen können, fordern wir eine Schadensentgeltsumme von 250.000 Euro von Ihnen. Außerdem kündigen wir mit sofortiger Wirkung Ihren Krankenversicherungsschutz." Er macht eine kurze Atempause, ehe er mich fragt: "Nun, was sagen Sie dazu?"
"Also doch kein Unterschied", stelle ich sarkastisch fest, indem ich mich frage, wer der Dieb ist.
"Sie haben das Recht, das so zu sehen", erklärt Dr. Handauf nüchtern. "Thema aber ist, dass Sie mit Ihrer Behauptung

auch noch an die Öffentlichkeit gehen. Zum Schaden der Versicherung durch Ansehensverlust."
Ich rolle mich ein Stück zur Seite. Obwohl ich heute etwas schlecht sehe, finde ich meine Handtasche und darin mein Handy sofort. Ich achte darauf, dass ich dem Besucher den Rücken zukehre, als ich die Handykamera auf *record* schalte. Das Handy positioniere ich zwischen zwei ungespülten Töpfen. Langsam drehe ich mich zum Anwalt zurück. Ich achte darauf, dass ich seitlich am Bildrand bin.
"Also, Herr Dr. Handauf", sage ich ganz ruhig. "Das war mir doch alles ein wenig zu schnell. Wiederholen Sie bitte noch einmal alles. Wie Sie sicherlich wissen, sind Menschen mit Behinderung nicht besonders gut in Sachen Auffassungsgabe."
"Ich weiß, ich weiß", nickt er verständnisvoll. "Thema ist, Ihre Krankenversicherung fordert Sie auf, sämtliche Unterstellungen jetzt und in Zukunft zu unterlassen, die darauf basieren, wir, die Krankenkasse, würden Sie krankmachen. Dafür unterzeichnen Sie diese Unterlassungserklärung", sagt er und entnimmt der Akte ein mehrseitiges Schriftstück.
Der Anwalt blättert gedankenverloren einige Seiten durch. "Thema ist, dass Sie sich verpflichten, die angemahnten Unterstellungen zu unterlassen. Sollten Sie das nicht tun, sind Sie verpflichtet, 250.000 Euro an uns zu leisten. Thema ist auch, wenn Sie unser Schreiben nicht unterzeichnen, dass wir Sie auf die gleiche Summe verklagen werden."
"Aha", sage ich und hoffe, dass das Video alles gut aufnimmt.
"Außerdem ist Thema, dass Sie die Veranstaltung absagen", fährt der Anwalt fort. "Die von Ihnen beabsichtigte Veranstaltung dient nur dem Zweck, die Krankenkasse zu verunglimpfen. Thema ist, das ist …. strafbar."
"Das war's?", frage ich nach.
Der Anwalt kommt auf mich zu, drückt mir das Schreiben in die Hand und fordert: "Unterschreiben." Er drückt seinen Zeigefinger an die Stelle, die mit einem X markiert ist.

"Wie?", frage ich und fühle mich bedrängt. Der Anwalt bleibt dicht neben mir stehen. "Jetzt?"
"Sofort! Hier und jetzt!"
"Ich will aber nicht ...", schreie ich.
Doch der Anwalt packt meine Hand und drückt sie gewaltsam herunter. Dabei zischt er gefährlich: "Du unterschreibst jetzt, du dämliche Rollischlampe! Mach! Oder mach ich dich weg!"
"Auf keinen Fall!" ruft jemand dazwischen. Schon sehe ich, wie Fabian mit schnellen Schritten auf mich zukommt. Er schlägt dem Anwalt seine Faust ins Gesicht und reißt ihm das Schreiben aus der Hand. "Und jetzt raus hier! Sofort!"
"Wer sind Sie denn? Das können Sie nicht machen ..."
Fabian zückt sein Handy und tippt eine Nummer ein. "Polizei? Ich muss einen Einbruch melden. Kommen Sie schnell. Der Dieb ist noch ..."
"Ich beuge mich der Gewalt", zischt der Anwalt.
"Tun Sie nicht", widerspricht Fabian. "Sie sind die Gewalt."
"Geben Sie mir wenigstens das Schreiben ...", jammert Dr. Handauf, geht aber weiter in Richtung Wohnungstür.
"Nichts da!" ruft Fabian zurück. "Das ist ein Beweismittel."
Erst jetzt beginne ich zu begreifen, was hier passiert ist. Ich spüre ein Zittern im ganzen Körper, als würde ich frieren. Ein paar Tränen rinnen über meine Wangen. Ich sehe Fabian an.
"Ich bin so froh, dass du rechtzeitig gekommen bist."
Er geht in die Knie, beugt sich zu mir und nimmt mich lange und ruhig in die Arme. Dabei streichelt er sanft über mein Haar.
"Warte", schrecke ich mit einem Mal auf und rolle von ihm weg. "Die Aufnahme!"
"Wovon sprichst du, Susan?"
"Ich habe das alles aufgezeichnet. Hoffentlich ist es was geworden."
Fabian staunt nicht schlecht, als ich ihm mit zitternden Fingern das Handy reiche. Er überprüft die Aufnahme.

"Wow!" sagt er voller Anerkennung. "Du hast alles voll drauf. Sogar ... warte mal kurz ... der Ton ist perfekt. Ihr seid beide sehr gut zu verstehen."
"Ja, schon", sage ich, weiß aber nicht weiter. "Was damit tun?"
"Das ist einfach", wiegelt Fabian locker ab. "Überlass das mir."

5

Diesmal ist der Weg einfacher. Kansas fährt mich durch den Wald, bis wir diese alte Kneipe erreichen. Er hilft mir beim Aussteigen, schiebt mich ins Lokal. Wieder stehen die beiden Alten hinter der Theke. Als wären sie erschrocken, starren sie uns an. Sie kommen mir noch älter als beim ersten Mal vor.
Im Schankraum befindet sich kein Gast. Nur von der Kegelbahn höre ich Stimmen. Kansas und ich grüßen das Wirtspaar. Sie nicken, sagen tun sie nichts. Wir gehen zum Clubraum.
Je näher wir kommen, desto lauter wird es. Vor der Tür bleiben wir kurz stehen. Ich sehe Kansas an.
"Du kannst ja hier bleiben", sage ich, doch er schüttelt den Kopf und öffnet die Tür.
Sofort brandet ein lautstarkes Hallo auf. Alles grüßt, ruft durcheinander. Es ist ein wildes Wiedersehen, zumal einige aufgesprungen und zu mir gekommen sind, um mich zu begrüßen und zu umarmen. Weiter entfernt, die wilde Szene betrachtend, sehe ich Luise. Sie lächelt und schaut schweigend zu.
"Ihr kommt gerade richtig", ruft der Priester und macht Handbewegungen, als wolle er seine Schäfchen segnen. Tatsächlich gelingt es ihm, für etwas Ruhe zu sorgen. "Wir besprechen gerade, ob Videos bei unseren Aktionen gedreht werden dürfen."
"Ich hab mich ja schon geäußert", sagt Blümchen, die Hexe, "ich will das nicht, weil ich sonst später von irgend so einem Schwein erpresst werden könnte. Und wer weiß, wie hässlich dieses Schwein ist."
"Womit könnte man dich denn erpressen?", fragt Norman, der früher Claudia hieß, mit getragener Stimme. "Du siehst so super aus. Jeder Porno von dir ist wie ein Abbild der Mona Lisa."
"Hast du nachher schon was vor?", zwinkert ihm Blümchen, die Hexe zu. Die Gruppe lacht.

Jetzt steht Luise auf. Sie verlangt Ruhe und stellt klar. "Fotos, Videos, Pornos, was immer es an elektronischen und nicht-elektronischen Wiedergabemöglichkeiten gibt, sind hier im Haus strengstens verboten. Meine Eltern wollen nicht, dass ihre Kneipe demnächst als Bumsschuppen verschrien wird. Also, keine Aufnahmen. Absolut keine!"
Inzwischen sind alle still. Die Stimmung ist im Eimer. Gute Gelegenheit, denke ich, die nächste Bombe platzen zu lassen.
"Chantal? Du willst etwas sagen?", fragt Luise über die Länge des Tisches hinweg. Als ich nicke, erteilt sie mir das Wort. "Und jetzt Chantal Handicap!"
"Das ist aber schön, dass du dich mal wieder blicken lässt", sagt der Priester strahlend. Er wendet sich seinem Nachbarn zu und flüstert so laut, dass es jeder versteht: "Also mir war das Chantal schon immer sympathisch."
"Ruhe!" pfeift ihn Luise an.
Ich erkläre, dass ich die Gruppe verlassen werde. Die meisten machen bedauernde Geräusche. Doch bleibe ich bei meinem Vorsatz. Außerdem erkläre ich, dass ich ihnen allen noch etwas zu sagen hätte.
"Es ist nämlich so, dass ich wirklich behindert bin. Ich habe Multiple Sklerose, kurz MS. Darum kann ich auch aus dem Rollstuhl nicht aufstehen."
"Davon hat man aber nichts gemerkt", sagt die Kanzlerin mit dem blonden Bubikopf todernst. "Für mich warst du immer normal."
"Na, hör mal!" entrüstet sich Luise. "Ob behindert oder nicht – alle sind normal."
"Na, das sag ich doch!" widerspricht die Kanzlerin vehement. "Außerdem hab ich keine Vorurteile gegenüber Randgruppen."
Sie hat das mit der größten Selbstverständlichkeit gesagt. So als würde sie von einer Kaffeesorte oder einem hippen Internetgame sprechen. Sie ist sich nicht darüber im Klaren, was sie da eigentlich von sich gegeben hat. Sie glaubt wirklich an ihre vermeintliche Toleranz. Darum prallen auch die wenigen empörten Zwischenrufe an ihr ab. Sie lächelt mir tapfer zu.

"Auch ich werde mich zurückziehen", unterbricht Kansas. Doch das interessiert so gut wie keinen. Vielleicht hat das auch nur an der allgemeinen Unruhe gelegen, denn einige Leute sind aufgestanden, laufen umher.
Luise setzt sich an meine Seite. Sie blickt mich traurig an.
"Du hättest mich vorwarnen können", sagt sie in halb vorwurfs-vollem Ton.
Ich druckse herum: "Hab mich nicht getraut. Ich dachte, du würdest mir böse sein."
"Und wo ist der Unterschied zu jetzt?"
"Stimmt eigentlich. Scheiße", sage ich bedauernd, "hab ich wohl verkackt. Tut mir leid."
"Vergiss es", sagt sie und lächelt verkrampft. "Solange wir Freundinnen bleiben ..."
"Aber ja!" rufe ich schnell und es ist mir wirklich ernst. Luise ist mir richtig ans Herz gewachsen, auch wenn mein Interesse an der Gruppe stark nachgelassen hat. Ich umarme sie und drücke sie ganz fest. "Du bist doch meine Luise."
Als sie sich von mir löst, weist sie auf Kansas: "Was ist mit dem da? Seid ihr jetzt ein Paar?"
Ich erschrecke: "Kansas und ich? Niemals!" Ich bin wie vor den Kopf geschlagen. Nein, mit Kansas eine Beziehung nun wirklich nicht. "Er ist ein Freund. Ein guter Freund. Das ist er. Nicht mehr und nicht weniger."
Ich erzähle ihr von meinem bevorstehenden Wettkampf. Dass ich hundert Schritte laufen will. Im Kampf gegen die Krankenkasse. Ich lade sie ein. Allerdings kenne ich den Veranstaltungsort noch nicht. Dabei erzähle ich ihr, dass sich darum Kansas kümmert, der die Organisation übernommen hat. Als guter Freund.
"Wenn Kansas das macht, dann sei mal auf einiges gefasst", lacht sie.

6

"Gibt es etwas Neues?", fragt Fabian, als wir uns hinter der Brücke treffen. Ich schüttele den Kopf.
"Ich war bei meinem Freund, der ist auch Anwalt."
"Und?", frage ich nervös.
"Zuerst hat der gelacht. Warum? Er erklärte, dass er sich freut, mit deinem Fall gutes Geld zu verdienen ..."
Ich bleibe skeptisch und sehe Fabian fragend an.
"Big Manni, so heißt mein Freund, weil er recht kräftig gebaut ist, sagte, dass der Anwalt dich niemals hätte zwingen dürfen zu unterschreiben", erklärt Fabian und schiebt mich voraus. "Das war Nötigung, ein Straftatbestand, der ihn sogar die Anwaltslizenz kosten könnte."
"Aber ich will diesen ganzen Scheiß nicht!" rufe ich dazwischen. "Alles was ich will, ist ein Handbike. Ich will doch niemandem schaden ..."
"Nun, der Anwalt der Versicherung wollte das", bringt Fabian hervor. "Der hat dir mit einem Prozess von einer Viertel Million gedroht! Das ist kein Pappenstiel."
"Vielleicht haben wir es ja zu weit getrieben ...", jammere ich.
"Wie meinst du das?" Fabian stoppt den Rollstuhl, geht zwei Schritte vor und sieht mich an.
"Naja, wir haben die Versicherung ja auch ganz schön provoziert. Und dann noch die Ankündigung der öffentlichen Aufführung ..."
"Knickst du jetzt ein?", fragt er geschockt.
"Nein, nicht wirklich. Aber ...", versuche ich vorsichtig.
"Aber?"
"Naja, wenn die das Handbike vor dem Event zahlen, dann hat sich das ja sowieso erledigt", drucks ich herum. Ich fühle mich mulmig bei den Kampfformen, die nun entstanden sind. Es macht mir angst, was da noch kommen könnte. "Wenn man denen das mitteilen würde? Was meinst du?"
Abweisend hält Fabian die Handflächen hoch. "Susan, das ist dein Kampf, deine Entscheidung. Wenn du das so willst, dann machen wir das genau so. Soll ich Big Manni das so

weitergeben? Es ist allein deine Entscheidung. Und egal, welche du triffst, ich unterstütze dich."
"Das ist lieb von dir", bringe ich mit einem gequälten Lächeln hervor. "Ja, ich möchte, dass wir es noch ein letztes Mal im Guten mit denen probieren."
Gesagt, getan. Fabian berichtet mir ein paar Tage später, dass einige Briefe hin und her gegangen sind. So behauptete die Versicherung, dass von einer Drohung oder gar Nötigung nicht zu sprechen sei. Das sei reine Erfindung von mir, die möglicherweise auf verschiedene Medikamente, die ich nähme, zurückzuführen sei.
Dumm nur, dass es das Video gibt.
Big Manni schrieb denen, wenn sie jetzt sofort das Handbike zahlten, wäre das beabsichtigte Event vom Tisch. Darauf aber hat die Versicherung bislang nicht reagiert.
Mit Fabian läuft es gut. Es läuft zwar nichts zwischen uns, obwohl ich manchmal den Verdacht habe, ich würde ihn doch gern mal küssen. Aber so genau weiß ich das nicht. Ist mir auch egal. Weil ich mich auf das Event vorbereiten muss.
Mehrfach die Woche bringt mich Tammy in Jochens Praxis. Als Physiotherapeut bewirkt er Wunder. Wenn ich mal schlecht drauf bin oder lustlos oder ich mich schlapp fühle, baut mich Jochen auf. Tatsächlich trainieren wir jedes Mal.
Außerdem gehe ich an den anderen Tagen, bei denen ich nicht bei Jochen bin, schwimmen. Das zahlt sich aus. Erst gestern habe ich sechsundachtzig Schritte geschafft. Ich denke, es hat auch mit meiner Auszeit im Krankenhaus zu tun, wo man mich ausgiebig gedopt hat.
Was soll´s?, sage ich mir. Die Episode dazwischen war hart, tat mir aber gut. Und das tägliche Training spüre ich allemal. Und ob das Event nun stattfindet oder nicht – die Regelmäßigkeit zahlt sich aus. Ich habe richtig Muskeln bekommen und bin mächtig stolz darauf.
Als Tammy einmal nicht kann, frage ich Kansas, ob er mich zum Training bringen kann. Natürlich. Pünktlich steht er mit seiner Angeberkarre vor der Haustür und wartet auf mich.

Als wir losfahren, denke ich, es ist eine gute Zeit, mal ein paar Infos von ihm zu bekommen. Schließlich geht es um mich. Und da habe ich wohl ein Recht zu erfahren, was er so alles geplant hat.
"Lüg mich nicht an!" schärfe ich ihm ein.
"Ich habe wirklich keine Halle, nicht einmal einen Saal angemietet", beteuert er.
"Da bist du dir sicher? Ich meine, du könntest auch irgend so ein neumodisches Wort verwenden, das keine Sau versteht. Also, hast du oder hast du nicht?"
"Susan! Ich habe nichts angemietet", betet er mir vor.
"Aber wenn du nichts gemietet hast, keinen Saal, keine Halle – wo um Himmels Willen soll denn das Event stattfinden?"
Plötzlich lächelt er überlegen. Äußerst verdächtig, wie ich finde. Mein Misstrauen gegen Kansas´ Machenschaften ist lichterloh entbrannt. Ich fahre ihn scharf an: "Los, spuck es endlich aus!"
"Naja", druckst er herum, "es gab da verschiedene Optionen. Und Angebote!"
"Was soll das denn heißen?"
"Eines davon hat mir gut gefallen. Sehr gut sogar!"
"Jetzt spann mich nicht auf die Folter!" sage ich laut. "Sag endlich!"
Und dann sagt er es. Und ich denke, mich tritt ein Flusspferd. Was zur Hölle hat sich Kansas dabei nur gedacht?
Ich starre ihn entsetzt an.

7

Meine Freunde sind mir wichtig. Und eigentlich hätte man es am liebsten, wenn sich die Freunde untereinander gut verstehen.
Warum eigentlich sagt man *eigentlich*? Das soll wohl die Absicht, den Willen verschleiern oder etwas abschwächen. Ich glaube, dieses Wort eigentlich ist ein typisches Frauenwort. Frauen benutzen es, um etwas abzumildern. So als hätten sieben Blitze ins Haus eingeschlagen, das Haus wäre bis auf die Grundmauern ausgebrannt und die Frau beschwichtigt den Mann, indem sie erklärt, du, eigentlich waren es nur drei Blitze.
Das ist die ewige Sucht der Frau nach Ausgleich. Bloss keinen Stress. Bloss keine Konfrontation. Lieber die Soße der Harmonie über alles gießen, selbst wenn es dabei zu Verbrennungen kommt.
Ich persönlich stand nie im Verdacht, Harmonie anzustreben. Aber wenn sich zwei deiner besten Freunde am liebsten ständig abmurksen wollen, neige sogar ich zur Friedenspfeife. Übrigens mit mäßigem Erfolg. Sehr mäßig.
Seltsamerweise bemerkte ich, dass sich meine beiden Streithähne in der Gegenwart von Fabian plötzlich zu benehmen wissen. Während sie allein mit mir die Gewehre nicht schnell genug durchladen können, kommen sie mir, sobald Fabian auftaucht, wie zwei gurrende Friedenstauben vor. Eigenartig. Sehr eigenartig.
Dieser neu entstandene Effekt aber lässt sich nutzen. Hauptstreitpunkt war von jeher die Organisation des Events. Stehen also wichtige Entscheidungen an, bespreche ich das nur mit den beiden, wenn Fabian dabei ist.
"Okay", sage ich zu Kansas, "du hast also keine Halle angemietet. Dafür einen Platz in einer Halle. Was kostet denn so was?"
"Nichts", strahlt er in die Runde. Er, Tammy, Fabian und ich hocken zusammen und trinken irgendein Teegebräu. Das hat

Tammy mitgebracht. Sie behauptet, das ist gut gegen Flatulenz – was immer das ist.
"Wie soll das denn gehen?", will Tammy wissen, hält sich aber mit Sticheleien zurück. "Und wie kriegst du dieses tonnenschwere Laufband von Jochens Praxis in die Halle? Dafür brauchst du einen Superkran und einen Lastwagen!"
"Gar nicht", lautet Kansas´ Antwort. "Es wird alles bereit gestellt. Das heißt, wir müssen nichts transportieren. Außerdem bekommst du Geld für deinen Auftritt, Susan."
Ich bin geschockt: "Ich kriege ... Kohle dafür?"
"Aber sicher. Schließlich haben wir einen Sponsor, der das alles bezahlt. Sogar deine Gage", erklärt Kansas.
"Das kann ich nicht glauben", zweifle ich. "Wie soll das gehen?"
"Sponsoring", lacht Kansas zufrieden. "Schließlich machst du Werbung für die Laufbandfirma. Und das bezahlen sie dir auch."
"Ob das alles klappt?", zweifelt Tammy. "Das muss sich erst noch zeigen."
"Es gibt Verträge", wischt Kansas ihre Zweifel beiseite. "Außerdem, die Firma will dich unbedingt. Das lassen die sich was kosten." Er lacht über die gesamte Breite seines Gesichts. Es ist überdeutlich, wie stolz er auf sich ist.
"Also ich finde die Sache super", sagt jetzt Fabian, der sich mit kurzem Seitenblick bei mir erkundigt, ob ich das so will. Als ich nicke, sagt er: "Hört sich alles ziemlich gut an."
"Wenn überhaupt Leute kommen!" warne ich. "Da verschätzt man sich schnell. Du rechnest mit fünfzig Leuten, und dann kommen nur drei. Oder du rechnest mit vier, und es kommen dreißig."
"Mit wie vielen Zuschauern rechnest denn du?", will Tammy wissen.
"Zwei- bis dreitausend", lautet Kansas´ Antwort, die er so fallen lässt wie ein verlorenes Taschentuch.
"Was?" schreit Tammy.
"Wie bitte!" quäke ich dazwischen.
"Meinst du nicht, du übertreibst?", fragt selbst Fabian.

Gelassen fläzt sich Kansas auf seinem Sessel. Er zelebriert regelrecht jedes Wort, als er weiterspricht: "Stimmt. Wahrscheinlich habt ihr Recht. Ich denke, es werden mehr sein."
Damit explodiert die Stimmung. Jeder redet wild drauflos. Alle sind aufgeregt. Selbst Tammys eigenartiges Teegebräu kann nichts mehr anrichten.
Später, als Tammy und Kansas gegangen und ich und Fabian allein sind, sage ich vertraulich: "Wenn das stimmt, was Kansas gesagt hat, wird mir ja jetzt schon mulmig. Stell dir das mal vor!"
Fabian entspannt sich: "Ich denke, der versteht was davon."
"Wovon?", will ich wissen.
"Von Prahlerei", lacht Fabian, macht den Fehler vom Tee zu nippen und verzieht angewidert das Gesicht. Fabian kommt jetzt tatsächlich öfter. Ich sagte es schon, wir verstehen uns gut. Er ist aufmerksam, hilft und tut und macht alles Mögliche, damit ich mich wohlfühle. So soll es sein, schmunzle ich.
Fehlt nur noch, dass wir uns auch körperlich näher kommen. Davon aber sind wir soweit entfernt wie Baden-Baden vom Badestrand von Buxtehude. Andererseits hat es auch Vorteile, denn wer weiß, wie es sein würde. Also, ich meine, wenn wir wirklich etwas mit einander hätten.
Im Moment genieße ich. Neben meinem regelmäßigen Training sehen wir uns fast täglich. Klappt das mal nicht, spüre ich, wie er mir fehlt. Dann telefonieren wir, was die Sache ein bisschen erleichtert. Ich komme mir vor wie eine Gräfin aus vergangener Zeit, die ihrem Angebeteten Monate, manchmal Jahre nicht näherkommen darf. Das aber macht die Sache irgendwie spannend.
Dann wieder sag ich mir, nie wieder. Bloß keine Beziehung. Die versaut jede Freundschaft. Sobald Sex im Spiel ist, blühen die Schwierigkeiten wie Unkraut. Am besten wäre es, einen Mann fürs Bett, einen für die Freundschaft.
Obwohl, das hatte ich ja. Ich ging mit Kansas eine schlagende Verbindung ein, mit Fabian führte ich angenehme Gespräche. Dann aber ging das nicht mehr. Irgendetwas sprang aus dem

Gleis. Es blieb nur eins. Ich musste den Sex mit Kansas beenden.
Übrig bleibt die Kuschelfahrt mit Fabian. Ohne Sex. Eigentlich eine Schweinerei. Aber ich muss sagen, zu meinem eigenen Erstaunen fehlt mir der Sex nicht. Überhaupt nicht! Also, im Moment.

8

Wie die Zeit vergeht!
Vor meinem Zwangsaufenthalt im Krankenhaus tobten die Wochen und Monate wie gestörte Hornissen an mir vorbei. Seither aber flattern die Tage beschaulich als Schmetterlinge durch mein Leben.
Das Training, die häufigen Treffen mit meinen drei Freunden, alles kommt mir in der Nachbetrachtung ähnlich und zugleich schön vor. Ich habe das Gefühl, noch nie so lange eine entspannte Zeit verlebt zu haben. Vor lauter Harmonie und angenehmer Atmosphäre frage ich mich schon, ob es nicht ein bisschen langweilig geworden ist.
Aber dann spüre ich in meinen Körper. Ich stelle fest, es geht mir gut. Nur wenig Schmerzen, kaum negative Veränderungen. Dafür nimmt der Aufbau der Muskeln zu. Dadurch bin in der Lage, manche Dinge länger durchzustehen. Das wiederum freut mich.
Daraus schließe ich, dass meine aktive Langeweile in Wirklichkeit ein angenehmer Vorgang ist. Wer braucht schon ständig Action?
Das Event rückt näher. Eigentlich müsste ich total aufgeregt sein. Doch Fabian meint, ich soll mich in Kansas´ Hände begeben. Auf den sei Verlass. Außerdem gäbe es ja immer noch Tammy, die zur Not als Dampfer alles verdrängt.
"Und du?", frage ich, "was ist mir dir?" Ich sehe ihn erwartungsvoll an, denn ich kann mir gar nicht mehr vorstellen, Fabian nicht an meiner Seite zu haben.
Er schaut mir offen in die Augen: "Das geht leider nicht. Ich würde dich gern begleiten. Aber ich habe die Fototermine."
"Genau am wichtigsten Tag meines Lebens?", frage ich weinerlich.
"Genau am wichtigsten Tag deines Lebens", antwortet er.
"Kann man da nichts drehen?"
"Du schaffst das auch ohne mich", sagt Fabian und versucht mich aufzubauen.

"Natürlich schaffe ich das auch ohne dich", sage ich deutlich und fühle mich provoziert. "Aber mit dir zusammen wäre es schöner."
Es bleibt dabei. Fabian sagt, er kann nicht. Also nicht. Schade, dass er ausgerechnet an diesem Tag nicht kann. So ein Ärger! Dabei will ich (eigentlich) gar nicht so genau wissen, was mich an diesem Tag so erwartet. Kansas hat mir erzählt, dass er ständig an meiner Seite sein wird. Außerdem gibt es ja noch Tammy.
"Die ist wie der Cutter", sagt Kansas. "Kennst du den Cutter?"
Tammy und ich schütteln die Köpfe. Oh Himmel! Ich ahne Schlimmes.
"Der Cutter ist der Typ, der in den Ringpausen den Boxer wieder zusammenflickt ...", erklärt Kansas.
Tammys Reaktion kommt schnell wie eine Linke: "Du Arschloch!"
"Nein, ganz im Ernst", kämpft Kansas um seinen Vergleich. "Cutter kommt von Cut, also einem Schnitt. Wenn der Boxer blutet wie ein Schwein ..."
"Kansas, es reicht!" zische ich dazwischen.
"... dann kommt der Cutter mit seinen Zauberhänden, stoppt die Blutung, wischt den Schmerz wie nichts weg und verschmiert sogar noch Vaseline gegen zukünftige Schläge. Der Cutter ist eine Allzweckwaffe, sozusagen der Hammer Gottes."
Damit hat er uns. Zwar denke ich, dass er irgendeinen Schwachsinn daherredet – der aber ist gut präsentiert und wir wollen daran glauben. Jedenfalls kommt sogar von Tammy wörtlich wie tatsächlich: "Worauf du einen fahren lassen kannst."
Kansas erklärt zum Ablauf des Events: "Zuerst wirst du abgeholt. Du musst dich um nichts kümmern. Tammy ist am besten schon hier und hilft dir bei den Vorbereitungen und dass du nichts vergisst. Dann holen wir Jochen ab. Und dann geht's ab zur Halle."

Er macht eine kurze Pause, ehe er laut wie ein Cheerleader ruft: "Seid ihr bereit, Mädels?" Er hält seine ausgestreckte Hand in unsere Richtung und lacht.

Zuerst schlägt Tammy so kräftig ein, dass Kansas vor Schmerz das Gesicht verzieht. Ich dagegen muss meinen Handschlag mehrfach wiederholen, weil mein Arm gerade zickt und ich dadurch ständig in die Luft schlage.

Wir sind halt eine besonders geile Truppe!

Als dann die Zeitungen über das Event berichten, Werbeplakate hängen und sogar Radioreklame zu hören ist, wird es langsam ernst. Der Rahmen wird wohl etwas größer werden. Das wird mir immer mehr klar. Manchmal verfluche ich Kansas´ Angeberei. Dann aber sage ich mir, dass das eine einmalige Chance ist. Ich meine, für uns MS-ler. Dass mal über uns berichtet wird.

Wie mein Trio Infernale mir gesagt hat, gehe ich zeitig schlafen. Während ich so vor mich hindöse, sehe ich vor mir das Laufband. Mit Jochens Hilfe steige ich darauf. Ich halte mich an den hüfthohen Geländern fest, die links und rechts des Bands als Stütze dienen.

Dann stehe ich richtig. Auf mein Zeichen hin, schaltet Jochen das Band an. Jetzt heißt es, die Beine anheben, vorschieben. Langsam, alles langsam. Wir sind ja hier nicht auf der Autobahn.

Jeder Schritt klappt. Ich fühle Erleichterung in mir und damit eine Leichtigkeit, sodass meine Schritte tatsächlich schneller werden. Ich höre Jochen flüstern, fünfzig, sechzig, siebzig. Darüber schreit Kansas in die Mikroanlage ebenfalls fünfzig, sechzig, siebzig.

Auf ein Mal mache ich einen Sprung. Die hundert sind erreicht. Ich habe es geschafft. Die Menge tobt. Ich reiße die Arme hoch. Springe in die Luft. Laufe im Boxring zu allen vier Himmelsrichtungen. Ich umarme Tammy, die mit mir ein Tänzchen aufführt.

Kansas kommt zu mir. Er ergreift meine Hand. Gemeinsam rennen wir noch einmal die Ringseiten ab. Spotlights kreisen

über uns. Tauchen uns in farbige Lichter. Geile Musik stampft aus den Ecken zu uns. Plötzlich höre ich genau hin. Richtig! Das ist Flamenco. Spanischer Flamenco. Ich reiße mit der rechten Hand die Schleppe hoch, wirbel damit herum. Mein Kleid schmiegt sich eng an meine Bewegungen. Den linken Arm winkel ich über meinen Kopf, verdrehe wie eine indische Tänzerin meine Hand. Dazu trete ich mit ganzer Kraft mit meinen speziellen Schuhen auf den Fußboden.
Zack-zack-zack! Ich klatsche in die Hände. Zack-zack-zack! Ich gebe den Takt vor. Zack-zack-zack! Kraftvolle Drehung. Mein Kleid wirbelt. Der Faltenwurf fängt es ein. Zack-zack-zack! Wieder mein Stampfen. Dabei den Kopf etwas schräg. Das Kinn gereckt. Die Augen starr. Der Blick hoch über allem hinaus.
Ich kann tanzen, springen, laufen, stehen. Meine Träume sind unbehindert.

9

Tammy macht mich kirre!
Ständig wuselt sie um mich herum. Fragt dies, fragt das. Packt etwas ein, um gleich danach zu fragen, ob wir es schon eingepackt hätten. Manchmal verneine ich es, nur um zu zeigen, wie sehr sie mir auf den Geist geht. Dann sucht sie die halbe Wohnung danach ab. Schließlich findet sie es – Überraschung! – in der Tasche, in die sie es selbst gepackt hat. Dabei murmelt sie kopfschüttelnd: "Wenn ich nicht an alles denken würde."
Es ist nicht einfach neben ihr ruhig und konzentriert zu bleiben. Aber dann ignoriere ich sie und achte gar nicht mehr auf ihr Gewusel. Ich konzentriere mich auf meine Sachen, Schuhe, bequeme Klamotten, ein paar Medikamente, meine Trinkflasche, mit Wasser gefüllt.
Gerne würde ich noch ein paar Worte mit Fabian sprechen. Telefon würde reichen. Also rufe ich x-mal an, keine Antwort. Ich schreibe ihm, er soll zurückrufen. Macht er nicht. Erst bin ich enttäuscht, dann wütend.
Warum zum Henker sind Männer nie da, wenn man sie braucht? Es ist doch ein Elend, ein verflucht verficktes Elend! Kaum hat man sich an sie gewöhnt, benehmen sie sich zum abgewöhnen.
Soll er doch bleiben wo der Pfeffer wächst! Das wäre also Indien. Nein, dort ist es viel zu schön. Besser Grönland, ganz oben im Norden. Also muss das heißen, soll er doch dort bleiben, wo sie keine Kühlschränke brauchen. Idiot!
Alle scheiß paar Minuten checke ich mein Smartphone, ob nicht inzwischen doch eine Nachricht von ihm gekommen ist. Wenigstens ein Smiley oder ein Signal, Kopf hoch, Baby, du schaffst das schon.
Stattdessen – nichts. Auf weiter Flur Emptiness. Tote Hose, totes Netz.
Aber der Kerl kann mich mal. Ich mach mich doch nicht von ihm abhängig! Soll er doch seine scheiß Kirchen abfeiern. Ich mochte Gothik-Musik sowieso noch nie!

Bevor ich in Schnappatmung überreagiere oder ersatzweise Tammy kille, versuche ich mich zu beruhigen. Das klappt mit der Zeit einigermaßen, indem ich mir sage, dass dieser Idiot mich sowieso noch nie wirklich interessiert hat.
Also ist es sogar besser, er bleibt am wichtigsten Tag meines Lebens weg. Besser ohne ihn leben als schlecht mit ihm zu vegetieren.
Plötzlich wird es hektisch. Es klingelt. Hereingerauscht kommt Kansas. Bunt wie ein Pfau. Das heißt eigentlich nicht, denn unten trägt er einen grünkarierten Schottenrock, oben ein blütenweißes Plüschhemdchen mit wildem Faltenwurf. Die Hemdsärmel sind überbreit, sodass er die Enden ständig schütteln muss.
Besonders hübsch auch die Highlandschuhe, ebenfalls mit weißen Rüschen statt Schnürsenkeln. Dazu halbhohe Socken, passend zum Kilt in grün. Ebenfalls grün die Haare, die als Irokesenschnitt hochragen wie die obere Hälfte eines Kreissägeblatts. Verstärkt wird der Schnitt durch die linke und rechte Kahlrasur seines Schädels.
Kansas mahnt zur Eile mit einem schlechten Scherz: "Ist dein Rolli geölt?"
Als ich nicke und Tammy nach einer kleinen Tasche greift, lautet sein Startsignal: "Dann ab wie ein geölter Blitz!"
Die beiden nebeneinander zu sehen ist schon putzig. Als hätte David Bowie ein Date mit Biene Maja. Er, der Gockel, sie, der Trottel.
Kaum sind wir draußen, höre ich es schon von Weitem. Das Wummern und Tuckern hat etwas Beruhigendes. Doch bin ich total überrascht, als ich den Präsidenten mit seinem Club erkenne.
Der Präsident lacht sein breitestes Lachen. Der rote Bart glänzt wie eine Löwenmähne. Er boxt zur Begrüßung gegen meine Faust. Dann bläht er sich in seiner ganzen Größe wie ein Bär auf und sagt feierlich: "Liebe Susan! Für den heutigen Tag werden wir dich begleiten und beschützen. Und damit wirklich nichts schiefgeht, bekommst du von uns einen persönlichen Bodyguard. Darf ich vorstellen – der Brecher!"

Alles applaudiert. Brecher tritt auf mich zu. Er sieht mich an: "Wer dir zu nahe kommt, den mach ich wech", sagt er ernst und gefährlich.
Der Präsident weist mit ausgestreckter Hand mitten zwischen die vielen teuren Maschinen. Da steht, ich sehe es erst jetzt, tatsächlich der Beiwagen. Ich kiekse vor Spontanität laut auf und strahle die Leute an.
"Scheiße, ist das geil!" rufe ich laut.
Ich rolle langsam darauf zu. Mir kommen ein paar Tränen, so gerührt bin ich. Da fällt mein Blick auf Tammy und Kansas, die etwas abseits stehen. Während Kansas stolz wie ein Veggieburger strahlt, steht Tammy heulend neben ihm und tupft sich mit einem überbreiten Taschentuch die Tränen fort. Die beiden wirken wie stolze Eltern.
Als ich mich neben den Beiwagen gerollt habe, mache ich Anstalten, hinüber zu klettern. Doch schon ist Brecher zur Stelle, hebt mich wie nichts hoch. Dabei brummt er: "Versau mir nicht den Job, meene Kleene."
Schwups lässt er mich auf den Sitz des Beiwagens herab. Die Freundin des Präsidenten legt mir eine Decke auf den Schoss. Brecher stülpt mir den Sturzhelm in Form einer Halbschale auf den Kopf. Der Fahrer schmeißt den Motor der alten BMW an. Schon tuckert und vibriert alles. Die Abgase sind das reinste Parfüm für mich.
Als alle aufgesessen sind, Tammy und Kansas in seiner Angeberkiste Platz genommen haben, hebt der Präsident den linken Arm. Das ist das Zeichen.

10

Der Motorradkonvoi zieht sich auf eine Länge von schätzungsweise hundertfünfzig, zweihundert Meter. Der Präsident und seine Freundin fahren voraus. Die beiden Stellvertreterinnen folgen. Dann kommt auch schon der Brecher mit mir im Beiwagen. Dahinter folgt die große Kolonne.

Ich weiß nicht wieso, aber ich habe die ganze Zeit ein Lächeln im Gesicht. Die ganze Geschichte ist sowieso schon der Wahnsinn. Und dann sitze ich allen Ernstes neben Brecher in der kleinen Metallschüssel und werde durch die Gegend kutschiert wie ein Star. Ich kann mich nicht erinnern, wann ich jemals so stolz auf mich selbst war.

Und dann denke ich plötzlich, Glück und Stolz sind wohl die beste Medizin gegen diese scheiß Krankheit. Weil da wird so viel in mir frei gesetzt, dass die Sklerose mal multipel keine Chance hat.

Ich bin die Gewinnerin!

Das ist mein Tag!

Die Gang kurvt zu Jochens Praxis. Da warten schon einige Kollegen, Freunde und so. Alles klatscht, als wir langsam an ihnen vorbei fahren. Als wir anhalten kommt Jochen strahlend auf mich zu. Sein kahler Schädel glänzt wie eine rote Billardkugel. Er ist ganz gerührt von diesem Aufmarsch.

Der Präsident weist auf die kleinere seiner Stellvertreterinnen und gibt Jochen damit das Zeichen, er soll bei ihr aufsteigen. Als Jochen auf dem Sozius sitzt, hält er sich etwas ungelenk an den Oberschenkel seiner Fahrerin fest. Sieht ein bisschen sexuell aus, passt aber zur Farbe seines Schädels.

Dann geht es weiter.

Wir fahren eine längere Strecke. Wohin wir auch kommen, blockieren wir den Verkehr. Zum Glück scheint die Sonne, was sicher dazu beiträgt, dass uns keiner wirklich böse ist. In den Dörfern bleiben die Leute stehen und sehen uns zu. Kilometer für Kilometer kommen wir unserem Ziel näher.

Normalerweise kenne ich den Parkplatz so, dass von den hunderten Behindertenparkplätzen fast alle frei sind. Diesmal ist es komplett umgekehrt. Alle Behindertenplätze sind belegt. Aber auch dahinter gibt es keinen freien Platz mehr. Die Halle, so scheint es, ist vollkomen ausverkauft.

Das besondere an der Halle ist, dass sie zwischen zwei Stadtteilen liegt. Wenn eine Halle in der Stadt ist, wird sie oft Stadthalle genannt. Da diese komplett auf dem Land liegt und drumherum tatsächlich nichts ist, müsste sie eigentlich Landhalle heißen. Doch so heißt sie nicht. Sie ist nach der guten alten Währung der Deutschen Mark benannt.

Der gesamte Tross gondelt über den elendweiten Parkplatz und fährt zielsicher auf den Haupteingang zu. Dort warten ebenfalls einige Leute auf uns. Ich spüre, dass ich zunehmend aufgeregter werde. Eine Menge Presseleute mit Fotoapparaten, Kameras, Mikros warten auf uns.

Als wir um die letzte Kurve biegen und damit direkt auf den Eingang zufahren, gibt der Präsident ein Zeichen. Augenblicklich fangen alle Motorräder an zu hupen.

Über uns flattern Fahnen. Die Sonne strahlt. Wir fahren durch ein Spalier von Leuten, die uns applaudieren. Die meisten sitzen im Rollstuhl. Kein Wunder, denn heute ist die Eröffnung der Messe für Behindertenbedarf. Auf 40.000 Quadratmetern stellen 460 Firmen in zwei Hallen alles aus, was Behinderten das Leben einfacher macht.

Seien es Rollstühle mit neuester Technik, handbetrieben oder elektrisch, orthopädische Schuhe, Badehilfen, spezielle Kosmetik, Hilfen für Blinde, für Taube, alles auf dem aktuellsten Stand. Behinderte sind ein gesunder Wirtschaftszweig.

Heute ist der letzte Tag, kurz nach Mittag. Wie man hört, liefen die Geschäfte gut. An Behinderten gibt es keinen Mangel. Unfälle und Krankheiten sorgen für Nachschub. Es ist mächtig was los.

"Der Veranstalter hat gerade gesagt", erklärt mir Kansas freudig, der mit Tammy zu uns gekomen ist, "dass heute zwischen acht bis zehntausend Besucher hier sind."

Mir wird ganz anders. Mir schießt durch den Kopf, wenn die mir alle zuschauen ... Oh Himmel! Und wenn ich versage? Wenn ich die hundert Schritte nicht schaffe? Plötzlich rutscht mir mein Herz in die Speichen.
Dann sage ich mir, dass auf vier Quadratmetern ein Besucher kommt. Außerdem ist in den beiden Hallen bestimmt noch eine Menge anderes los. Ich sollte nicht so eingebildet sein, dass alle zu mir kommen. Wahrscheinlich sind es am Ende zwanzig, dreißig Leute. Maximal dreiunddreißig, sag ich mir.
Also wird alles nicht so schlimm. Fehlkalkulation, werde ich später zu Kansas sagen. Dabei hat er sich so viel Mühe gegeben. Nur eines hat er übersehen: die meisten Menschen wollen einer fast gelähmten Frau nicht ernsthaft bei ihren hundert Schritten zusehen. Nicht einmal die Behinderten!
Der Brecher hat mich längst in den Rollstuhl gesetzt. Er lässt es sich nicht nehmen, mich vor die Eingangstüren zu schieben. Die Leute weichen sofort einen Schritt zurück. Ich sage mir, das muss an Brechers gefährlichem Blick liegen.
Einige Blitzlichter zucken auf. Ein Mädchen reicht mir einen kleinen Strauß Blumen. Zwei ältere Frauen, die eine im Rollstuhl, die andere, die sie schiebt, rufen: "Mach sie fertig, diese Versicherungsschweine!"
Eine Reporterin beugt sich zu mir, hält mir ihr Mikrofon ins Gesicht und fragt: "Wie fühlen Sie sich?"
Spontan antworte ich: "Gelähmt."
Ich meine der Frau anzusehen, dass sie nicht ganz mit der Antwort zufrieden ist. Brecher schiebt mich weiter. Erbarmungslos.
Vor einer weiteren Tür hält er an. Ich kann durch die Tür sehen, dass hier die Halle beginnt. Riesengroße Plakatwände verhindern den weiteren Blick.
Alle Motarradfahrer sind in ihren Ledercombis zu uns gestoßen. Die Hallentür wird geöffnet. Der Präsident schreitet mit ernstem Gesicht voran. Es folgen die Stellvertreterinnen. Zu zweit bilden die Biker eine lange Schlange. In der Mitte führt mich Brecher. An jeder Seite, links und rechts, zwei ebenfalls kräftige Kerle. Geleitschutz.

Hinter den Plakatwänden sehe ich jetzt die Halle. Ich falle bald um vor Schreck. Scheiße! schreit es in mir. Was ist denn hier los? Wie kann das sein?
Am liebsten würde ich aufstehen und aus der Halle rennen. Aus verschiedenen Gründen geht das aber gerade ganz schlecht.

11

Unter anderem liegt das daran, dass kein Platz ist, von hier wegzulaufen. Die Halle ist komplett dicht. Es sind so viele Menschen mit und ohne Rollstühle hier, dass man schon fliegen müsste, um von hier fortzukommen. Scheiße! ist das voll.
Plötzlich fällt das Licht aus. Es ist zappenduster. Ich kralle mich in die Lehnen meines Rollstuhls. Da spüre ich eine tonnenschwere Pranke auf meiner Schulter. Hinter mir brummt es: "Mach dich keene Sorgen. Hab alles im Griff, meene Kleene."
Wie gut, dass der Brecher nicht ängstlich ist. Denn schon wieder erschrecke ich, als das Kreischen einer E-Gitarre wie ein Prankenhieb durch die Halle fegt. Ich spüre Gänsehaut am ganzen Körper. Augenblick erkenne ich das Heavy-Metal-Stück von AC/DC.
Da erfasst Brecher und mich ein Suchscheinwerfer, als in überlauter Lautstärke das weltbekannte Stück *Highway to Hell* über uns hinwegrauscht. Die Menge tobt. Überall werden die Arme hochgerissen.
In der Mitte der Halle erkenne ich den Boxring, auf den Brecher zusteuert. Kleine, sehr starke und schmale Strahler ragen als weiße Säulen empor. Auf der erhöhten Fläche des Boxrings ist etwas aufgebaut. Ein tiefrot glänzendes Tuch verhüllt, was sich darunter verbirgt.
Als wir den Boxring erreichen, geht es ganz schnell. Brecher und die Biker hieven mich mitsamt Rollstuhl den Ring hinauf. Die Menge applaudiert. Weitere Strahler tauchen uns in gleißendes Licht. Tammy und Kansas kommen auf mich zu.
Als das Musikstück endet, fährt schon ein zweites hoch. Es ist *Nothing else matters* von Metallica, eines meiner Lieblingsstücke. Ich muss sagen, Kansas hat gut gewählt. Wir warten das Ende ab, bis Kansas sich ein Mikrofon geben lässt und zu den Menschen spricht.
Nach Begrüßung und Vorstellung kommt Kansas zur Sache.

"Wir müssen der Krankenkasse danken", beginnt er. Seine Stimme ist laut und deutlich. "Ohne sie wäre diese Vorstellung heute nicht möglich. Erst durch die beharrliche Verweigerung entschloss sich Susan zu diesem Schritt."
Er weist mit ausgestrecktem Arm auf mich: "Meine Damen und Herren! Darf ich vorstellen? Unsere Susan!"
Augenblicklich applaudiert die Halle. Ich werde zwar von den vielen Strahlern geblendet, kann aber unmittelbar am Ring sehen, wie die Leute zu mir aufschauen und klatschen.
"Es ist ein unfairer Kampf. Auf der einen Seite die milliardenschwere Versicherung, die nichts unversucht ließ, Susan einzuschüchtern." Es tauchen Buhrufe und Pfiffe auf. Kansas erhebt wieder die Stimme.
"Auf der anderen Seite Susan. Sie hat MS und sitzt seit zehn Jahren im Rollstuhl. Körperliche Fitness war ihr immer wichtig, weshalb sie nach einem Handbike fragte. Es ist erwiesen, dass körperliche Ertüchtigung und Bewegung bei MS-Patienten für die Gesundheit förderlich sind, damit für mehr Lebensqualität sorgen und zusätzlich die Lebenszeit verlängern."
Kansas macht eine Pause. Er sieht in die erwartungsvollen Gesichter der Menschen: "Das aber genau will die Krankenversicherung nicht. Sie lehnte Susans Anfrage ab. Begründung – sie könnte einen elektrischen Rollstuhl bekommen. Kosten – fast zweieinhalbfach teurer."
In der Halle ist es vollkommen still geworden. Inzwischen ist es so voll, dass selbst die Ein- und Ausgänge kein Durchkommen mehr ermöglichen.
"Was sich gönnerhaft anhört, ist in Wirklichkeit perfide. Statt des Handbikes bietet die Krankenkasse einen viel teureren Rolli an. Wie nobel! Sollte man denken. Doch so ist es nicht. Denn dahinter steckt eine ganz einfache Kalkulation."
Kansas geht ein paar Schritte zu mir und fragt mich: "Sag uns doch bitte, was du als Motiv der Krankenkasse vermutest, Susan?
"Das ist einfach", sage ich. "Je früher ein MS-ler in den elektrischen Rollstuhl wechselt, desto früher stirbt er. Und je

früher einer von uns stirbt, desto billiger wird es für die Krankenkasse. Es geht ums Geld."
"Wie kommst du darauf?", hakt Kansas nach und gibt mir ein Zeichen der Ermunterung.
"Im elektrischen Rollstuhl muss ich mich nicht mehr bewegen. Man fährt und steuert mit einem Joystick. Wenn du aber körperlich nichts mehr machen musst, schwinden deine Muskeln umso schneller."
"Ja und?", fragt Kansas.
"Je früher die Muskeln erschlaffen, desto früher stirbst du."
In der Halle ist es mucksmäuschenstill. Die Menschen starren gebannt zu mir.
"Zufall oder Berechnung? Glaubst du, die Krankenkasse weiß das?", will Kansas jetzt wissen.
"Natürlich wissen das alle Krankenkassen. Das ist kein Geheimnis."
"Und wie kommst du auf die Vermutung, die Krankenkassen würden letztendlich auf den früheren Tod der MS-ler spekulieren?", fragt Kansas.
"Weil es so ist."
Die Anspannung in der Halle ist spürbar. Alles hält den Atem an.

12

"Okay, Susan. Was ist der Grund, warum wir alle hier sind?" Kansas hält mir das Mikrofon entgegen.
"Ich werde versuchen, hundert Schritte auf dem Laufband zu gehen. Ich will damit zeigen, wenn eine Frau mit MS hundert Schritte laufen kann, es keinen Sinn macht, sie anschließend in einen elektrischen Rollstuhl zu setzen. Es sei denn, man hat die Absicht, ihr die Gesundheit zu rauben."
"Harte Worte. Die Versicherung wird dir entgegnen – niemand hat die Absicht, Gesundheit zu rauben ...", hält mir Kansas vor.
Doch ich greife nach seiner Hand und ziehe das Mikrofon zu mir: "Dann sollen sie mir das Handbike geben!"
Spontaner Applaus brandet auf. Ich muss lächeln. Dabei spüre ich, wie die Aufregung sich gelegt hat. Ich bin voll konzentriert.
"Den Zuschauern muss ich noch erklären, dass Susan gleich laufen wird. Unterstützt wird sie von ihrem Ergotherapeuten Jochen Garaus. Der wird ihr spezielle Schuhe anziehen, die elektrische Impulse geben. Dadurch wird Susan das Laufen leichter gelingen. Außerdem hat Susan ihren persönlichen Fitnesscoach dabei, ihre beste Freundin Tammy! Tammy komm mal bitte und zeig dich."
Tammy stellt sich zu ihm. Sie lächelt verkniffen und läuft knallrot an. Das Publikum klatscht lauten Beifall.
"Zuerst aber wollen wir das Geheimnis lüften", erklärt Kansas und reicht mir einen Zipfel des roten Tuchs, "was sich darunter verbirgt." Das Tuch fühlt sich wie Samt an. Als Kansas das Startzeichen gibt, ziehe ich so kräftig ich kann. Tammy hilft mir, und sogar Kansas zieht ein wenig mit.
Kurz bevor wir das gesamte Tuch auf unserer Seite haben, wird das Licht stark gedimmt. Mit einem letzten Schwung zieht Kansas das Gerät frei. In krassen roten Strahlern flammt das erhöht aufgebockte Laufband auf. Ein tonnenschweres Gerät wird sichtbar, während gleichzeitig die Musik aus dem Film *Rocky* aufspielt.

"Jetzt heißt es Farbe bekennen!" ruft Kansas in die Halle. Und zu mir: "Susan, bist du bereit?"
Ich nicke ihm zu. Doch Kansas wendet sich von mir ab. Er spricht leise in das Mikro: "Seit ich ein kleiner Junge war, hatte ich alles. Ich hatte liebende Eltern, ein glückliches Zuhause. Dann, eines Tages, als ich neun Jahre alt war, geschah etwas Schreckliches. Meine Mutter starb bei einem Autounfall. Von jetzt auf gleich war sie fort. Ich hatte ihr nicht einmal sagen können, wie sehr ich sie liebe. Ich litt fürchterlich. Ich weinte Tag und Nacht. Doch mein Vater nahm mich in den Arm. Er ließ mich keine Sekunde aus den Augen. Er schenkte mir einen Hamster, danach ein Kaninchen. Mein Vater kümmerte sich um mich. Er weckte mich morgens, er brachte mich zur Schule. Er holte mich von der Schule ab, kochte für mich, spielte mit mir. Und am Abend brachte er mich ins Bett. Jeden Abend las er mir aus dicken Büchern vor. Mit zwölf Jahren wollte ich das nicht mehr. Denn tatsächlich dachte ich nicht mehr oft an meine Mutter. Weil mein Vater sich aber weiterhin so große Sorgen um mich machte, erfüllte er mir jeden Wunsch. Man sagt das nicht gern, aber mein Vater war reich. Ich bekam was ich wollte. Und seien es die unnötigsten Dinge. Er schenkte mir die Welt.
Doch eines gelang ihm nicht. Das konnte er mir nicht kaufen. Erst als ich Susan kennenlernte, bekam ich eine Ahnung. Es kann sein, dass sie es selbst gar nicht weiß. Dass sie nicht weiß, wie tapfer sie ist. Dass es ihr normal vorkommt, jeden Tag mit der eigenen Existenz kämpfen zu müssen. Nie den Mut zu verlieren. Die Schmerzen ertragen. Die Zuversicht behalten, obwohl die Lebensfreiheit schmilzt wie die Polkappen der Erde schmelzen. Ja, erst durch Susan habe ich Tapferkeit gelernt. Sie hat mir das beigebracht, was ich seit dem Tod meiner Mutter vermisse – ohne je davon gewusst zu haben."
In der Halle ist es still geworden. Kansas´ leise Stimme hat jeden berührt. Manche haben das Licht ihres Smartphones eingeschaltet. Die Menschen lauschen tief betroffen seinen Worten.

Dann aber dreht sich Kansas abrupt um. Er lächelt mir zu, sagt, ohne dass ich seine Worte höre: "Danke."
Danach spricht er wieder ins Mikro: "Normalerweise stehen hier oben zwei Boxer, die sich gegenseitig ausknocken wollen. Susan aber ist allein, da braucht sie viel Unterstützung von ..." Er will wohl gerade die Zuschauer begeistern, denn er wendet sich an sie. Doch bevor er weitersprechen kann, greife ich nach dem Mikro.
"Natürlich habe ich eine Gegnerin!" rufe ich aus. "Und die ist deutlich sichtbar! Eine Gegnerin, die mich täglich begleitet. Die mich vierundzwanzig Stunden Tag und Nacht verfolgt. Die mir ständig Schmerzen zufügt. Mich nie in Ruhe lässt. Die alle Schläge beherrscht, auch die, die unterhalb der Gürtellinie sind. Die mir auflauert. Mich bedrängt. Die keine Gnade kennt. Die mir unerbittlich jeden Tag ein bisschen mehr Lebenskraft absaugt. Die mich kaputt macht. Die mir die Lebensqualität raubt. Ja, ich habe eine Gegnerin, der ich trotzdem die Stirn biete. Von der ich mir nichts sagen lasse. Der ich keinen Millimeter Platz schenke. Die ich verachte und niemals akzeptieren werde. Diese Gegnerin ist meine Feindin! Und selbst wenn ich sie niemals besiegen kann, so werde ich dennoch niemals aufgeben. Das ist mein Kampf. Mein elendlanger Kampf! Das ist der Kampf meines Lebens gegen diese hinterfotzige Krankheit!"
Erst applaudieren wenige Zuschauer. Dann steigert sich der Applaus bis ins Frenetische. In der ganzen Halle pfeifen, schreien, klatschen die Leute. Die wenigen, die nicht im Rollstuhl sitzen, stehen auf. Alles jubelt mir zu. Jetzt, das weiß ich, werde ich es schaffen.
Schon gibt Kansas ein Zeichen an die Technik. Eine Sekunde später kreist ein Flöten durch die Halle, der Beginn des Stücks *Gott weiß, ich will kein Engel sein* von *Rammstein*. Das ist der Countdown.

13

Tammy schiebt mich vor das Laufband. Danach eine kleine Rampe hinauf. Dort angekommen, lange ich nach dem rechten Geländer, zu dessen Füßen Jochen sitzt und mich anschaut. Ich nicke ihm zu.
Mit einem kleinen Schwung ergreife ich auch das andere Geländer. Ich ziehe mich aus meinem Rollstuhl. Es braucht viel Kraft und noch mehr Konzentration, bis ich mit wackeligen Beinen auf dem Laufband stehe.
Jochen, der seitlich am Boden des Laufbands sitzt, schaltet die Elektrik in den speziellen Schuhen an. Außerdem habe ich noch Spezialplatten an den Schienbeinen, die wie Schienbeinschoner für Fußballer aussehen. Ich spüre den Strom, der wie helle kleine Blitze durch meine Füße fährt. Dadurch bekomme ich Stabilität.
Jochen zieht an meinem rechten Schuh. Genauer gesagt an der Schlaufe des Schnürsenkels. Er zieht den rechten Fuß parallel zum linken. Dann schaut er zu mir hoch.
"Fertig?", fragt er.
Als ich nicke geht es los. Das Laufband fängt an, sich zu drehen. Es läuft langsam genug, dass ich den linken Fuß anheben und ein Stück voraus führen kann. Kaum habe ich den Fuß abgesetzt, wiederhole ich diesen Vorgang mit dem rechten Fuß.
Im wahrsten Sinne des Wortes geht es ganz gut. Ich spüre die leichten Stromschläge als Hilfe für meine Bewegungen. Ich habe keinen Schmerz. Und ich spüre, dass das wochenlange Training sich ausgezahlt hat.
Ich bin schon beim zehnten Schritt, als einige im Publikum mich mit Klatschen motivieren. Ein Lächeln huscht über mein Gesicht. Die ersten Schweißperlen laufen mir von der Stirn. Sofort ist Tammy auf der anderen Seite und tupft mich vorsichtig ab.
"Zehn!" schreit Kansas. "Zehn Schritte hat sie geschafft. Nur weiter so, Susan!"

Ohne Elektroschuhe wär ich nicht in der Lage zu gehen. Nicht einmal Aufstehen bzw. Stehen wäre mir möglich. Erst durch die elektrischen Impulse spannen die Muskeln an, sodass ich etwas laufen kann.
Der Aufwand dafür ist enorm. Der Gewinn umso größer. Es geht nicht nur darum, ein paar Schritte zu laufen. Das Laufen ist für mich das Symbol, zumindest ein bisschen am normalen Leben teilzunehmen. Kann ich ein paar Schritte laufen, bin ich nicht mehr der hundertprozentige Krüppel.
Darum ist mir meine körperliche Fitness so wichtig. Würde ich dafür nicht soviel tun und man mir stattdessen das Leben zu bequem machen, dann würde ich die Fähigkeit des Laufens verlieren. Ich würde abschlaffen und bald ins Pflegeheim müssen.
Das Laufen ist somit viel mehr als nur Laufen. Es ist mein Stolz, mein Risiko, mein Schweiß, mein letztes Tröpfchen Ehre. Darum bin ich so darauf erpicht, weil – wenn nicht ich – wer würde denn sonst um meine Würde kämpfen?
Darum muss ich meine Füße bewegen. Ich muss meine ganze Energie aufwenden. So lange ich ziehe und zerre, weiß ich, ich halte den mir angeborenen Untergang auf. Mit jedem Schritt zeige ich mir und der Welt, dass ich noch lebe.
Der Gesang von Till Lindemann und seiner Band Rammstein schwappt an mir vorbei wie aufgeweichter Lehmboden. Ich stampfe voraus als würde ich durch die zähe musikalische Masse stapfen. Jeder Schritt ein Schritt weiter. Jeder Schritt die Gefahr, dass ich im Morast versinke.
Doch die Musik beschwingt mich. Sie trägt mich zum nächsten Paukenschlag. Von einem Takt zum nächsten. Jochen weist mich darauf hin, dass ich meinen Rücken begradigen soll. Nun sind es schon dreißig Schritte, akustisch terrorisiert von Kansas.
Ich gehe und konzentriere mich. Ich achte kaum auf die vielen Menschen drum herum, die mich teils anfeuern, teils schweigend anstarren. Ich spüre erste Schmerzen. Eigentlich will ich aufhören. Doch dann sage ich mir, schlappmachen gilt nicht. Es muss weitergehen!

Jochen gibt mir ein weiteres Zeichen, ich soll tief ein- und ausatmen. Das setze ich sofort um. Jetzt spüre ich es selbst, dass ich zu oberflächlich geatmet habe. Ich nehme tiefe Lungenzüge, atme lange ein, halte die Luft. Dann erst puste ich sie aus, ebenfalls lang und tief. Danach ein Millisekündchen warten, ehe ich wieder einzuatmen beginne.
Schon nach drei, vier Atmungen werde ich ruhiger. Ich spüre, dass mein Herz langsamer schlägt. Ein gutes Zeichen. Langsam, ganz langsam finde ich meinen Rhythmus. Ich gehe leichter, es geht mir gut.
Die fünfzig habe ich bereits hinter mir. Schweiß rinnt meine Kopfhaut herab. Tammy an meiner Seite wischt mich trocken. Sie redet wenig. Aber sie baut mich immer wieder auf. Sie sagt solche Sachen wie, du schaffst das, du kannst das. Das Meiste ist geschafft.
Als ich siebzig erreiche, beginnt meine rechte Hand zu zittern. Ich habe Angst vor einem Krampf. Den kann ich nun wirklich nicht gebrauchen. Sofort sage ich mir, ich muss meine Atmung kontrollieren. Ich muss im Rhythmus bleiben. Ich atme ein, ich atme aus. Schritt für Schritt verliert sich der Krampf.
Ab siebenundachtzig wird es schwer. Ich spüre kaum noch die elektrischen Impulse. Ich habe zwar das Gefühl, meine Füße anzuheben, doch als ich hinschaue, sehe ich, dass Jochen bei jeder Schrittfolge den entsprechenden Fuß voran zieht. Mittels der Schlaufen der Schnürsenkel zieht er einen Fuß vor den anderen.
Ich gebe mir alle Mühe, beiße die Zähne zusammen. Jetzt ist es ein Kraftakt des Willens. Ich kenne diesen Zustand vom Sport. Ab einem bestimmten Zeitpunkt hilft keine Kraft mehr, keine Ausdauer. Nichts. Ab diesem Zeitpunkt behaupten sich nur die, die den absoluten Willen haben. Man muss über den Schmerz hinausgehen.
Man muss den verfickten scheiß Schmerz ummünzen, sich zunutze machen und als neuen Kraftschub einsetzen. Also puste ich laut die Luft aus, die tief aus meiner Lunge kommt.

Dann blähe ich meinen Brustkorb auf, als wollte ich sagen – Schwäche, du Arschloch, du kannst mich mal!
So werden es neunzig Schritte. Kansas schreit es in die Halle. Ich bekomme es kaum mit, aber die Menschen scheinen wie elektrisiert. Sie zählen die letzten Schritte wie einen Countdown. Und je niedriger die Zahl wird, desto lauter schreien die Menschen.
Acht! schreit die Halle. Acht Schritte nur noch, und ich werde das geschafft haben, was ich mir vorgenommen habe. Mein Traum kann wahr werden. Ich werde es schaffen, und ich schaffe es für alle!
Sieben! höre ich die Menschen brüllen. So nah am Ziel, so nah am Zusammenbruch. Denn ich spüre meine Beine nicht mehr. Ich spüre die Abfolge meiner Bewegungen nicht mehr. Drohe ich auf den letzten Metern zu versagen?
Sechs! Rufen die Leute, als ich in diesem Moment stolpere. Ich trudel für einen Moment, drohe nach vorn zu fallen. Ich sehe, wie Jochen seine Hand reaktionsschnell auf den Stoppknopf für den Notfall zielt. Damit kann er das Laufband sofort stoppen. Doch im letzten Moment stoppt er seine Bewegung. Das Band läuft weiter.
Ich will, dass das Band weiterläuft. Lieber möchte ich sterben, als jetzt zu stoppen. Ich kämpfe, irgendetwas krampft. Mir egal. Ich muss mich konzentrieren. Ich will wieder in die Spur kommen. Ich lasse mich nicht besiegen. Ich schreie meine Wut heraus.
Ich schreie so laut ich kann! Es ist mein Schrei gegen mein Schicksal. Ich bekomme kaum mit, dass ich weine. Dass mir die Tränen kommen. Ich bin nur noch Schmerz, eine verknotete Masse, die sich selbst befreien muss.
Ich will diesen Sieg!

14

Manchmal träume ich gut. Manchmal träume ich schlecht. Immer aber träume ich bunt.
Manchmal singe ich laut. Manchmal singe ich stumm. Immer aber singe ich schräg.
Manchmal rede ich Mist. Manchmal rede ich nix. Immer aber will ich die Wahrheit.
Manchmal weine ich viel. Manchmal weine ich nicht. Immer aber weine ich echt.
Manchmal liebe ich Männer. Manchmal liebe ich Frauen. Immer aber liebe ich divers.
Manchmal staune ich nicht schlecht. Manchmal staune ich gar nicht. Immer aber erstaunt mich jeder neue Tag.
Manchmal will ich alles was geht. Manchmal will ich das nicht. Immer aber bin ich dazu bereit.
Manchmal bin ich ein Elefant.
Manchmal ein Schmetterling.
Oder ich bin eine Schwalbe.
Oder ein Windstoß,
der die Schwalbe trägt,
die den Schmetterling schnappt und
auf den Elefanten scheißt.

15

Das leise Aufsagen des alten Gedichts tut mir gut. Ich weiß nicht, ob ich es überhaupt ausgesprochen habe. Vielleicht habe ich es mir innerlich auch nur selbst aufgesagt. Gute Gedichte brauchen ohnehin keine Zuhörer. Man liest sie, man taucht in sie ein. Sie konzentrieren, sie münden zu dem Ziel, das man selbst bestimmt.
Meines ist noch drei Schritte entfernt. Drei Schritte! Drei gottverdammte Schritte. Ich spüre, dass ich kurz davor bin zusammenzubrechen. Eigentlich geht gar nichts mehr. Doch ich reiße mich zusammen, sammel die letzten Kräfte, die ich im Grunde gar nicht mehr habe.
Zwei! schreien Kansas und die Halle. Und ich sehe aus meinen nassverschwitzten Augenwinkeln wie die Halle tobt. Zwei Schritte noch mit diesen Beinen. Susan, gib alles!
Über mir brüllt nach wie vor Rammstein. Einige Spotlights zucken zum letzen Gefecht. Die Menschen um den Boxring herum grölen mit "Susan-Susan!"-Rufen. Tammy hoppst wie eine wilde Hummel, passend zu ihrem Biene-Maja-Outfit. Jochen ballt beide Fäuste in meine Richtung. Der Präsident zeigt mir das Stierzeichen. Der Brecher erschlägt fremde Schatten in der Luft.
Und Kansas peitscht die Menge weiter an. Seine Stimme ist ein wenig heiser geworden. Die Endungen seiner Rufe glitschen in die Höhe, so sehr verausgabt er sich. Er ist schon ganz rot im Gesicht.
Und ich hebe etwas an. Ohne zu spüren, ob es mein Bein, mein Fuß oder was auch immer ist. Traumwandlerisch bin ich eine fremde Mechanik. Vergleichbar mit einer Uhr, die nicht nachdenkt, die einfach nur tickt und Sekunde für Sekunde einen Schritt nach vorn macht.
Ich spüre irgendetwas wankt. Irgendetwas schwankt und schaukelt. Meine rechte Hand rutscht ab. Ich fühle mein Fallen kaum. Ich erlebe mich selbst wie in Zeitlupe. Alles ist verlangsamt. Da aber krache ich zu Boden. Mit der linken Schulter berühre ich zuerst das Laufband. Ich schließe meine

Augen. Ich will es nicht hören. Ich will es nicht wissen, als in dieser Sekunde Kansas wie ein Gestörter schreit: "Hundert!"
"Sie hat es geschafft! Sie hat es geschafft! Das ist der Sieg! Dein Sieg, Susan! Yeah!" schreit er so laut ins Mikro, dass sich der Schall überschlägt. Die Menge schreit und tobt. Die ganze Halle steht Kopf. Alle Rollstuhlfahrer schaukeln hin und her. Alles jubelt und applaudiert. Es ist ein fantastischer Sieg. Es ist mein Sieg.
Obwohl ich noch immer am Boden liege und kaum Luft bekomme vor lauter Anstrengung, presst mir Kansas das Mikro vor den Mund.
"Wie fühlst du dich?"
"Als hätte ich gesiegt", sage ich kleinlaut und muss mich schwer zusammenreißen, um überhaupt ein Wort heraus zu bekommen.
"Was willst du den Leuten hier in der Halle mit auf den Weg geben?", fragt Kansas.
Doch da sehe ich, dass Brecher sich über mich beugt. Er zieht mich wie eine Feder hoch und stemmt mich in die Höhe. Sofort fängt die Halle an zu grölen und schreit vor Begeisterung.
Ich blinzle in die mich blendenden Strahler, strahle selbst über alle Backen und bin einfach nur glücklich. Brecher dreht sich langsam im Kreis, sodass ich zu allen Seiten den Menschen zuwinken kann. Da sehe ich an einer Seite des Boxrings Luise und die Spanking-Truppe. Alle jubeln sie mir zu.
Schließlich lässt mich Brecher wieder herunter und setzt mich in meinen Rollstuhl.
"Warst ganz okay, meene Kleene", brummt er und das ist wohl das größte Lob, das er zu verteilen hat. Aufgeregt umarmt mich Tammy, sagt, wie stolz sie auf mich ist.
Schon zwängt Kansas das Mikro zwischen uns und wiederholt seine Frage: "Was willst du den Menschen mit auf den Weg geben?"

"Ich danke allen", sage ich zuerst und greife nach Tammys Hand zur linken, nach Kansas' zur rechten. "Gebt niemals auf. Kämpft für eure Gesundheit, kämpft für eure Rechte ...!" Da unterbricht mich Kansas, indem er mir das Mikro entzieht. Er geht ein Stück weg, das Licht geht aus, die Halle ist dunkel. Es wird sofort ruhig, als in diesem Moment grelle Strahler eine zweite Bühne, weiter hinten, erstrahlen. Augenblicklich gibt es einen Tusch, ein paar Feuer sprühende Raketen zischen empor. Ich kann es nicht glauben, was da passiert.
"In einer Welt ...", röhrt es von der Bühne. Und danach auch schon der Refrain: "Hey, hier kommt *Susan*. Vorhang auf ... für ihre Horrorshow. Hey, hey, hier kommt *Susan*!" kräht Campino. Ich fass es nicht! Wir sind mitten in einem Live-Auftritt.
Schon packt mich wieder Brecher, hebt mich über die Reling. Langsam gleite ich hinab, aufgefangen von zig Händen. Der Präsident, seine Frauen und die anderen Biker setzen mich in ihre Mitte. Und ab geht es zur Bühne der Toten Hosen.
Es dauert den gesamten Song, bis unser Tross die Bühne der Hosen erreicht. Endlich dort angekommen, hieven mich die Biker hinauf. Campino streckt mir die Hand entgegen. Schon singt er: "... weil du nur einmal lebst."
Das rockt. Das fetzt. Ich weiß gar nicht, wohin ich zuerst schauen soll. Es ist alles so unglaublich! Danach folgt Song auf Song. Ich bin ganz besoffen von der Stimmung. Alles grölt, alles schreit. Ob mit oder ohne Rolli – die Leute sind völlig aus dem Häuschen.

16

Inzwischen sind vier Wochen vergangen.
Der Auftritt, das Konzert – alles war spektakulär. Die Zeitungen schrieben darüber. Das Netz war voll von diesem Event. Fernsehen und Radio haben berichtet. Ich glaube, ich bin jetzt ein kleiner Star.
Ständig gibt es Interviewanfragen. Ich werde zu Talkshows eingeladen. Man fragt mich um meine Meinung. Die Reporter denken wohl, ich wäre das neue Gesicht für Behinderte.
Die Versicherung hat mir geschrieben. Irgendein Direktor schrieb, man sei zwar gesetzlich nicht dazu verpflichtet, dennoch gratuliere man mir zu meinem großartigen Erfolg. Als Anerkennung erhielte ich das Handbike. Aber sofort schrieb der Direktor dazu, dass mit diesem Geschenk nicht gemeint sei, dass das auch für andere Behinderte gelte. So gesehen habe ich zwar den Sieg davongetragen – Einsicht seitens der Versicherung? Fehlanzeige.
Darum nehme ich die öffentlichen Termine gerne wahr. Denn die hundert Schritte sollen nicht umsonst gewesen sein.
Kansas ist auf den Geschmack gekommen. Er hat eine Event-Management-Firma gegründet. Und das ohne das Geld seines Vaters. Zu meinem Event hatte er alles allein organisiert. Er hatte Firmen für das Sponsoring angeworben. Sogar die Toten Hosen traten als Charity-Band auf.
Kansas ist jetzt viel unterwegs. Manchmal nimmt er Tammy und mich zu besonderen Events mit. Ich bin mir sicher, dass er mit meiner derzeitigen Berühmtheit angibt. Mir macht das nichts. Es dient der Sache. Und das bisschen Eitelkeit von Kansas, damit komme ich zurecht.
Tammy gibt inzwischen Kurse für dicke und behinderte Menschen. Alle Kurse sind gut besucht. Tammy gilt als streng und hartnäckig. Die Leute lieben sie genau dafür.
Nach wie vor sind wir eng befreundet. Sie ist mir die beste Freundin. Zwar lässt sie unter und über Wasser nach wie vor

gern einen fahren. Aber das hat mir noch nie etwas ausgemacht. Ich liebe sie so wie sie ist.
Mit dem Präsidenten und seinem Club habe ich guten Kontakt. Wenn sie eine Tagestour machen, rufen sie mich an. Sobald ich zusage, holen sie mich ab. Brecher lässt es sich nicht nehmen, mich im Beiwagen zu chauffieren. Er ist voll stolz auf mich und beäugt jeden sehr misstrauisch, der mir zu nah kommt. Doch ein Wort von mir genügt und er tritt einen Schritt zurück.
Für Jochen war die Session auch ein großer Gewinn. Seit dem Event ist sein Patientenstamm um dreißig Prozent gewachsen. Er hat kaum noch Termine frei. Für mich aber nimmt er sich jedes Mal Zeit.
Sofern ich Zeit habe, also nicht gerade einen Medientermin habe, halte ich mich weiter an das Training. Ich glaube kaum, dass ich die hundert Schritte noch einmal schaffen würde. Aber darum geht es nicht. Ich ziehe mein Programm durch und fühle mich gut, angesichts meiner Möglichkeiten.
Gesundheitlich zickt mal hier etwas, da etwas. Große Einbrüche oder gar einen Schub hatte ich nicht. Im Gegenteil, ich fühle mich sauwohl – bis vielleicht auf eine Sache.
Der gute Fabian meldete sich erst zwei Tage nach dem Event. Dabei hatte ich ihm alles brühwarm erzählen wollen. Als er dann anrief, war ich verstimmt. Wortkarg antwortete ich auf seine Fragen.
Wir sehen uns häufig. Doch irgendwie verstehe ich nicht, warum er mich an diesem Tag allein gelassen hat. Er sagt zwar, dass es nicht anders gegangen sei. Irgendwelche Leute, wohl auch ein Bischof, hätten nur am Tag meines Events Zeit gehabt. Warum er sich aber nicht gemeldet hat und auch nicht erreichbar war, ist mir bis heute schleierhaft.
Insofern ist unser Verhältnis ein wenig belegt, um das mal so auszudrücken. Ich weiß nicht, was ich von ihm halten soll. Andererseits gefällt er mir immer noch. Vor allem seit er eine neue Frisur hat. Die macht ihn ein bisschen frecher, er wirkt nicht mehr so gestriegelt.

Noch immer ist er sehr aufmerksam, und ich spüre jedes Mal bevor er kommt eine gewisse Aufregung in mir. Dann sage ich mir, dass ich spinne und meine Fantasie Purzelbäume schlägt. Wie auch immer, ich freue mich ihn zu sehen. Ich bin gern mit ihm zusammen. Zweifel kommen erst, wenn er wieder gegangen ist.
Heute will er beispielsweise eine große Fahrt mit mir machen. Fabian sagt, er hätte eine Überraschung für mich. Was das für eine ist, wollte er nicht verraten. Auch wohin wir fahren – unbekannt.
Schließlich fahren wir über eine lange Brücke. Schon von Weitem sind die beiden Türme zu erkennen. Kein Zweifel – wir fahren direkt auf Köln zu. Das Navi dirigiert uns an den Rand der Altstadt. Unterhalb der Domplatte halten wir. Zwei mir unbekannte Leute weisen uns in einen freien Parkplatz.
Die Leute sind Hubi und Loretta, wohl Freunde von Fabian. Loretta hat eine Rastafari-Frisur mit langen Dreadlocks. Ihr Kleidungsstil scheint wie von Tammy kopiert, nur das Loretta vielleicht ein Viertel von Tammys Gewicht auf die Waage bringt. Ihre Farbauswahl ist kreativ wie ein Wasserfarbenmalkasten.
Hubi ist ein Naturbursche. Groß, breitschultrig, ein ganzer Kerl. Seine Wangenknochen sehen aus, als würde er jeden Morgen zum Frühstück drei Felsblöcke zermalmen. Mit seinen Schaufelhänden klappt er ein winziges Stühlchen auf, auf das ich gesetzt werde.
"Müsste passen, oder?", fragt er in Fabians Richtung.
Der antwortet ähnlich wortkarg: "Frag Susan."
Hubi stuppst mich: "Häh, passt der?"
"Wozu brauche ich den denn?", frage ich zurück und so langsam schwindet meine Laune. Was haben die mit mir vor?
"Wirst sehen", lautet Hubis ausführliche Antwort.
Als die beiden Männer Anstalten machen, mich zurück in den Rollstuhl zu setzen, wie ich zuerst glaube, tun sie dies eben nicht. Vielmehr hat Loretta ein Riesending, eine Art Zelt oder was auch immer, ausgebreitet. Ich weiß nicht, was das ist.

Irgendetwas aus Stoff, Stangen und Leder. Langsam setzen sie mich mit dem kleinen Stuhl darauf.

"Heh!" ruf ich laut. "Was wird das?"

"Abwarten", erklärt Hubi in seiner liebevollen Art.

Wie sich herausstellt hat der Stoff eine besondere Bedeutung. Während die Männer den Stuhl zu verschiedenen Seiten umkippen und mich dabei festhalten, damit ich nicht herunterfalle, kleidet Loretta ihn regelrecht ein. Nun stecken meine Beine in einer Art Sack, der vorn am Stuhl befestigt ist. Ich kann zwar meine Beine im Sack bewegen, der Sack selbst aber ist fest mit dem Stuhl verknotet.

Außerdem wird mir ein breiter Gurt umgelegt, der von der Brust durch Armlöcher bis zur Hüfte reicht. Als dieser fest verschlossen ist, kann ich weder zu den Seiten noch nach vorn herunterrutschen. Ich fühle mich eingepackt wie ein rohes Ei.

Hinter mir sehe ich, dass zwei kräftige Bambusstöcke am Rückenteil des Stuhls befestigt sind. Oben, in der Mitte und unten sind kräftige Riemen. Zu dritt heben sie den Stuhl an. Blitzschnell dreht sich Fabian um. Während Hubi den Stuhl stützt, hilft Loretta Fabian beim Zuschnüren des breiten Brustgeschirrs. Danach zurrt sie die Hüftverschnürungen an, sodass sie nach wenigen Minuten fertig sind.

Hubi setzt mir einen Helm auf, wie ihn Bergsteiger tragen und klatscht in die Hände. "Fertig", sagt er.

Loretta strahlt dazu: "Sitzt, passt und du hast sogar noch Luft zum Atmen."

Die drei haben mich in eine Art Tasche gesteckt. Darin befindet sich der Stuhl, auf dem ich sitze. Die ganze Apparatur ist nun Huckepack auf Fabians Rücken geschnallt. Er läuft ein paar Meter, was mir vorkommt, als würde ich auf einem schwangeren Kamel sitzen. Während Fabian wie beim Gehen üblich nach vorn schaut, sitze ich fest und sicher verpackt Rücken an Rücken an ihm, sodass ich nach hinten blicke. Fabian macht einige Bewegungen. Er beugt sich vor, sodass ich kurz aufschreie, Loretta mich aber sofort beruhigt.

"Da passiert nichts, Susan", sagt sie. "Entspann dich."

Meine Hände sind frei und liegen auf meinem Schoss. So langsam realisiere ich, was hier vor sich geht.
Scheinbar verärgert wende ich mich an Fabian. "Du sagst mir jetzt sofort, was du vorhast. Wenn nicht, steige ich ab."
"Gut", sagt er locker und geht gar nicht darauf ein. Stattdessen erklärt er den Grund, warum er an meinem großen Event nicht teilnehmen konnte. "Hubi, Loretta und ich waren einige Tage im Wald. In der Eifel. Dort gibt es mehr Funklöcher als Rehe. Wir haben nach Material für diese Rückensänfte gesucht. Es tut mir leid, dass ich dir nicht schreiben konnte, es gab aber keinen Empfang. Doch selbst wenn, was hätte ich sagen sollen? Zu Anfang hatte ich ja nur eine vage Idee. Erst mit den beiden wurde das konkret."
Er dreht sich kurz zu Hubi, danach zu Loretta: "Können wir?"
"Vamos", lautet Hubis Antwort.

17

Offensichtlich ist Fabian schwer krank. Alles Ernstes hat er sich vorgenommen, mit mir auf seinem Rücken den Südturm des Kölner Doms zu erklimmen. Das ist total verrückt. Denn er wird 533 Stufen hinaufsteigen müssen. Die totale Anstrengung!
Aber die drei haben sich alles genau überlegt. Loretta geht voran, sozusagen als Eisbrecher. Denn immer wieder tauchen wilde Jugendliche auf, die uns auf der Treppe entgegen kommen. Sie rempeln herum und stoßen jeden an. Loretta aber pfeift sie an, ruhig an Fabian und mir vorbeizugehen.
Hubi bildet die Nachhut. Sobald Fabian das kleinste Anzeichen macht, zu schwächeln, stützt er mich von hinten ab. Sollten wir zurückfallen, so der Plan, dann wird Hubi uns auffangen.
Die Wendeltreppe ist komplett aus Stein. Trotz der kleinen Fensterchen, durch die ordentlich Wind geht, kann ich den Stein gut riechen. Immer höher geht es. Stufe um Stufe hangeln wir uns durch die zum Teil sehr engen Zwischenebenen.
Damit ich nicht die ganze Zeit herunter schauen muss, hat Fabian sein Smartphone auf Videofunktion gestellt und mich angerufen. So kann ich auf dem Display meines Handys schon vorab sehen, was gleich kommen wird.
Gleichzeitig reden wir miteinander und ich frage ihn, wie er auf die Idee gekommen ist. Fabian erzählt, dass ich davon gesprochen hätte, einmal den Kölner Dom zu besuchen. Er sagt, er hätte das mit Loretta besprochen. Die ist Schneiderin von Beruf. Sie entwarf zusammen mit Hubi diesen Huckepacksitz, auf dem ich nun von Fabian hinaufgetragen werde.
Schließlich erreichen wir den dicken Peter, eine der größten Glocken der Welt. Sie wiegt vierundzwanzig Tonnen. Ich bin total beeindruckt, denn so hoch war ich noch nie.
Dann geht es Metalltreppen hinauf, bis wir die schmale Aussichtsplattform erreichen. An einer Stelle, die bis auf den Boden vergittert ist, setzen mich die drei ab. Mein Blick

schweift über Köln, die Hohenzollernbrücke, den Rhein. Darüber ziehen geräuschlos die Wolken vorbei.
Obwohl ich kaum etwas erkennen kann, bin ich total beeindruckt. Spontan strecke ich meine Arme zu Fabian aus und sage: "Komm mal her."
Er kniet neben mir. Wir umarmen uns. Schließlich will ich ihn küssen. Ich will ihm unbedingt nah sein. Ich fahre durch seine Haare, streichel sanft seine Wangen. Ich atme tief durch, um seinen Geruch zu schmecken. Und wieder küssen wir uns. Da spüre ich etwas Neues, etwas, das mich zutiefst beruhigt und zugleich aufregend ist.
Zwischen den Wolken blitzt die Sonne. Fabian und ich schauen uns in die Augen. Jetzt weiß ich – ich bin angekommen.

Dieses Buch entstand durch intensive Gespräche mit vielen Betroffenen, wofür ich sehr dankbar bin. Besonders möchte ich mich bei Katja Knapp bedanken. Das Buch soll vor allem Lebensmut spenden. Gleichzeitig ist es ein Appell, niemals aufzugeben.

Alle Personen dieses Buches sind fiktiv und damit frei erfunden. Sollte sich jemand dennoch in einer der dargestellten Figuren wiedererkennen, so verfügt er/sie offensichtlich über so viel Fantasie, dass er/sie es mal selbst mit dem Schreiben eigener Bücher versuchen sollte.

Bücher von Kajo Lang

Von Power und Sabine	Gedichte
Amokmann	Erzählung
Amok Liebe Gift	Erzählungen
angenommen	Roman
Mahagonifalle	Erzählung
Fido	Kinderbuch
Das Doppelbett des Papstes	Kurzgeschichten
Ferne Ufer des Glücks	Roman
Mona Lisas Fluch	Roman
Sternkind	Erzählung
Mann aus Glas	Roman
Mohammeds Schoß	Novelle
Der amerikanische Bruder	Roman
Liebe & andere Vergehen	Gedichte
Leider krass	Kurzgeschichten
Charlie in Love	Theaterstück
Ybenstein und das Verlangen	Kriminalroman
Ybenstein und das Vermächtnis	Kriminalroman
Feuerjongleur	Gedichte
Kirschblütenzauber	Roman
Geon	Novelle
Virginia lächelt	Kurzgeschichten
Alles was geht	Abenteuerroman

Alle Bücher sind über www.amazon.de bestellbar.

Printed by Amazon Italia Logistica S.r.l.
Torrazza Piemonte (TO), Italy